U0745328

华语实力科幻作品
群星奖大满贯

Sci-Fi

校园三剑客

杨鹏——著

山东教育出版社

图书在版编目（CIP）数据

校园三剑客 / 杨鹏著 . — 济南 ：山东教育出版社，2021.7（2021.7 重印）
（科幻文学群星榜）
ISBN 978-7-5701-0571-7

Ⅰ . ①校… Ⅱ . ①杨… Ⅲ . ①幻想小说－中国－当代
Ⅳ . ① I247.5

中国版本图书馆 CIP 数据核字（2021）第 062833 号

XIAOYUAN SAN JIANKE
校园三剑客　　杨　鹏　著

主管单位：山东出版传媒股份有限公司
出版发行：山东教育出版社
地址：济南市市中区二环南路 2066 号 4 区 1 号　邮编：250003
电话：（0531）82092600　　网址：www.sjs.com.cn
印　　刷：三河市冠宏印刷装订有限公司
版　　次：2021 年 7 月第 1 版
印　　次：2021 年 7 月第 2 次印刷
开　　本：880 mm × 1300 mm　1/32
印　　张：8
印　　数：10001–13000
字　　数：170 千
定　　价：29.80 元

Sci-fi
《科幻文学群星榜》编委会

想象新时代

《科幻文学群星榜》是由中国科普作家协会科幻专业委员会联合其他科幻组织，共同推出的一套科幻书系。这是一个规模庞大的工程，目前来看也是独一无二的工程，基本囊括了中华人民共和国成立以来老中青几代具有代表性的科幻作家的佳作。这些作家以年龄看，最早的是20世纪20年代出生的，最晚的是“90后”。

这套书系的出版，恰逢中华民族实现第一个百年目标——全面建成小康社会。因此，它呈现了百年未有之变局中，中国人对一个崭新时代的想象。随后陆续推出的作品，还将伴随中国迈进基本实现现代化的伟大进程。

科幻文学作为一种年轻的文学品类，本身就是现代化的产物。1818年，世界上第一部科幻小说《弗兰肯斯坦》诞生在第一个实现产业革命的国家——英国。此后科幻文学在法国、美国、日本等工业化国家繁荣起来，进入蓬勃发展的黄金时代。科幻作品反映着科技时代人类社会的变迁和走向，反思当代人类面临的多重困境，力图打破所谓世界末日的预言，最终描绘出一个五彩斑斓、生机勃勃的新未来。

如今，地球上正在发生的最具“科幻色彩”的事件之一，便是中国的崛起。这个进程不仅改变了这个文明古国的命运，也影响着全人类的走向。中国奇迹般地成了拉动世界经济增长的有力引擎。人类历史上首次十亿以上人口的国家将要集体迈入现代化的门槛。中国科幻文学正是中华民族伟大复兴进程的见证者、参与者与推动者。

早在20世纪初，中国的一些有识之士便把科幻作品译介进来，掀起了第一次科幻热潮。它承载起“导中国人群以行进”“改变中国人的梦”的使命。20世纪50–60年代，随着中国自己的工业和科技体系的建立，科幻作家们以满腔热情擘画了一个欣欣向荣的新世界。1978年改革开放后，中国再次向现代化进军，科幻迎来新的勃兴。作家们满怀豪情地书写科学技术为实现现代化、为谋求人民的幸福生活所创造出的神奇美景。进入21世纪，尤其是随着新时代的来临，这个文学门类也进入成长的新阶段。随着《三体》等作品的问世，中国科幻迎来了新一轮热潮。作家们描绘着古老的中华民族在实现全面小康和建成现代化强国的过程中所面临的新机遇、新挑战，谱写着中国走向世界、步入太阳系舞台中央并参与宇宙演化的新篇章。

科幻文学的发展折射着中国国运的巨大变迁。当今，海内外不同领域的人们对中国的科幻文学的空前关注，实际上是关注中国的未来，关注世界第二大经济体将如何持续演进，关注14亿人的创造力将怎样影响乃至重塑这个星球。从现实意义上来说，这套书系不但包含这些丰厚的信息，而且集中梳理了新中国科幻文学取得的辉煌成就，整理出新中国科幻文学发展的宽阔脉络；从一个特殊的侧面，还反映了中华民族从站起来、富起来到强起来的进程，见证中国走向更加灿烂辉煌的未来。

这套书系具有以下三个特点：

一是权威性。它由中国科普作家协会科幻专业委员会主持编选，并与国内多个科幻组织合作，其中包括得到了中国科普作家协会科学文艺专业委员会、科幻世界杂志社、南方科技大学科学与人类想象力研究中心、未来事务管理局、八光分文化、重庆钓鱼城科幻中心等的鼎力相助。编者从中华人民共和国成立以来的海量科幻文学作品中，精选出足以体现时代特征的作品。收入书系的作者，涵盖了雨果奖、银河奖、星云奖、晨星奖、光年奖、未来科幻大师奖、引力奖、水滴奖、冷湖奖、原石奖、坐标奖、星空奖等中外各类科幻大奖的获得者。

二是系统性。它收集了中华人民共和国成立以来不同时期作家的代表作。作者中有新中国科幻奠基者和老一代作家如郑文光、童恩正、萧建亨、刘兴诗、潘家铮、金涛、程嘉梓、张静等，也有改革开放后崛起的新生代作家刘慈欣、王晋康、何夕、韩松、星河、杨鹏、杨平、刘维佳、赵海虹、凌晨、潘海天、万象峰年等，以及以“80后”为主体的更新代作家陈楸帆、飞氘、江波、迟卉、宝树、张冉、程婧波、罗隆翔、七月、长铗、梁清散、拉拉、陈茜等，还有在21世纪崛起的全新代作家杨晚晴、刘洋、双翅目、石黑曜、王诺诺、孙望路、滕野、阿缺、顾适等，从而构成比较完整而连续的新中国科幻光谱，是对中国科幻文学发展历史的一次系统检阅。

三是丰富性。它比较全面地展现了广域时空中新中国的科幻生态和创作风格。这里面既有科普型的，也有偏重文学意象的；既有以自然科学为主体的核心科幻，也有侧重社会现象的“软”科幻；既有代表科幻未来主义的，也有反映科幻现实主义的；既有传统风格的写法，也有实验性质的探索。作品的主题涵盖了中国科技、社会、文化和民生的热点。从中可以看到，一个曾经积弱的民族，如今正活跃在地球内外、大洋上下、宇宙太空、虚拟世界、纳米单元、时间航线、大脑意识等各个空间。这里有中国政府和人民引领抗击全球灾难的描述，有脱贫的中国农民以新姿态迈出太阳系的故事，也有星际飞船和机器人在银河系中奏唱国际歌的传奇。

这套书系力求构建起一个灿烂的星空，并以此映射人们敏感而多样的心灵。爱因斯坦说，想象力比知识更重要。科幻是相伴人类发展进步而产生的新兴事物，是一个民族想象力的集中反映，是科技创新的艺术表达，在人们面前呈现出一幅幅奔向明天、憧憬和创建未来的美好画卷。许许多多杰出的科学家、工程师和企业家，在年轻时就受到科幻文学的熏陶和影响，因此走上了创造神奇新世界的道路。中国正在稳步建设创新型国家，需要更多富有创造力的人才脱颖而出。科幻文学也肩负着实现中国梦的责任，在点燃青少年科学梦想、激发民族想象力和创造力方面，起着不可或缺的作用。

这套书系将为广大读者尤其是年轻人打开中国科幻和未来世界的门户，有助于人们拓宽视野、开阔思想、激发灵感、探索未知、明达见识。它也将进一步促进中外科幻、科技、文化和文明的交流，为人类的共同发展做出中国的一份独特贡献。

中国科普作家协会科幻专业委员会

2020年10月1日

百年来最大规模的少年科幻小说

——《校园三剑客》序

自从1904年一位笔名叫作“荒江钓叟”的先生，在清朝末年的杂志《绣像小说》上开始连载13万字的长篇科幻小说《月球殖民地小说》以来，中国科幻小说走过了一个多世纪的漫长而又曲折的道路。历数这100多年间的中国科幻小说，规模最大、字数最多的首推《校园三剑客》系列小说。从1995年开始创作的《校园三剑客》系列小说，迄今已经出版了70余册，字数达600多万。

可喜的是，《校园三剑客》的作者杨鹏是那么年轻，他在写作《校园三剑客》系列小说第一部的时候，只有23岁。那时候，他是北京师范大学中文系当代文学专业的研究生，还只是一个“学生作家”。他所进行的是“学余创作”，然而，他持之以恒，“十年磨三剑”，终于把《校园三剑客》“磨”成了蔚为大观的系列，成为中国科幻小说的最新硕果。

在中国科幻小说作家之中，大多数出自理工科，而杨鹏却来自文科。在他18岁之前，一直生活在福建西部的古城长汀。“城内青山城外田，三水绕城桥相连”，这座汀江之畔美丽的小城有着丰厚的历史文化积淀。如果杨鹏成为他的同乡、同龄的谢有顺以及北村那样的文学批评家、小说家，倒是顺理成章，而他却不。杨鹏笔下的《校园三剑客》，驰骋在古怪的尼斯湖、惊险的百慕大、神奇的古埃及金字塔、大爆炸的通古斯，遭遇过机器人、人造人、外星人、生化人。他生活在高科技的幻想世界之中。“最重要的是想象力，其次还是想象力，第三仍是想象力。”杨鹏如此这般强调他的创作之源是无穷无尽的想象，无边无际的幻想。杨鹏除了写作大量的科幻小说之外，他创作的另一翼是童话。童话与科幻小说的精髓，都是幻想，都是想象力。这是“一种思维的方式，是一种力量，一种美丽，一种永恒”。擅长想象，擅长幻想，这是杨鹏作为科幻作家、童话作家崛起于中国文坛的“看家本领”。

《校园三剑客》这“三剑客”之名，不言而喻，是借用了19世纪法国作家大仲马在1844年出版的小说《三剑客》。大仲马笔下的三剑客，亦即那三个抗击红衣主教的火枪手。他们形象各异，性格不同：阿托斯为人深沉，波尔多斯快人快语，而阿拉密斯表面上一本正经暗地里却尘缘未了。杨鹏笔下的三剑客，则是“校园三剑客”，他们就生活在校园里，生活在小读者的身边。这“校园三剑客”是“校园超人”杨歌、“电子少女”白雪和“电脑天才”张小开。杨鹏注意塑造“校园三剑客”的鲜明形象：“校园超人”的好动与勇敢、“电子少女”的聪慧与美丽和“电脑天才”的博识与多学。这性格各异的“校园三剑客”，是支撑《校园三剑客》600多万字幻想大厦的“承重墙”。“校园三剑客”的共同特点是都有强烈的好奇心。正是因此，作者把这三个主角放在不同的科学幻想舞台上。他们怀着永无止境的好奇探索着无穷无尽的奥秘，构成了一集又一集的《校园三剑客》系列小说。

大仲马的《三剑客》以及他的《基督山伯爵》之所以脍炙人口，从本质上讲是因为小说情节。我注意到，《校园三剑客》也非常注意情节的设计。作者充分运用“三段法”展开故事：在小说一开头，总是提出惊人的悬念，诸如“班上的同学一个接一个离奇失踪”（《吃人电视机》），“近来，绿市怪事连连”（《千年魔偶》），“作恶多端的通缉犯在逃窜中遇车祸翻车”（《骇客游魂》）……这惊人的悬念相当于一个巨大的问号，在一开头就把小读者紧紧抓住，使其欲罢不能。第二段是抽丝剥茧，展开故事。小说从不平铺直叙，而是情节起伏跌宕，诚如许多小读者所说，读杨鹏的《校园三剑客》如同乘坐过山车。经过揪心的、紧张的“过山车”之后，第三段干脆利落地结束故事，把“？”拉直成“！”，点明了悬念的真谛。其实，优秀的小说家从某种意义上讲，就是编故事的高手，是擅长设计情节的行家。杨鹏正是具备这样的文学技巧，所以他的《校园三剑客》系列小说，每一部都是情节小说，都是“好看”的小说，都是可读性极强的小说。小读者不喜欢那种拿腔拿调、节奏缓慢、结构松松垮垮的散文式小说，而是喜欢故事精彩、悬念强烈、快节奏的情节小说。正因为这样，《校园三剑客》畅销于校园。

杨鹏正是以他大胆而丰富的科学幻想为深厚的地基，以“校园三剑客”为坚强支柱，以“三段法”为华丽装饰，在纸上建造了一幢又一幢的、儿童乐园般的天使别墅。

还应提到的是，由于受到大量外国科幻小说的深刻影响，以及好莱坞科幻大片的强烈冲击，当今中国科幻小说存在颇为严重的西化、洋化倾向。杨鹏的《校园三剑客》能坚持鲜明的东方色彩、中国气派，这也是难能可贵的。尤其是《校园三剑客》充满阳光，以“小孩子拯救大世界”为总主题，积极向上，给小读者以鼓舞、以力量。这也是杨鹏的《校园三剑客》接二连三获奖的原因所在。

在当代青年作家之中，杨鹏是格外勤奋的一个。杨鹏以一天4000字的工作量，“日复一日，年复一年”。天道酬勤，杨鹏已经是一位出版100多部共计1000多万字作品的作家。作家所以是“作”家，就是要不断地创“作”。评价一位作家对社会的贡献，是建立在作家的作品之上的。作品是作家的生命线。杨鹏把自己的全部精力凝固在作品之中。有人居然把作家的多产、高产跟“滥”字联系在一起，这种说法我是无法苟同的。“质”是建立在“量”上的。没有足够的数量，也就很难谈得上优质。安徒生童话全集放在书架上一大排，传世的精品《皇帝的新衣》《海的女儿》就是在这一大排的基础上产生的。勤奋创作是作家强烈使命感的充分体现。从这个意义上讲，杨鹏是值得敬佩的作家，后生可畏。我为当代中国青年作家中出现杨鹏这样的高产、优质的作家而无限欣喜，愿以这篇短文向广大读者推荐杨鹏的《校园三剑客》，同时也推荐杨鹏这位前途不可限量的、年轻有为而又努力奋发的青年作家。

叶永烈

2009年1月22日写于海口海滨

目
录
Catalogue

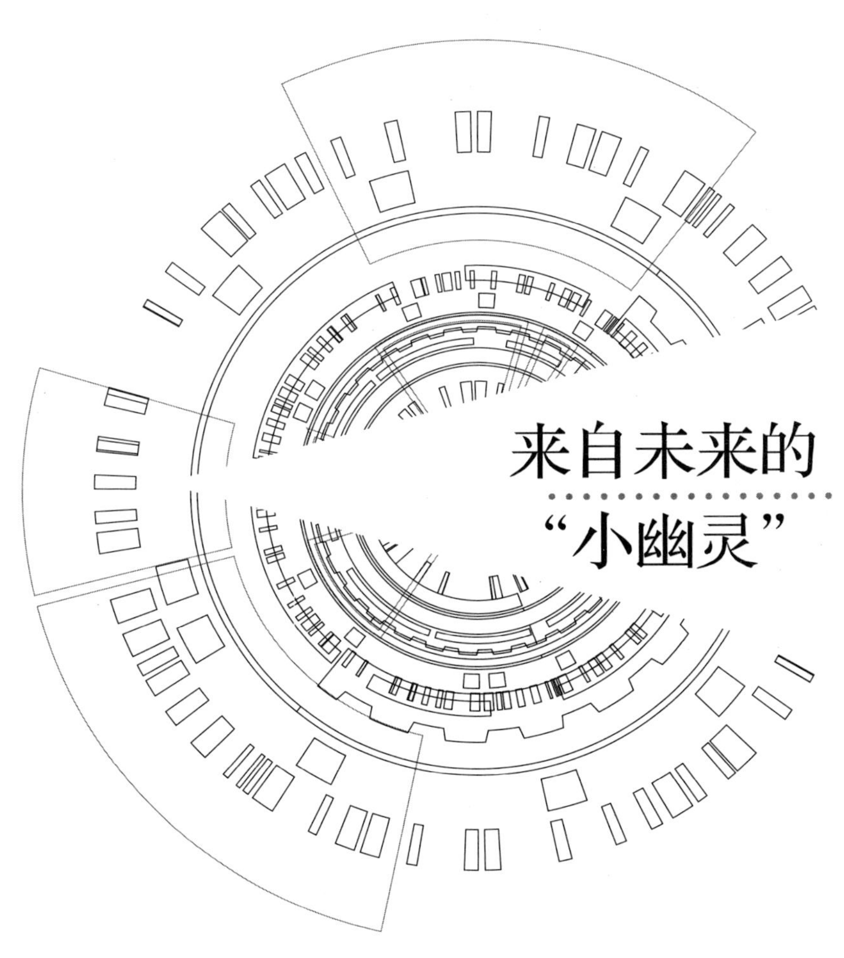

来自未来的“小幽灵”

有一个小男孩，名叫弟弟弟。为什么叫弟弟弟？多怪的名字啊！这是因为他的爸爸叫爸爸爸，妈妈叫妈妈妈，妹妹叫妹妹妹。他叫弟弟弟既好叫又好记，没什么稀奇的。

下面，就让我给你讲一个弟弟弟最近遇见的一件够酷的事情吧。

一　家里来了个“小幽灵”

“弟弟弟，弟弟弟。”有人在敲弟弟弟的窗玻璃。

弟弟弟迷迷糊糊地从床上爬起来，他瞟了一眼墙上的挂钟，呵，已经12点了，会是谁呢？

弟弟弟光着脚丫走到窗前，“吱呀”一声推开窗户，月光洒进来，窗外一个人影都没有。

“我在做梦吧？”弟弟弟自言自语地说道，然后要关窗户回去睡觉。

“别关，是我呀。”黑暗里，一个声音说。

“你……你在哪里？我怎么看不见你？”弟弟弟将眼睛瞪得溜圆。那声音似乎在他面前，可就是看不见人。

“我就在你的窗台底下。你的窗台好高，伸手拉我一下好吗？”那个声音说。

弟弟弟向窗外伸出了手。

"好，现在我抓住你的手了，把我拉进去吧。"弟弟弟把手缩回。

"谢谢你，关上窗户吧，我已经进来了。"声音飘进了屋子。弟弟弟惊讶地看见爸爸爸的两只大皮鞋踩着窗台跳进屋里。

难道是皮鞋在说话？那双皮鞋在屋里神气地踱来踱去，似乎挺快活。

"你是谁？你是隐身人吗？"弟弟弟全然没有了睡意，坐在床沿上问道。

"我是尤灵。""皮鞋"说出了自己的名字。

"什么，你是……幽灵？"弟弟弟吓得毛骨悚然，嘴巴半天合不上。

"你怕什么呀？""幽灵"奇怪地问。接着他又说："你睡觉去吧，打扰你真不好意思，我想一个人在你的屋里玩一会儿。"

弟弟弟费了好大劲才睡着觉。第二天他很早就醒来了，到客厅里找爸爸。爸爸爸跷着二郎腿在看一本叫《未来预测》的杂志。弟弟弟把昨晚的奇事告诉了爸爸爸，爸爸爸用鼻孔"哧"了一声，不屑地说："小孩子家别胡说，去给我倒杯水来。"

爸爸爸的话音刚落，令他目瞪口呆的事就发生了：桌上的杯子好像通了人性似的，自己跑到暖瓶下边，暖瓶好像活了，瓶塞自动飞起停在半空中。暖瓶倾斜，冒着白汽的开水从暖瓶里倒出，注入空空的杯子里，发出欢畅的"咕嘟咕嘟"声。接着瓶塞乖乖地回到瓶口，暖瓶复归原位不动，杯子轻飘飘地飞向爸爸爸。

爸爸爸迟迟不敢去接那停在半空中的杯子。

爸爸爸一家闹了半天才弄明白，那来无影去无踪的小孩不叫"幽灵"，而叫"尤灵"。

"尤灵，你家在哪里？"爸爸爸问。

"在美国纽约。""小幽灵"说。

“你的爸爸妈妈都在纽约吗？”爸爸爸问。

“是的。”

“你家电话号码是多少？”

“1234567。”“小幽灵”说。

“那我给你拨个越洋电话吧。”爸爸爸拿起电话听筒。弟弟弟心想爸爸爸真好。

可是，电话中传来的却是：“对不起，没有这个电话号码。”

“没关系，”爸爸爸安慰着看不见的“小幽灵”说，“我有个朋友在美国纽约，你记得你家的地址吗？”

“记得，美国纽约幻想大街1号。”

热心的爸爸爸马上又打了一个电话给他在美国的朋友。然而，得到的答复却是：“纽约压根儿没有这条大街。”

爸爸爸和弟弟弟垂头丧气地坐在电话机旁，他们一点办法都没有了。

突然，电话“丁零零”响了。

“谁啊？”是弟弟弟接的电话。

“你好，爸爸。”电话里是一个大人的声音。

“你打错电话了吧？”弟弟弟想笑，他才10岁。

“没有错。爸爸，我是你的儿子。我这里是2072年的纽约。请您让爷爷接电话好吗？”

“当然可以。”弟弟弟把听筒给了爸爸爸。这是一个从未来打来的电话，有点像科幻。

爸爸爸接过电话。他未来的孙子说道：“爷爷，打扰您实在不好意思。由于一次实验失误，我错把我的儿子尤灵传到了50年前，即2022年。

我做的是远距离传送实体的实验。我曾经成功地把一只皮鞋和一只猴子从纽约传到了北京，并被我的同事们成功接收了。昨天晚上尤灵偷偷跑进了机器，并乱按电钮，结果因为发射能量过大，他在我们这个时代消失了。而他身上最浓缩的部分却做超光速运动，飞到了你们家。我现在心里很着急，正在想办法，怎么才能把他从2022年弄回我们这个时代……"

二　"小幽灵"当大厨师

爸爸爸听着未来小孙孙的说话声，心中甭提有多过瘾。听声音，他未来的小孙孙怎么也有30岁了，跟他一样年纪。世界上还能找出第二个和孙子同样年龄的爷爷吗？

"爷爷，我们还要花一些时间才能想出办法把小尤灵接回来，就让他在你们家待一阵子好吗？他很顽皮的。"

"别客气，别客气。"爸爸爸说。什么顽皮的孩子他没见过？弟弟弟够顽皮的了吧？还不是一样对付过来了。

上午大家上学的上学，上班的上班，家里只剩下"小幽灵"一个人。

不用说，家里乱了套：墙角的吸尘器自己动了起来，墙上的挂历被翻得"哗啦哗啦"，猫恐惧地叫着满屋子乱跑，一会儿撞翻了花瓶，一会儿又碰倒了墨水。凳子莫名其妙地跳起舞来，电冰箱自动地敞开又关上，厨房里的水龙头自己拧开水"哗哗"直响……

“弟弟弟，你怎么把屋子弄成这样？”

中午妈妈妈回家发现满屋子狼藉一片，气得脸色铁青。但她很快发现弟弟弟放学还没回家呢。她一下子明白是谁干的了，换了一种和蔼的口气喊：“小幽灵，小幽灵。”

墙角传来一个怯生生的声音：“对不起，我本来是想用吸尘器吸地毯上的灰尘，把想偷吃缸里金鱼的猫赶走，想为大家做午饭……没想到……呜——”

“小幽灵”哭了。看来他顽皮是顽皮，却挺懂事。

中午开饭的时候，妈妈妈打开电冰箱发现里面的鸡鸭鱼肉、豆腐青菜不翼而飞了。

妈妈妈问：“小幽灵，电冰箱里的食物哪儿去了？”

“在这里。”“小幽灵”话音刚落，桌上像变魔术似的出现了十几片扁扁圆圆的小药片。他接着说，“这是我给你们做的午饭。”

弟弟弟伸出舌头，叫苦不迭。

天哪，中午就吃这些药片？

“小幽灵”使大家明白了那不是药片，而是未来世界人们的食物。

爸爸爸、妈妈妈、弟弟弟各捡了一片药片试着放在舌头上。三人突然面露喜色，异口同声地说：“呀，味道好极了。”

真的，清香可口，营养丰富。更棒的是，每顿饭只需吃两片。

“小药片”成了大家的日常食品。因为它，弟弟弟有了更多的时间学习，而爸爸爸、妈妈妈有了更多的时间休息。但时间一长，大家都吃得有些腻了，盼着换换口味。

北风像个顽皮的孩子，把雪花撒得满世界都是。新年到了。

弟弟弟用舌头舔着嘴唇，等着饭桌上出现香喷喷的鸡鸭鱼肉。爸爸爸也等不及了，喉咙里“咕咕”直响，他在咽口水哩。

“开吃吧。”“小幽灵”使用爸爸爸的口头禅。

弟弟弟瞟了一眼，瘫倒在靠背椅上。桌上连一点鸡鸭鱼肉的影儿都见不到，只有几片黑黑的、圆圆扁扁的、“味道好极了”的“小药片”。

“小幽灵”接着又宣布了一条令人震惊的消息：“从今天开始，禁止再吃鸡鸭鱼肉、蔬菜等未经提纯营养、有伤身体的食物，未来世界的食物浓缩片将是你们就餐的唯一选择。”

“呵，广告词学了不少！”

弟弟弟一家全傻眼了，这种日子怎么过？

三 “小幽灵”与大偷偷

弟弟弟家的门开了一条缝，一个长了黄鼠狼眼睛的尖脑袋伸了进来。

他是这个城市最著名的小偷，因为几乎每家每户都吃过他的苦头，所以他的级别应该是大偷，同伙们都叫他“大偷偷”。

大偷偷又朝屋里喊了声：“有人吗？”

真是太狡猾了，如果屋里有人出来的话，他就会掩饰说：“对不起，我敲错门了。”然后转身溜走。

但是，屋里没人答应他。只有一只花猫蹲在电冰箱旁边警惕地瞪着他。

凭他的经验，这下他可以放心大胆地偷了。

他把带来装东西的口袋从肩上卸下，又取出撬东西的工具。

不一会儿，弟弟弟家几乎所有的抽屉、箱子、柜子都被撬开了，所有值钱的东西都暴露在上午从窗外射进来的阳光下。

大偷偷心满意足地张开了口袋。

“不许动。”

一个小孩子的声音像炸雷一般响起，把大偷偷吓了一大跳，他看见空口袋突然自己站了起来。

他害怕地缩回了手，倒退了一大步，钳子也掉在了地上。

突然口袋又软塌塌地趴到地上。

他揉揉眼睛，以为是幻觉。

他再一次小心翼翼地靠近口袋。

口袋没有动静。

他放心大胆地去提口袋。

“哇！”他大叫起来。

口袋咬了他一下，留下一排鲜明的牙齿印。

“有鬼——”他大叫起来，冲向门。

门已经被反锁了。

“举起手来。”口袋又像活人一般站了起来，命令道。

大偷偷乖乖地举起了手。

“到电话机旁。”

大偷偷被迫就范。

“拿起听筒。”

“是。”

“拨号码765421。”

765421是爸爸爸的电话。

“嗯……饶命，我以后再也不敢了。”大偷偷吓得瘫倒在地，跪着直向口袋求饶。

“快拨 765421。”

电话听筒飞了起来，狠狠地敲了一下大偷偷的脑袋。

一个奇怪的电话飞向了爸爸爸的单位。

爸爸爸接到一个奇怪的电话，电话里的人一直用颤抖的声音哭诉着：

“爸爸爸，我是大偷偷。我该死，我偷了你家的东西。我该死，我以后再也不敢了。我该死……”

“啪、啪、啪”是清脆的自己打自己耳光的声音。

爸爸爸请了个假赶回家，用钥匙开了门，看见一个被绳子扎着的布袋里有一样东西在蠕动，还发出哀求声：“鬼魂饶命啊——”

不用说，爸爸爸知道这是谁干的。

四　看不见的捣蛋鬼

动物园里，人山人海。

“姐姐，快看大老虎。”

6岁的牛娃拉着姐姐的手，挤进了把虎山围得水泄不通的人群。牛娃是山里的孩子，长这么大，还是第一次进城。他原以为城里会有许多山里看不见的鸟，所以腰里别了个弹弓。进了城他才知道，城里的鸟儿其实比山里少得多。不过，城里的许多东西，比如碰碰车、地铁、电梯，还有动物园，他还是觉得很新鲜、很好奇，挺好玩的。

被困在虎山里的吊睛白额的大老虎醒了。它非常威武地摇曳着身子站起来，雄赳赳、气昂昂地来回踱步，不时张开嘴大吼一声，显得挺神气。

牛娃高兴得直拍小手，姐姐要带他去看狗熊和大象，他都不肯。

突然，大老虎晃晃头，直奔向虎山的铁门。令游客们惊骇万分的是老虎的一只爪子竟然伸出了门的铁栏杆，把插销给拉了起来。

铁门“咣当”一声开了。

人群像开了锅的粥一般，四处逃窜。

手握麻醉枪的保安人员纷纷赶到，将老虎紧紧地围住。

“大家别害怕，我是一只乖乖虎，我不会吃人。”

天哪，老虎会说话了！

保安人员面面相觑，枪口也不自觉地垂了下来。那些奔跑的人们也驻足回首，有一些大胆的，则轻手轻脚过来看稀奇。

“虎山地方太小了，我整天待着连骨头都软了。我想到街上走走，活动活动筋骨……”老虎蹦上一个高台，让所有的人都看见它，然后开始发表演说。

言之有理！人们纷纷点头，谁愿意老待在一个地方啊。

接着，老虎在大家的掌声中，大摇大摆地走出动物园，逛起马路来。

一只会说话的老虎向人类申请自由的消息很快传遍了整个城区。人们闻讯赶来，一睹为快。记者们将话筒伸向老虎嘴边，请它谈些感受。镁光灯一闪一闪，大街热闹非凡。连市长都打电话给动物园的园长，说要亲自去接见一下这只聪明的老虎，请它谈谈对城市建设的看法。

城市热闹得像过节，老虎成了热门话题、热点新闻。

可是，有一个很负责任的保安人员害怕老虎会发疯，用麻醉枪偷偷地朝它开了一枪。那一枪却打偏了。人们很快发现了他的企图，义愤填膺地缴了他的枪，将他扭送进了派出所。

“事情闹大了。”

弟弟弟跟在老虎屁股后面，忐忑不安。只有他知道这次事件的真相：这只老虎是一只普通的老虎，根本不会说话。说话的是来自未来的“小幽灵”，他用一种未来世界的机器控制了老虎，又拿腔拿调地装成老虎说话。“小幽灵”给弟弟弟一副特别的眼镜，在这个星球上，只有戴上那副眼镜的弟弟弟才能看见“小幽灵”。现在好了，他看见那个保安人员射出的麻醉枪子弹从老虎的头皮上擦过去，打中了那个看不见的捣蛋鬼的左手，他打了个哈欠，说话声音越来越慢，越来越小声：“哈……我想睡……觉……”

话音未落，“小幽灵”便伏在老虎一耸一耸的脖子上，呼呼大睡起来。

没有人调试机器，老虎一下子失控了，一反刚才文绉绉的神态，暴跳如雷，怒吼着冲向人群。人群再次混乱。

老虎在这个城市肆无忌惮地折腾了一天。人们四处奔逃，警察荷枪实弹，气氛非常紧张。

弟弟弟焦急万分，“小幽灵”还伏在老虎身上睡觉呢，只要他不醒来，老虎就还要为所欲为。

夜幕降临，华灯初上。

弟弟弟决定去冒一冒险，他举了个喇叭走向老虎，大声嚷着：“‘小幽灵’，快醒醒！”

没想到喇叭没把“小幽灵”吵醒，倒惹恼了老虎，它怒气冲冲地奔向弟弟弟。

弟弟弟扔了喇叭拔腿就跑，边跑边喊：“别过来，我是武松，妈呀。”

这个城市的居民在深深的恐怖中度过了最为漫长的一夜。

“小幽灵”依然未醒。驮着他的老虎饿得发昏，四处觅食。这时，老虎看见了一个女孩牵着一个小男孩在街上走。他们是牛娃和姐姐。当发现老虎在他们身后虎视眈眈时，他们惊恐地跑了起来。姐姐跑得太快，被一块石头绊了一下，摔倒在地。

老虎紧逼过来。

牛娃飞快从地上拾了个石子，用身体挡住姐姐，从腰间拔出弹弓，上了石头“子弹”，举弓瞄准了老虎，勇敢地说：“别过来，再过来我就开枪了！”

老虎不听牛娃的话，依然向前迈步，尾巴翘得老高。

牛娃镇定地射出石子，却从老虎头上打飞。

老虎猛扑过来。过路的人目睹这一情景都吓得闭上了眼睛，心想这姐弟俩完了。没想到老虎却轻飘飘地落下，一下子又变得非常有礼貌了。它甚至很温柔地扶起这姐弟俩，还表扬牛娃说：“你是一个勇敢的好孩子。”

半小时后，老虎自己走回了动物园，进了虎山，还亲自插上插销，然后呼呼大睡起来。

不用说，你们已猜到了导致这个后果的原因：牛娃的弹弓没打中老虎，却打中了“小幽灵”的脚丫子。

“小幽灵”被石头打痛了，醒了过来，及时控制了老虎。

这个城市的人至今还心有余悸。

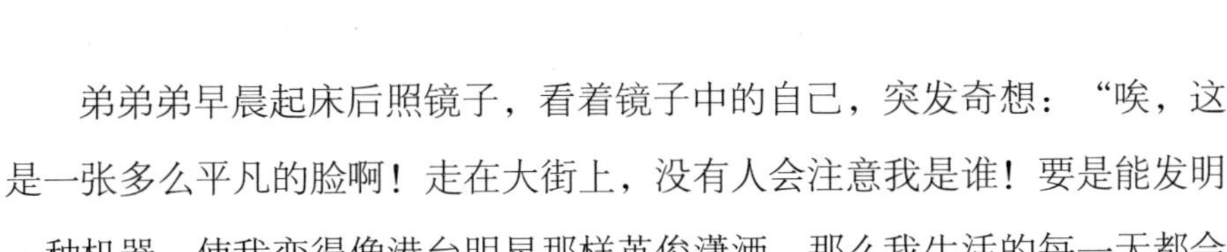

五　人人都能当明星

弟弟弟早晨起床后照镜子，看着镜子中的自己，突发奇想：“唉，这是一张多么平凡的脸啊！走在大街上，没有人会注意我是谁！要是能发明一种机器，使我变得像港台明星那样英俊潇洒，那么我生活的每一天都会充满欢乐与阳光……”

“小幽灵”在窗台上飘来飘去，追逐一只脚上绑了哨子的小白鸽。他听见了弟弟弟的自言自语，说：“在未来世界，这是一件很容易的事情。”

“这么说你能帮助我？”弟弟弟两眼发亮。

“只要想得到的事情，我都办得到！”

弟弟弟把爸爸爸的摩托车头盔、全自动照相机，妈妈妈的护肤美容霜，还有电动狗里的小马达……全拿了出来，然后把门反锁上，躲在房间里和“小幽灵”折腾了一上午。

终于，一台未来世界的“面孔改换机”制成了。

“告诉我，你想变得像谁？”“小幽灵”问。

“你能把我变成星辰队里的宇宸吗？”

“小幽灵”用宇宸的照片同弟弟弟平凡的脸比了一下，摇摇头说：“不行，你脸太胖。”

“那你把我变成少年F5的明道。”明道长得像女孩子，在同学们中也很吃得开。

“办不到，你的眼睛太小。”“小幽灵”一针见血。

弟弟弟有点泄气了，嘟着嘴不说话。

“你看变成这个人怎么样？”“小幽灵”从一大堆明星照里挑出了帅小天。

“求之不得！”弟弟弟激动得心怦怦直跳。

“好，你先往脸上涂点面容更换霜，注意不要抹太多，薄薄一层就行。再把头盔戴上，要系紧扣子。我帮你拍下帅小天的照片，‘面孔改换机’里的电脑就会根据照片自行编排程序，对你施行整容手术，挪动你的鼻子和眼睛……”

弟弟弟一一照办。不过他没有注意到，在拍照时调皮的“小幽灵”略略做了点手脚。

几分钟后——

弟弟弟摘下头盔，觉得脸麻麻的，眼睛、鼻子和嘴巴有点别扭，他想这大概是它们挪了位的原因。于是他一蹦一跳地蹦出房间。他梦想着有无数的鲜花、崇拜者的签名本、记者的照相机、作家的采访簿……在门外等待着他！

经过楼道时，妈妈妈正端着茶盘进来，看见了弟弟弟“呀”地惊叫起来，“乒乓”一声茶盘从手里滑脱掉落在地。她两手捂住张得特大合不拢的嘴巴，眼睛突了出来，脸色苍白，神色惊惶。

“少见多怪！”弟弟弟心想，“妈妈妈肯定认不出我了！因为我一不小心变得太漂亮了，我还是先到街上逛逛，风光风光。”

他又像小兔子一般蹦蹦跳跳地到了街上。

他幻想中的热烈场面没有出现。相反，满街的人看见他都像白日见鬼一般狂奔不已；一辆迎面开来的“蓝鸟”一瞅见他，掉头就跑；一个挑水果的商贩望见他，担子一歪，水果撒了一地；一个玩皮球的小姑娘看见他，吓得“哇”地叫了一声，大哭不止……

“怎么回事？帅小天有那么吓人吗？”

这时，天上落下一面镜子，还传来窃窃的笑声——是“小幽灵”，他举着镜子像安琪儿似的飞落下来。

弟弟弟疑惑不解地望着镜子，镜子里出现一个肥头大耳、长得像猪八戒的人。

突然，他明白了，是“小幽灵”捣的鬼。他拍照时，拍的是电视剧《西游记》里面猪八戒的照片。帅小天被他偷梁换柱了。

他气急了，蹦起来要找“小幽灵”算账。

“小幽灵”一抬脚飞远了，边飞边嘲笑他：“猪八戒照镜子——里外不是人。”

后来弟弟弟终于变成了帅小天，他甚至还可以像洗脸一样，每天洗去一张面孔，又换上另一张明星的面孔。于是，他轮流变成了不同的明星……

“纸包不住火”，弟弟弟拥有一台神奇机器的消息不胫而走。先是一群中学生追星族登门拜访，要弟弟弟把他们变成自己崇拜的明星；接着是一批“大款”，声称只要能改变他们俗气的脸孔，出多少钱都愿意；然后是一批在影视界运气不佳、常常碰壁的演员，千祈百求改变他们的形象；然后是普通百姓，要求弟弟弟为他们平凡的生活增添光彩与亮色……

小城掀起一阵改头换面的旋风。一星期后，人人都当上了他们崇拜的明星，有了和他们一样的脸孔。

只要人们高兴，人人可以当明星。

夜深人静，一个黑影溜进了弟弟弟的房间。这时弟弟弟正在熟睡，一件冰凉、铁硬的东西搁在了他脖子上。弟弟弟睁开眼时，吓得喘不过气来。

月光下，一把闪着寒光的匕首架在他脖子上闪闪发光。“我是大盗偷偷偷，警察在追捕我。识相的话，快把我的脸孔换成另一副模样，否则老子放你的血！”

弟弟弟战战兢兢地从床上坐起来，不敢吱声。他心里很矛盾：如果听偷偷偷的话，给他换一张脸孔，那样警察就逮不住他，他便要逍遥法外了；如果不听偷偷偷的话，恐怕自己会连命都保不住。怎么办呢?

这时，他听见有人在他耳边小声地说：“按他说的办。”是“小幽灵”，他在为弟弟弟鼓劲呢!

几分钟后，偷偷偷满意地离开了弟弟弟的家。他原来那张贼眉鼠眼的脸孔已荡然无存，换上的是一张粗犷、彪悍、杀气腾腾的脸孔。这很符合他的本意，这样，警察休想认得出他来。

但是，他还没走出弟弟弟家门前的那条小街，前后就驶来两辆警车，堵住了他。

他懵头懵脑地束手就擒。直到后来他才知道，善耍小聪明的“小幽灵”让弟弟弟把他的脸孔变成了一张正在被通缉的罪犯的脸孔。

六　恐龙复活记

“砰！”

一天早晨，“小幽灵”的实验室里传来了一声震耳欲聋的爆炸声，一下子把睡得正香的弟弟弟从梦中吵醒。他趿着拖鞋来到实验室里，问“小幽灵”：“小幽灵，你是不是在做爆米花？怎么那么响？”

“小幽灵”在半空飘来飘去。他指着手中的一个装着蓝色液体的试管说：“不是，我是在试制未来世界的‘复活药剂’。由于实验操作失误，发生了爆炸。不过我总算把它制造出来了。”

“复活药剂？”

“是啊。只要把这种药剂注射到死去的动物体内，就可以让它们复活。未来世界的科学家用它拯救过不少的濒危动物。”

“这种药剂真是太神奇了，给我一些好吗？”

“当然可以。不过，你一定不能乱用噢，不然会造成很大的麻烦。”

“没问题！”弟弟弟满口应承。

于是，“小幽灵”将刚刚试制成功的复活药剂装进了一个小塑料瓶里，交给了弟弟弟。

当天上午，弟弟弟和同学们一起参观恐龙博物馆。望着有20多米长、体型巨大的梁龙骨骼化石，弟弟弟突发奇想：“要是让消失一亿七千万年

的恐龙复活，将会是什么样子呢？”

这个想法使弟弟弟热血沸腾，手痒痒的。终于，他忍不住了。趁大家都不注意的时候，他跨过防护栏，然后从衣兜里掏出针管，将复活药剂注射进了梁龙的骨骼化石中。

一分钟过去了……五分钟过去了……十分钟过去了，弟弟弟仔细地端详着恐龙化石，然而，它什么反应都没有！终于，弟弟弟没有了耐心，转身欲走，要和同学们参观别的化石。然而，就在这时，梁龙化石身上发出了“咯吱咯吱”的响声。随后，令人惊异的事情发生了：那梁龙骨骼硕大的头颅，竟然晃动起来，随后，它那巨大的脊柱、腿和尾巴的骨骼也扭动起来，将支撑着它的铁架子横扫到地上……

“恐龙化石复活了？快跑，救命啊……”

参观的人们顿时乱作一团。恐龙博物馆的保安们迅速出动，接到报警的警察也马上赶到。他们用枪和电棍指着梁龙化石，用扩音器喊道：“梁龙化石同志，请你马上回到原来的位置，不然我们就要开枪了！”

然而，梁龙化石对人类的威胁不屑一顾。它迈着缓慢而坚定的步伐朝人们走去。

“砰砰砰……”

警察们忍无可忍，朝梁龙化石开枪了。子弹打在梁龙化石身上，却不能给梁龙化石造成任何影响。并且，它还将一堵墙撞了一个很大的洞，然后钻过那个大洞来到了大街上。

街上也发生了史无前例的恐慌。人们尖声惊叫着，恐惧地奔跑着，人挤人、人踏人，汽车的喇叭声也响成了一片，就像世界末日突然来临了一般。

梁龙化石对人类的恐惧视若无睹，它随便抬抬脚，就会弄翻一辆汽车，它随便放放脚，就会把一辆汽车踩扁。它在大街上茫然地寻找着什么，它还闯进了商店、超市、银行……它的身影到了哪里，就给哪里带来灾难。

望着自己一手闯的祸，弟弟弟心急如焚。他找到一个公用电话亭，给“小幽灵”打电话：“小幽灵，有一具梁龙的化石被复活了，你快来啊！”

“小幽灵”的回话是：“我刚刚看过电视里的新闻，知道了这件事情，我正在去你那里的路上呢。”

正说话的时候，梁龙化石朝弟弟弟这边的电话亭走来，它巨大的脚掌眼看就要踩着电话亭了。危急关头，一个奇怪的声音响了起来——那声音有点像埙吹出来的声音，悲壮、孤独、苍凉……听见那声音，梁龙化石顿时掉过头去，寻那声音而去。

弟弟弟就这样捡回了一条小命。他从电话亭里冲出来，发现那声音是从半空中飘浮的一只号角里发出来的——弟弟弟一下子明白了，吹号角的就是一般人都看不见的“小幽灵”。是他吹出的声音的魔力，使梁龙化石亦步亦趋地跟着他走。

那苍凉的声音，带着梁龙化石穿过了大街小巷，来到了大海，又把梁龙化石引到了海中，梁龙化石没入了海水中，向远方游去……

这个城市里的人们从此再也没有见到过梁龙化石。但据新闻媒体报道，这具梁龙化石成了一位旅行家，它到过赤道、南北极、复活节岛……它似乎在寻找什么，但具体寻找什么，没有人说得清楚。

“小幽灵，你那天吹的是什么音乐？梁龙化石为什么那么听你的？还有，梁龙化石到底在寻找什么？”事后，弟弟弟问“小幽灵”。

“小幽灵”回答道：“我的号角里出来的声音是恐龙的叫声。梁龙化石复活后内心里非常孤独，它在寻找同类，所以，我号角的声音会深深地吸引它。它现在周游世界，也是希望找到同类。可惜，它的同类早已灭绝。它只能孤单到永远了。”

七　回到未来

“铃铃铃……”

电话铃疯响了起来，弟弟弟此时正跷着二郎腿陷在沙发里看一本科幻杂志，刚看到精彩处，就被电话铃声打断了，真气人！

“喂，是谁？”弟弟弟拿起电话，语调充满了不满。

“爸爸，是我。”对方说。

弟弟弟笑了起来，说：“喂，你严重搞错了，我还是小孩子呢。”

没想到对方却说：“没错、没错，爸爸，在2022年你当然是小孩子了！”

弟弟弟脑中如电光石火，顿时明白了对方是谁。他的手心里微微有些汗。他说：“你是找‘小幽灵’吧，我给你找找看……”

对方答道：“谢谢你，爸爸。”

弟弟弟放下电话，脸红红的，10岁的他被人叫作爸爸可真有些不好意思。

可是，“小幽灵”在哪里呢？弟弟弟找遍了房间，找遍了整个屋子，可是哪儿都没有动静，哪儿都没有“小幽灵”。

弟弟弟心里焦急得很，超越时空的电话费用一定很贵吧？至少比跨越国界的越洋电话贵。越洋电话打一分钟要花一头猪的钱，越时空的电话，打一分钟该要花一头大象的钱吧？

弟弟弟满头大汗，没办法，他只好拿起电话，对他未来的儿子说：“‘小幽灵’不知道上哪儿了……”

弟弟弟的话音未落，突然，他发现热水瓶“咕咚咕咚”动了起来。于是，他连忙又说：“你等等……”

弟弟弟放下电话，跑过去把热水瓶的瓶塞打了开来，一股白气袅袅而出，一个声音很烦躁地说：“闷死我了，闷死我了……”

这个捣蛋鬼，哪儿不好钻，却钻进热水瓶里了！

“快来、快来，你爸爸打电话给你了。”弟弟弟说。

白气飘了过去，在那团白气中，电话听筒也飞了起来。“喂，爸爸……”“小幽灵”说。

“小幽灵”要回家了！

“小幽灵”的爸爸打电话过来说2072年的机器修好了，“小幽灵”可以回家了。

“你回家，我可怎么办啊？”弟弟弟发愁地说。

“小幽灵”安慰他说：“爷爷，你总不能让我一辈子都跟着你吧……再说我现在还没、还没出生呢。”

弟弟弟也笑了起来。“小幽灵”的话没有错，他应该学会自己照顾自己。

“好吧，你回去吧。可你怎么回去呢？”

“小幽灵”拿出一个像半导体的东西，它上面有个圆盘，可以顺时针或逆时针拨动，圆盘的中心，还有一个电钮。

“你还得帮我一下，这是时间旅行机，你只要先按电钮，然后再拨圆盘，就能把我送回未来了……”“小幽灵”说着将时间旅行机递给了弟弟弟。

“我真舍不得你走，‘小幽灵’。”

弟弟弟的心里酸酸的。平时老和他待在一起，还没感觉到什么，他现在要走，自己心里好像缺了一块，空空荡荡的。

“我也舍不得离开你……”“小幽灵”的声音也压得很低很低。

弟弟弟的眼中噙满了热泪，一狠心，按下了电钮。时间旅行机射出一道白色的光，罩住了隐了形的“小幽灵”。白光中，弟弟弟终于看清了“小幽灵”的模样，这是一个非常清秀的小男孩，眼睛又黑又亮，像两湾湖水，一闪一闪的，波光粼粼，至少比弟弟弟好看多了。

但这只是一瞬间的事，白光很快消失了，“小幽灵”也随着白光的消失，一眨眼不见了。

“‘小幽灵’，好朋友……”

两行湿热的泪从弟弟弟眼中流出。他逆时针拨了一下圆盘，这轻轻一拨，就把“小幽灵”送到了另一个时间、另一个空间。

他也许再也见不到“小幽灵”了。

“吼——”

他正想得出神，时间旅行机里，突然响起了野兽的吼声，那声音比老虎、狮子的声音更吓人，弟弟弟从来没有听过。

“吼——吼——吼——”

那简直是咆哮，弟弟弟的心紧缩起来，毛骨悚然。这时，那个小匣子发出“小幽灵”的声音：“快按电钮，弟弟弟……”

是“小幽灵”，他遭到野兽袭击了。弟弟弟连忙按电钮。“啪”，响声中，机器又射出一道白光，那白光好像一把激光刀，轻而易举地将虚空割了圆形的一小块，“小幽灵”就从那割开来的虚空中跳了下来。接着，那虚空中出现了一个巨大的“蛇头”，张着血盆大口。大口中布满了长而尖的牙齿，从虚空的窗口中探出。

“回去。”

“小幽灵”将那巨大的“蛇头”狠命地推了一把，“蛇头”缩了回去，虚空中的窗口缩成一个亮点消失了。“小幽灵”又站在房间里，他此时像弟弟弟一样，看得见也摸得着了。弟弟弟看见他的两腿上沾满了泥，左臂的衣袖被撕了一个口子，白衬衣被鲜血染红了。

“怎么，你受伤了？”弟弟弟关切地问。

“是啊，我忘了告诉你怎么拨盘。顺时针拨是到未来去，逆时针拨就是回到过去。你不小心把我送到了侏罗纪时代，我差点被恐龙吃了……”

弟弟弟这才知道，刚才看见的不是蛇头，而是恐龙的头颅！

弟弟弟总算见到真的恐龙了。

“再见了，弟弟弟。”“小幽灵”在机器射出的一片白光中向弟弟弟挥手，弟弟弟也挥手向“小幽灵”告别。这次告别，得再等六十几年，等到“小幽灵”出世时，才能见到他了。

弟弟弟心里说不出的难受。他再一次狠下心肠，顺时针拨动圆盘，白光消失了，“小幽灵”乘着那道白光，回到了未来世界，回到了他所处的那个时代。

而那个小小的时间旅行机，却作为“小幽灵”留下的小礼物，留在了弟弟弟身边。弟弟弟多么希望它能够响一下，让他能够听见“小幽灵”的声音。但是，那玩意儿再也没有响过。

不管怎样，弟弟弟要将它永远留在身边，直到“小幽灵”出生，直到他自己变成一个白头老翁的时候。

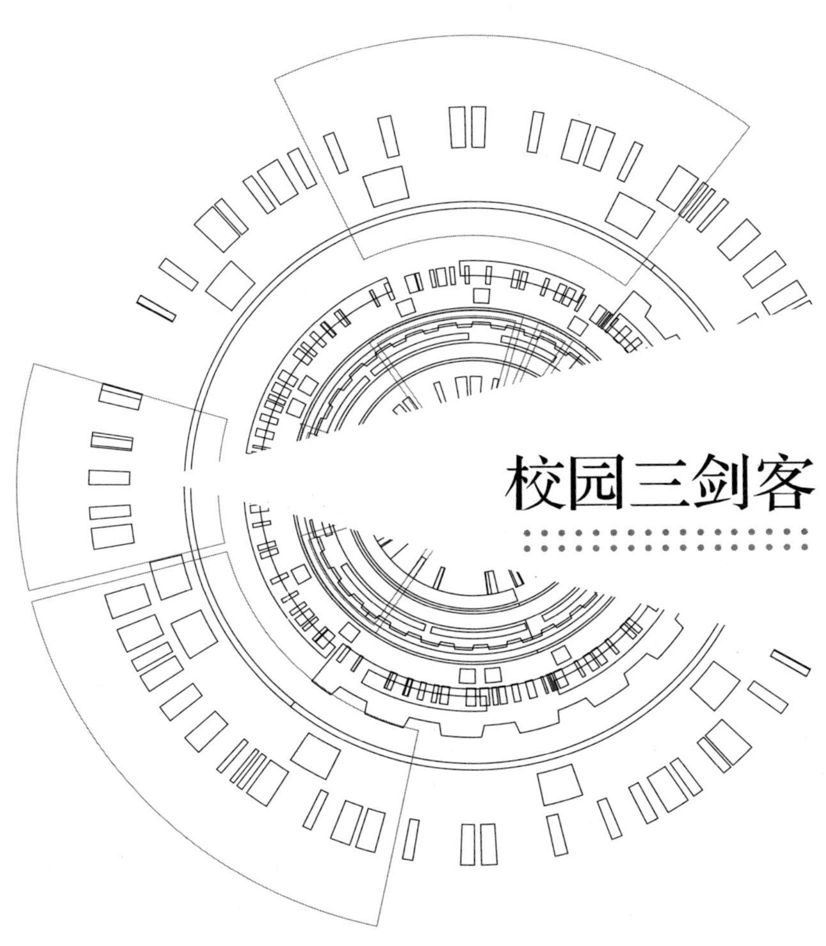

校园三剑客

相传在远古的时候，在地中海西方遥远的大西洋上，有一个以惊异文明自夸的巨大大陆——亚特兰蒂斯。大陆上出产无数的黄金与白银，所有宫殿都由黄金墙根及白银墙壁建造，金碧辉煌。在这片奢华的陆地上，亚特兰蒂斯人发展出了令人惊叹的、高度发达的文明。然而某一天，亚特兰蒂斯人激怒了众神，众神之王宙斯将地震和洪水降临在这里，一夜之间亚特兰蒂斯消失在了深不可测的大海之中。

——柏拉图

引子

20××年，大西洋上。

黎明，雾气蒙蒙。一艘科学考察船披着幽冷的银光，穿破浓浓的大雾，霸气十足地劈波斩浪而来。原本平静的海面涌起怒气冲冲的波涛。

空中，一架直升机在海面上盘旋着，发出刺耳的噪音。

忽然，直升机和科学考察船同时发现了什么，它们各自的电子屏幕上，“嗒嗒嗒”地出现了一行指令：

“目标已被锁定，马上实施搜捕！”

直升机射出耀眼的强光，科学考察船上的多盏探照灯也投出光束，直指海底。人类的灯光将海面照得亮如白昼，几条飞鱼惊慌失措地逃离被入侵的海域。

一艘潜艇迅速脱离科学考察船，像一条鲨鱼，气势汹汹地向海底进发。随着“突突突”的引擎声，潜艇彻底打破了海底的宁静，鱼群、海龟、水母……所有的海洋生物都惊慌失措地躲避着这坚硬的“怪物”。光束掠过乱成一锅粥的海洋“居民”后向一个半人半鱼的生物——美人鱼，紧紧地追了上去！

美人鱼惊慌失措地向大海深处游去。她的上半身酷似人类，而且酷似一个妙龄少女：一头浓密的长发一直垂到脚跟——不，她没有脚，她的下半身是一条金黄色的鱼尾，正奋力地摆水。美人鱼慌乱地回头张望，苍白的脸上，一双湛绿的大眼睛闪烁着惊恐的光芒。那是一双属于人类的眼睛！

潜艇里的船员看得血脉偾张。

一个穿着格子西装、戴着金丝边眼镜、头发金黄、骨瘦如柴的男子坐在潜艇的最前端。他抑制不住心中的兴奋，向前探着身子，使劲地挥着手，高声喊道：“快！再快点！”

“是，怀特博士！”他的属下恭敬地答道。潜艇持续加速，离美人鱼也越来越近。美人鱼显然已经精疲力竭，金色鱼尾摆出的浪花越来越小，游水的速度越来越慢。她的一只胳膊受了伤，正不停地流血，胸前戴着的项链，此时发出惨白的光。

眼看就要追上了，怀特博士狞笑道：“哈哈哈哈，你逃不了啦！捕鱼网，发射！”

潜艇外，一张巨大的网从潜艇前方射了出去，狰狞地撒向美人鱼。美人鱼使劲地挣扎，但是越挣扎，捕鱼网收得越紧。美人鱼的大眼睛里写满了恐惧，她胸前墨绿色的项链发出的光更加惨白了。

她虚弱而惊恐地喊道：“救救我——救救我——”

一　黑衣怪客

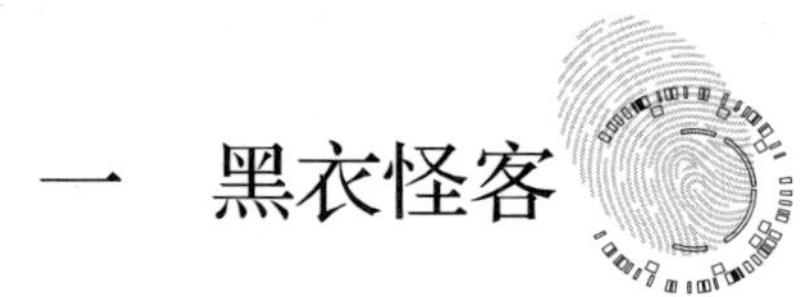

“嗯……唔……救救我……救救我……”

躺椅上，一位正在小睡的英俊少年，突然发出惊恐的梦呓。他剑眉紧蹙，脸上浮现出痛苦不堪的神情，额头上淌下大颗大颗的汗珠。

他身旁正在做实验的两位同伴停下了手上的工作，十分诧异地对视了一眼。身穿洁白校服、扎马尾辫、眉眼如画的女生走到少年的身边，轻轻地摇晃着他，喊道：“杨歌，快醒醒……”

杨歌“啊”地叫了一声，猛地睁开眼睛。当他看见灯光下女生的笑靥和另一位伙伴那反光的眼镜片时，长长地舒了一口气。

“杨歌，你又做噩梦了？”

“快告诉我们，梦见什么了？”

他的两位同伴关切地问道。

“白雪、小开，我梦见自己被一艘潜艇追击……还有科学考察船、直升机……”杨歌喃喃地说，“可是，又好像不是我，而是一条美人鱼……”

“又是一样的梦！”白雪皱了皱眉头说道。

“是啊，我已经连续三天做同样的梦了，真不知道是因为什么。”杨歌疲惫地叹了一口气。

“难道是因为你心电感应的超能力？”穿着橙色T恤、蓝色工装裤，戴着一副黑框眼镜的男生猜测道。他叫张小开。此时，三人正在张小开家中的地下室里。他家是一幢二层小别墅，位于风景秀丽的中国鹭岛市海边。

三人正说话的时候，桌子上的笔记本电脑“嘀嘀嘀”响了起来。紧接着，电脑屏幕上迸射出一道刺目的闪光，直达墙角，蛇形的小闪电在电脑周围游走，发出“哧哧”的电流声。

“哎呀，我的电脑……”

张小开慌忙扑向电脑。可是，他的手刚触到键盘，就听见“砰”的一声巨响，一股电流将他打得腾空飞起！当他落地时，身体撞在了旁边的书架上，架上的书像暴雨般落下，好几本大部头的书毫不留情地砸在了他的头上，疼得他龇牙咧嘴。

电脑闪光黯淡下来后，数据瀑布般从屏幕上流下。

“小开，你的电脑着魔了！让我来收拾它！”杨歌说完，双手紧握，默念一句：“霹雳火球！”再张开时，掌心上已经形成了一个微型火球。他挥动手臂，火球向电脑直射而去。

“杨歌，快住手！”张小开再次扑向电脑，把电脑抢入怀里。火球击中了电脑桌，“轰”的一声爆炸了。一股黑烟在桌子附近弥漫开来，抱着电脑躺在地上的张小开瞬间变成了“包青天”。好半天，他才缓过劲来，将电脑放在地上，唉声叹气地说道：“你差点儿毁了我的电脑！你不知道电脑是我的命根子吗？”

话音未落，地上的电脑忽然发出“嗡嗡”声。白雪大吃一惊，说道：“小开……你的电脑……自动运行了！”

三人屏住呼吸，目光紧紧地盯着那台搞怪的电脑。这时，电脑的闪电已消失，屏幕上激射出一个黑色的人影——那人戴黑色大檐帽、黑眼罩，穿黑披风，造型酷似佐罗。他的周身，被一圈白色的光笼罩着，既神秘又诡异。

“嘿嘿嘿……”那人悬浮在电脑上方，发出一阵冷笑。

“你是什么人？”杨歌挺身而出，挡在了张小开和白雪前面。他说话的时候，手中的火球已悄悄酝酿而成。

“超霸少年，快熄灭你的火球吧！”黑衣人的声音雄浑而有力，“我只是来自电子世界的幻影，你打不死我的，我叫‘神秘客’。”

杨歌熄灭了手中的火球，走到“神秘客”面前，伸出手去，他的手竟然从“神秘客”身上穿了过去，就像穿过了一片空气。

白雪不由地惊叫了一声，心想：难道他是幽灵？

张小开恍然大悟，说道：“我明白了，这是全息图像！”

“神秘客”冲着张小开赞许地点了点头，说：“‘校园三剑客’，我有事相求！”

三人都很吃惊，异口同声地问：“你怎么知道我们是‘校园三剑客’？”

“我掌握了你们全部的资料，”“神秘客”微笑着说，“杨歌，我知道你曾经偶然进入过时空隧道，受时空隧道辐射的影响，具有多项超能力。这位女生，你叫白雪，对生物学、古文字颇有研究，还有替人疗伤的超能力，大家都叫你‘生物少女’。你，张小开，是位电脑天才，在电脑方面的能力无人能及。你们三人曾一起出生入死，破解过许多神秘事件，人称‘校园三剑客’。”

“你需要我们为你做什么？”杨歌冷静地问道。

“最近，许多人在探寻早已沉入A国海底的亚特兰蒂斯古城。因为传说古城里隐藏着巨大的能量，谁掌握了这种能量，谁就可以征服世界。我不希望有人独霸这种能量，更加不允许任何势力利用它威胁他人。所以，我想请你们探索这片神秘的大陆，查清能量的秘密，保卫世界和平！”

“可是，我们只是学生，哪有那么多钱去周游世界？”白雪问道。

“你们不用担心出国手续和费用的问题，我会为你们全部解决。另外，调查过程中你们可以随意调用直升机、潜艇，乃至航空母舰。这一切只有一个前提：你们需要！”

“校园三剑客”都瞪大了眼睛。“神秘客”竟然有这么大的口气，国家元首也不过如此吧？是不是有点儿狂妄了？

二　人鱼少女

“有没有搞错？你放着科学院那么多科学家、院士不找，却找我们这几个小孩子？”听了“神秘客”的话，张小开咕哝道。

“虽然你们在知识上不如那些成人学者渊博，但是你们拥有比他们丰富得多的想象力！另外，因为你们有合力破解神秘事件的经验。我相信以你们的勇气和实力，一定能完成这次任务。”

“校园三剑客”对视了一下，心领神会地点点头，异口同声地说道：“好，我们接受你的邀请！”

“你们三人的机票和出国手续都已经准备好了，很快就会送到。到达A

国后我们再联络，祝你们成功！”“神秘客”说完，整个人化作了一团光影，缩回了电脑屏幕里。

“我们真的该相信他吗？”张小开对刚刚发生的事情感到难以置信，半信半疑地说道。

白雪和杨歌刚要答话，门铃“丁零零”响了，墙上的监视器屏幕显示，大门外站着一个送快递的人。“校园三剑客”异口同声地惊叹道：“这么快？”

张小开冲出门去，签好字，从快递员手中抢过快递，将快递撕了开来。他看见里面是三张机票、三本出国护照，以及三张信用卡。

就这样，“校园三剑客”三剑合璧，开始了新的探险征程！

“校园三剑客”坐了十几个小时的飞机，到达A国首都拉塔市。他们在一家名叫“海神宾馆”的五星级酒店办完入住手续后，张小开的手机收到了一条短信——是“神秘客”发来的，内容是：

“明天，一艘名叫‘辛巴德号’的科学考察船会来接你们。今天没有任务，你们先休息一下，可以到海边观光……”

“校园三剑客”是孩子，正是玩心极盛的年龄。三人将行李扔在前台，就迫不及待地撒腿朝海边跑去。

“校园三剑客”赶到海边的时候，正是日落时分。晚霞烧红了半边天，沙滩上的人们有的在游泳，有的在拾贝壳，有的在尽情地嬉笑打闹……欢声像海浪一样，一阵高过一阵。

杨歌和白雪都冲到海水里，让浪花舔自己的脚，让海水漫过自己的膝。张小开是个旱鸭子，虽然看得很眼馋，却不敢下水。于是，他干脆坐在沙滩上，专心致志地做起了沙雕。当他终于完成一件作品，想要叫白雪和杨歌来欣赏时，一个渔民匆匆忙忙地跑过来，把张小开撞倒了。张小开准确地命中了自己的沙雕，沙雕被砸了个稀巴烂。

张小开生气地说："嘿，你不能小心一点儿吗？"

见张小开有情况，白雪和杨歌连忙跑了过来。渔民把张小开扶起来，抱歉地说："对不起……听说抓到了一条美人鱼，我着急去看……"

"美人鱼？"杨歌和白雪面面相觑。

张小开扭过头来气愤地说："哪有什么美人鱼！所谓的美人鱼只不过是一种叫'儒艮'的哺乳动物，模样儿像个丑八怪！"

杨歌不信，说道："胡说，丑八怪怎么会被叫'美人鱼'呢？"

白雪接话："张小开说得对，因为儒艮喂奶时用它粗壮的'手'拥抱着宝宝，头部和胸脯全部露出水面，酷似在水中游泳的人，所以叫'美人鱼'。"

杨歌有些失神，梦里的情景在他的脑海里浮现。他正出神的时候，听见白雪说："小开、杨歌，不管是儒艮还是美人鱼，咱们还是去看看吧。"

张小开含泪蹲在地上，心疼地说："丑八怪有什么好看的！害得我的沙雕都泡汤了！"

话还没说完，他就发现自己双脚离地，被杨歌、白雪拖着走了。

来到渔民说的抓到美人鱼的海滩，"校园三剑客"看见这里人山人海，人墙被一根红色警戒绳挡着，一名胖警察手持警棍在维持秩序。三人像泥鳅一样在人群中灵活地钻来钻去，很快挤到了人墙的前方。他们看见海岸边停着一只白色的科学考察船，船上放着一只大铁笼子。当铁笼子被士兵们从船上抬下来，放在沙滩上时，有人大声喊道："快看，里面真的是美人鱼！"

张小开张嘴就辩驳："是儒艮不是美……啊？！"

他使劲地扶了扶眼镜，顿时呆住了。同样被惊呆了的还有杨歌和白雪。

躺在笼子里的美人鱼让三个孩子大吃一惊：这真的是一条特别美的美人鱼！她看起来像个十五六岁的少女。和传说中的一样，以腰部为界，上半身是少女，下半身是披着鳞片的漂亮的鱼尾。她的胳膊受了伤，正在流血。

杨歌像被雷击了一样呆住了，喃喃自语道："真的是她……那不是梦！"他的脑海里闪过梦中美人鱼被抓的情形。

白雪的眼中泛起了泪光："为什么要这样做？你们看她好痛苦啊！这样下去她会死的，好可怜！"

张小开感到忍无可忍，喊道："我看不下去了！我们去把她放出来吧！"

美人鱼脸色苍白，湛绿的大眼睛无助地望着海滩上的人群，眼泪在眼眶里直打转。她的嘴唇翕动着，仿佛在哀求："救我——救救我——"

那声音有一种穿透人心的力量，和杨歌梦中听见的声音一模一样。

三　狂人博士

"先不管了。过去看看，见机行事！"杨歌说着，带头从警戒绳下面钻了过去，张小开和白雪见状也跟着钻进去了。

维持秩序的胖警察看见了他们，一边朝三个人跑，一边挥着警棍喊：“小孩，站住！快回去！”

三个人头也不回，一溜烟跑到了笼子边。白雪扶着铁笼，心疼地说：“看！她的手臂受伤了，一直在流血！”

美人鱼看了看白雪，目光中充满了恐惧。白雪向美人鱼伸出手，美人鱼下意识地向后躲闪，蜷缩到了笼子的一角，她的尾巴在不住地颤抖。她是因为疼，还是因为害怕呢？

白雪将一只手伸进笼子里，十分坚决地说：“别怕，我不会伤害你的，把手递给我。”

或许是因为白雪真诚的目光，又或许是因为她友好的声音，美人鱼终于相信了她，慢慢伸出手臂，迟疑地看着白雪。白雪把手放在美人鱼受伤的胳膊上，她的手放射出绿色的光辉，美人鱼的伤口迅速地愈合了。

美人鱼充满感激地望着白雪，白雪也报之以微笑。杨歌和张小开长长地舒了一口气。

忽然，一声怒吼在“校园三剑客”头上炸开：“你们三个小孩儿，这不是玩的地方！快离开这里。”

原来是那个胖警察气喘吁吁地跑过来了。他挥着警棍，一边喘气，一边大叫。

小孩？“校园三剑客”闻声站起，品字排开。张小开一扶眼镜，生气地说：“我们虽然是小孩，但懂得人类应该爱护生命！作为文明社会的一分子，我鄙视你们这样的行为。快把美人鱼放回大海！”

胖警察被噎得哑口无言。这时，一个声音阴阳怪气地说：“放回大海？说得轻松！”

三人回过头，看见一个身穿格子西装、戴着金边眼镜的男子从科学考察船里走出来，来到了他们身后。这个人20多岁，皮肤白得厉害，眼镜后面，一双灰褐色的眼睛透着精明。这个人的脸上，写满了自信，甚至带点儿狂妄和自大。

白雪说：“咦，原来是‘美人鱼博士’。”

杨歌不明白地问道：“什么意思？”

白雪说：“他是A国的怀特博士。因为他在5年的时间里从世界各地抓过整整450条美人鱼，所以大家叫他‘美人鱼博士’。”

怀特博士没想到这个小姑娘竟然知道自己，口气变得更加张狂起来。“你说得没错。可惜以前我抓的那些所谓的‘美人鱼’只是一些儒艮和海牛。这一回，我终于抓到了一条真正的美人鱼，”他兴奋地狂笑，“哈哈！我马上就要成为世界名人了！”

张小开实在看不下去了，骂道：“呸，真是个利欲熏心的家伙！”

怀特博士却不在意，接着发表他的“成名”演说：“小家伙们，记住一句话——成功等于天才加勤奋再加野心。小家伙们，嘿嘿！好好努力吧，你们也会成为像我一样的名人！”

他似乎还想表现一下自己是个“亲民”的“名人”，把手放到张小开肩膀上拍了拍。

张小开简直开始反胃了，他厌恶地将怀特博士的手甩开，大声说道：“如果为了成名要丧尽天良，那我宁愿自己什么都不是。”

白雪催促道：“少啰唆，你没看见美人鱼难受得快要死了吗？快把她放了！”

怀特博士故作惋惜地说道：“科学不能有悲悯之心，如果你们只会同情地可怜这可怜那，那你们将一事无成。”

杨歌冷眼旁观这个冷血和狂妄的怀特，说道：“跟这种人没什么好说的，我来放！”

说完，冲上去就抓住笼子使劲地摇晃。怀特博士猛地收起刚才那副文质彬彬的面具，恶狠狠地说：“几个不知天高地厚的小毛孩儿，太放肆了！”

说着，他从怀里掏出一个遥控器似的东西，朝着铁笼子按下按钮。铁笼子忽然迸射出无数蛇形电流，电流在铁笼子周围游走。杨歌触了电，整个人被打得飞了起来，重重地落到了几米外的地上。

白雪和张小开大吃一惊，慌忙去扶杨歌。

可是，怀特还在狠狠地按电钮，电流在笼子周围疯狂地游走，美人鱼痛得大叫：“啊——”

凄惨的声音使整个海滩变得鸦雀无声。白雪急得眼泪都快流出来了。杨歌撑起身子站了起来。张小开愤怒地喊道：“快住手！你这个疯子！变态！虐待狂！”

怀特博士毫不在意地收回遥控器，斜着嘴角，嘲讽地说：“它虽然长得和人很像，却是低等动物，不值得同情。带走！”

张小开脱口而出，骂道：“你才是低等动物！”

随后，一队着装整齐、携带武器的士兵，将装着美人鱼的笼子抬进了一辆封闭式货车里。“校园三剑客”想去救她，却被士兵蛮横地推回了人群里。车门关闭的那一刻，美人鱼的眼泪随着瑟瑟发抖的身体，再次扑簌而下。之后，怀特博士上了车，车子带着美人鱼扬长而去。

夜幕降临，人们议论着，渐渐散去。空旷的沙滩上，只剩下“校园三剑客”矗立在海风中，静听着海浪拍打礁石的声音，谁也没说话。

四　军事基地

回到海神宾馆，“校园三剑客”耷拉着脑袋，心情坏到了极点。

张小开看看眼泪汪汪的白雪和眉头紧锁的杨歌，忽然站起来叫道：“哼，我不信有什么事情能难住‘校园三剑客’！我们得振作起来，合力救出人鱼姐姐！”

白雪擦去眼泪，说道：“说得对，光唉声叹气没有用，我们必须振作起来！”

两人把目光转向杨歌，想听听他的意见，却看见杨歌突然闭上眼睛，脸上现出痛苦的神情。

“救救我……救救我……不要……不要伤害我……”求救的声音再次出现，直刺杨歌的大脑。杨歌“啊”地喊了一声，双手紧紧抱着脑袋，跪倒在地，额上的汗珠大颗大颗地淌了下来。白雪和张小开吓坏了，慌忙扶住杨歌。

“杨歌，你怎么了？”白雪急切地问道。

“我听见了一个呼救声！”好一会儿，杨歌喘着粗气，缓缓地睁开了眼睛，“那声音直接传到我的大脑里，和我梦中听见的一模一样……是美人鱼在求救！她需要我们！”

张小开焦虑地看着杨歌：“美人鱼的情况一定很糟糕。我们该怎么办？”

白雪快速地分析起来：“美人鱼是被军队带走的，这个城市肯定有军事基地。小开，快上网查一下！”

张小开点头，拿出笔记本电脑，噼里啪啦地敲打键盘。很快，他大声喊道：“找到了！拉塔市的东北郊有个军事基地。美人鱼被抓到那个基地的可能性很大。”

“嗯！”杨歌点头同意，“我们要想办法进到那个基地去。”

张小开继续敲击键盘。不一会儿，他泄气了，说道：“那里的安保措施十分严密，我们一没证件二没熟人，怎么进去呢？”

一听这话，白雪陷入了沉思，杨歌也拧起眉头。房间里静悄悄的，“校园三剑客”的大脑都在飞速运转。

忽然，一阵敲门声吓了三个人一大跳。杨歌开门一看，是前台的女服务员。她微笑着递给他们一个信封：“你们好，这是你们的特快专递。”

“又是特快专递？！”三个人面面相觑。张小开撕开一看，一拍脑袋，说道：“是‘神秘客’，怎么把他老人家给忘了？”

张小开把里面的东西倒了出来。他们看见一封信、一张地图、三张通行证和一把钥匙。“神秘客”在信里说美人鱼被关在拉塔市的军事基地里了，让“校园三剑客”去救她。为了便于他们执行任务，他给三人提供了军事基地的地图、通行证，还给他们提供了一艘名叫霹雳火战车的多功能车，停在了酒店的停车场里。那把钥匙，就是车钥匙。

“校园三剑客”狂奔到停车场，果然看见了一辆流线型的多功能车：

它的前轮像摩托，排气筒像赛车，底盘像越野车，十分新潮前卫。当三人走到霹雳火战车前面时，它的两扇透明玻璃门竟然像两个翅膀一样张开，抬了起来。

张小开惊叫道："天哪，还是智能型的！它一定装了人脸识别系统，'神秘客'提前把我们的照片输入车里了，它见到主人就开门！太厉害了！"

白雪十分佩服地说："'神秘客'神通广大，不但知道我们遇见了美人鱼，还知道我们的所有需求！他究竟是什么人？"

张小开和白雪钻进车里。张小开一见车子复杂的操纵屏，又兴奋得一阵哇哇大叫。杨歌坐到驾驶座上，按下开关，踩下油门，车子后面的排气筒像两个火箭筒一样射出两股火焰，车子轰鸣着蹿上了马路。张小开没坐稳，身体一摇晃，脑袋磕到了前面的车座上。他不满地说："车子开了也不通知一声，要出人命的，知道不？"

此时已是深夜，星光满天。杨歌开着霹雳火战车来到军事基地门口，两名持枪的士兵拦住了他们，要他们出示证件。杨歌不慌不忙地将三份证件递给了一位士兵。那士兵很认真地看了看，正要放行，这时，一位个子很高、瘦得像麻秆、神色阴沉的军官从基地里走了出来。他见车里坐着三个孩子，不禁生疑，走过来问道："等一下，你们是谁？进去干什么？"

张小开被问得怔了一下："我……我们……"

白雪反应快，接话道："我们是……是怀特博士的助手，来协助他工作的。"

军官半信半疑，他从士兵手中拿过通行证，把证件依次往门口的刷卡机上划了一下，机器旁的小显示器上立刻罗列出三人的一系列资料。军官僵硬的神情这才解冻，他的口气也变得恭敬了许多，把证件还给杨歌，说道："原来是三位小专家。请进，怀特博士在里面呢。"

机器上显示的资料，有一项说：三人是"世界之谜研究协会特聘专家"，那军官这才解除了疑虑。

三个人不由得打了一个冷战，赶紧溜之大吉——这个家伙，把人吓出了一身冷汗！

基地很大，一侧有座巨型的监视塔，许多探照灯照过来照过去，巨大的光束不肯放过基地里的每一个角落。

杨歌把车开到一座半球形的实验楼前面，"校园三剑客"从车上下来，察看四周的情况。这时，一个工作人员气势汹汹地向他们三人走来。三个人又紧张起来。张小开小声地说："不会发现我们是冒牌货了吧？"

五　超级能量

工作人员走过来的时候，杨歌小声对张小开说："别紧张！放松！"

"校园三剑客"屏住了呼吸，尽量装出镇静的样子。结果，工作人员根本没打算理会他们，直接从他们身边走了过去。三人不约而同地长出了一口气。白雪拍拍胸口说了一句："吓死我了！"

突然，杨歌垂下头，脸上的表情又变得痛苦起来。白雪发现了他的异样，问道："怎么，又是美人鱼在呼救了吗？"

张小开冲着杨歌直拱手，说道："拜托，这个时候千万别晕倒！"

杨歌困难地喘着气："我……我又听见了那个呼救声……是美人鱼……"

白雪果断地说："杨歌，坚持一下，你能判断出她的方位吗？"

杨歌指着前方说道："可以……就在，就在前面的……大楼里。"

白雪和张小开立刻扶起杨歌快步走上大楼的台阶。实验楼的大门关得很严，门边有一盏红灯在闪烁。张小开走过去，想要按那个红灯，刚走到跟前，一个机械的声音就响了起来："请插入通行证。"原来，红灯是一个监测器。他们依次插入自己的通行证，机械的声音再次响起："证件有效，准许通行。"大门向一边徐徐打开，三人刚进去，大门就关闭了。

进入实验楼里，三人提高警惕，一边左右察看情况，一边轻手轻脚地往前走。张小开困惑地嘟囔着："这里面好大啊！他们会把美人鱼关在哪里呢？"

白雪把脸转向杨歌，杨歌明白她的意思，紧紧闭上双眼，搜寻美人鱼的思维波。"我找到她了。"过了好一会儿，杨歌费力地睁开眼睛，稍稍定了定神说道。白雪迅速取出"神秘客"给的地图，杨歌的手指在地图上游走，一边指一边说："先往右边走，再向左边拐……"最后，手指在地图上的一个位置定了下来。他长出了一口气，说道："美人鱼就被关在实验楼中心的实验室里。"

"校园三剑客"在实验楼里七弯八绕，终于来到中心实验室一扇紧闭的小门前。他们看见门上安着一个小小的液晶屏幕和键盘，液晶屏幕上写着："请输入密码！"

白雪喘了口气："密码？'神秘客'可没有告诉我们什么密码啊！"

“该我上场了，这事儿难不倒我！”张小开拍着胸脯，得意地说道。他将眼镜对准了密码锁——他的眼镜其实是一台小型电脑。张小开轻触眼镜架上的一个突起，眼镜框就射出一束细细的白光，击中电脑锁。“好了，我已经联上他们的主机网络了，正在破解密码。”

一串串数据在眼镜屏幕上飞速闪过，不一会儿，电脑锁的密码就被破解，门自动敞了开来。他们发现，这扇门不是中心实验室的大门，而是一个运货物用的电梯。三人进入电梯，电梯把他们往下送。当电梯门敞开，三个孩子从里面走出来时，一个像足球场一样宽敞、灯火通明、设备十分先进的高科技实验室呈现在了他们眼前。为了不被人发现，三人躲在了暗处向外观察。

中心实验室里，一些穿着白色工作服的蒙面工作人员在来来往往地忙碌着。怀特博士正站在电脑前看一个工作人员操作电脑。美人鱼被绑在一张金属床上，身上插满了各种电极，她的上方还罩着一个透明的防辐射罩。金属床的四周延伸出许多导线，和一台很大的仪器连接在一起，仪器上方的墙上挂着一面大屏幕，上面正在显示着美人鱼的一连串分析数据。此外，还有一台机关枪一样的仪器和电脑连接着，在“机关枪”的前方，有一个小小的金属托盘，里面放着一颗鹅蛋大小的、闪闪发光的金刚石。

“能量枪对准目标！”怀特博士命令道。工作人员操作电脑，能量枪转动起来，对准了金刚石。“加大能量体电流量！”随着这道命令，美人鱼全身被刺目的强光笼罩住了，她的身体开始拼命地挣扎，她的喉咙里发出了痛苦的哀号，汗水从她的头上淌了下来。杨歌立刻感应到了美人鱼的痛苦，他使劲地捂住了脑袋。美人鱼在强光的刺激下，全身冒汗，惨叫不断。对此，怀特博士充耳不闻，继续命令道：“能量枪发射！”

张小开着急地说道："这个虐待狂……我们赶快去救她！"

但是，白雪一把拉住了他——这个时候冲出去，不但救不了美人鱼，还可能被发现，前功尽弃！

在工作人员的操作下，能量枪射出一束耀眼的白光，击中金刚石。只听"砰"的一声巨响，那块硕大的金刚石顿时化作了一团彩色的烟雾。在场的工作人员全都目瞪口呆。

"啊，金刚石……"怀特博士放声大笑，"哈哈，美人鱼身上的能量竟然能摧毁金刚石，太厉害了！马上给我接通将军的视频通话！"

工作人员执行了他的命令，实验室中的一面墙壁立刻变成了一个巨大的屏幕，屏幕上，出现一胖一瘦两个人：胖的那位身穿将军服，脑满肠肥，坐在一把柔软宽大的沙发椅里；瘦的那位毕恭毕敬地站着，他正是刚才"校园三剑客"进入基地时，拦住他们，对他们进行盘问的军官。

怀特博士得意扬扬地说道："安德烈将军，罗姆上校，实验成功了，从美人鱼身上提取出来的能量能击碎金刚石！"

听了他的话，胖将军十分激动，猛地挺起了身子，问道："传说中的超级能量真的存在？"

"是的，将军！"

"如果我们掌握了这种能量，就可以成为世界霸主了！哈哈哈……"

"那么，将军，原定的'亚特兰蒂斯计划'可以实施了吗？"

"马上安排实施。"

六　勇救人鱼

“怀特博士，实验还要继续吗？”工作人员问道。此时，罩住美人鱼的强光正在减弱，美人鱼已经昏厥过去了。

怀特博士摆手说：“我要的结果已经出来了，把她放回鱼缸里吧。”

“是！”

工作人员按动控制台上的按钮，玻璃罩敞了开来，那些绑着美人鱼的铁环自动解开。一名工作人员从控制台上抱起美人鱼，很粗暴地把她扔进了旁边一个三四米高的透明水箱里。美人鱼依然昏厥着，渐渐沉到了水底。之后，她的身体漂浮而起，半仰着身体悬浮在鱼缸里，一动不动，她那美丽的头发此时毫无生气地漂散着。

张小开攥紧了拳头，咬牙切齿地说：“现在可以救她了吧？”

这时，工作人员开始散了开来，怀特博士带着他的助手向一侧的大门走去——多数人的注意力已不在美人鱼身上了。

杨歌观察了一下，对两个伙伴说道：“冲！”

三人快步朝大鱼缸冲了过去。

“你们是什么人？”一个工作人员看见了三个孩子，非常吃惊。其他人听见他的喊声，都冲过来围堵三人。怀特博士见状，也和他的手下返身朝这边跑来。当他们跑到鱼缸前时，“校园三剑客”已经被工作人员围住了。

怀特博士一眼就认出了这三个孩子，惊讶地问道："啊？怎么是你们？！你们是怎么进来的？"

杨歌毫不畏惧地说："我们是来救美人鱼的。你快把她放了！"

怀特博士冷笑道："别再想什么放生美人鱼的傻事了！你们能找到这里，说明你们很有潜力。听我的话，也许我会考虑收你们为徒。"

张小开气坏了，朝他"呸"了一声，说："像你这样利欲熏心的人，就是有乔布斯的才华、爱因斯坦的智慧，我们也不会拜你为师的。"

"不识好歹！"怀特博士狠狠地瞪了三个人一眼，对工作人员吼道，"把他们抓起来！"

工作人员一齐围了上来，白雪对杨歌说："快动手，不然就没机会了！"

杨歌一边点头，一边将双掌合在一起，他大喝一声："霹雳火球！"

话音刚落，他掌中的火球就飞了出去。"砰"的一声巨响，火球击中了玻璃水箱。水箱的玻璃被击出一个大洞，碎片四溅，箱中的水喷涌出来，四处流溢。

杨歌迅速对另外两个伙伴说："冲！"

出乎怀特博士他们意料的是，三个孩子不是逃向大门，而是返身冲向了鱼缸。

在场的所有人都大惊失色，怀特博士大怒。他一边大叫"抓住他们"，一边拿出对讲机喊道："是基地保安局吗？你们怎么搞的，竟然把三个毛孩子放进来了！快来人把他们轰走。"

"嗷——"

骇人的警报声骤然响起，基地内部到处都亮起了红色的警示灯。中心实验室的天花板、四面的墙上，忽然冒出几个炮管似的东西。一个冷漠的电子声音报告道：

“中心实验室受到入侵，防御设施启动。”

接着，那些炮管似的东西就射出了拖拽着白烟的烟幕弹。实验室顿时浓烟弥漫，所有人都使劲地咳嗽起来，工作人员乱作一团，纷纷去墙边拿防毒面具。烟雾中，“校园三剑客”捂着嘴，飞快地穿过玻璃水箱的大洞，钻进了箱中。巨响声和水流使人鱼少女苏醒过来，她看见了钻进鱼缸里来的三人，全身缩成一团，眼睛睁得大大的，仿佛还处在惊吓中。

白雪用尽量缓和的声音对她说：“别害怕，咳咳咳……我们是来救你的。”

人鱼少女认出了这是下午为她疗伤的人，就把手伸向白雪。

“我来背你！”张小开上前一步，将人鱼少女一把背到了背上。“好轻啊！”张小开感到人鱼少女出奇地轻。

“咳咳……拦住他们！”

“校园三剑客”带着美人鱼往门的方向冲时，听到了怀特博士气急败坏的喊声。三人回头一看，不好！基地警卫队已经赶到了。他们戴着防毒面具，手持武器，围在大门口。听到怀特博士的命令，他们全部举起枪，对准了三个人。

怀特博士恶狠狠地威胁道：“把美人鱼放下，我命令你们把它放下！”

一不做，二不休！杨歌握紧双拳，又变出了一个火球。只听他大喊一声：“霹雳火球！”那火球就朝怀特博士、工作人员和持枪的士兵而去，“轰隆”一声巨响，爆炸的气浪将怀特博士他们都掀得飞了起来。

就在这一瞬间，三人瞅准了空子，从倒在地上的人堆里冲了出去。他们带着美人鱼冲进电梯里。他们身后，脑袋上冒着黑烟的怀特博士气急败坏地喊："抓住他们……"

警卫队的士兵们一个个爬了起来，饿狼一样扑向电梯。

"拜托！拜托！拜托！"

白雪拼命按着电梯按钮，几个冲劲太猛的士兵眼看要到了！幸好电梯的门及时合上了，冲在前面的士兵脑袋狠狠地撞在了电梯门上。

电梯停在了一楼，门一开，张小开背着美人鱼，和白雪、杨歌就从里面跑出来。三人拼命呼吸新鲜空气，刺耳的警报声在头顶回响，他们在空空荡荡的走廊里飞快地奔跑。

七　机器金刚

杨歌领先，三人带着美人鱼冲出走廊。但就在这时，前方出现了几位体形彪悍、穿白衣服的工作人员，其中一个喊道："他们在那里！"

"校园三剑客"只好转身往回跑，没跑两步，看见怀特博士和一些警卫队员追过来了，他们只好又跑向另一个通道。

"原来他们是侵入者！我太大意了……关闭所有通道的隔离门！"听见警报声，罗姆上校去了基地中心控制室，从监控器的屏幕上，他认出了三个孩子，自责地说道。工作人员立刻执行他的命令，拉下一个又一个开关的把手。

“一号通道隔离门关闭……二号通道隔离门关闭……三号通道隔离门关闭……”

立刻，基地走廊墙上的红灯一盏又一盏地亮了起来，一些电子声音此起彼伏。各走廊通道口的大铁门一扇接一扇地落下来，通道都成了死胡同！

三个孩子在通道里奔跑着，最后一扇隔离门在三人面前落了下来。杨歌使劲地用胳膊肘去撞隔离门，但是，门纹丝不动。

身后，工作人员已经气势汹汹地逼了过来。三个孩子步步后退，被逼到了走廊的尽头。怀特博士狞笑道：“嘿嘿，小家伙们，你们跑不了啦！快把美人鱼交还给我吧！”

三人正感到绝望的时候，白雪发现身旁有一扇小门，小门旁边有一个密码锁。她推推张小开，小声说：“小开，是密码门，会开吗？”

“密码锁？在本天才面前根本就是小菜一碟！”

“欠扁，这个时候还有心思吹牛？”

张小开吐吐舌头，抬手轻触眼镜，眼镜射出一束光，与电脑锁上的小灯相连，一串数字在眼镜屏幕上闪烁。

“他们在开锁，快阻止他们！”怀特博士看着张小开怪异的举动，突然恍然大悟，大声喊道。他的手下马上冲了过来。

千钧一发之际，张小开大笑道：“哈哈，搞定！”

“砰”的一声巨响，铁门开了。张小开带着美人鱼推门冲进去，白雪紧随其后，跑在最后面的杨歌重重地把门撞上。

只听“咚”的一声巨响，这是可怜的怀特博士发出的，他冲在最前面，脑袋重重地砸在了紧闭的门上，身体直向后被弹飞了。经历了抛物线运动后，怀特博士跌坐在地上，头上肿起了一个大包。

“快开门！抓住他们！”怀特博士手指着门喊道。他的手下使劲推门，输密码，门就是纹丝不动。怀特博士气得直骂：“笨蛋，按密码！”他边说边一把推开手下，自己伸手去按，但是，张小开早有先见之明，已经在里面更改了密码。一时半会儿，他们谁都休想进去了！

“漂亮！”

“校园三剑客”在门的另一侧击掌庆祝。但是，当“校园三剑客”环顾四周时，他们发现所置身的巨大房间的中央，立着一台至少有3米高的独眼机器人，它的周身和四肢，有众多粗大的管线和许多庞大的高科技仪器相连接——原来，这是一间机器人实验室。

张小开不仅是电脑迷，还是个机器人迷。他仰头望着机器人，赞叹道：“哇，好酷的机器人！”

杨歌点醒他：“小开，现在不是欣赏机器人的时候，我们要想办法尽快出去。墙上的监视器还在监视着我们呢，他们很快就会进来的！”

杨歌是对的。基地中心控制室的屏幕上，清晰地显示着他们的一举一动。罗姆上校看着“校园三剑客”和美人鱼在机器人实验室里东张西望的情形，冷笑道：“我正好可以用你们测试一下机器人的性能。快，让机器金刚苏醒，把他们抓起来。”

工作人员远程启动了机器人。

机器人实验室里，三人看见左侧不远处有一扇小门，就朝门跑去。背着美人鱼的张小开一边跑，一边不时回头欣赏着，赞叹道：“这么棒的机器人，谁设计的？跟本天才有一拼啊。”

话音未落，机器人的独眼射出了一束红光，身上传出打雷一般的声音："轰隆轰隆……"张小开吓得一下子呆住了，头发全立了起来，两腿直打颤。

这时，机器人伸出两只巨大的手掌，想要抓住张小开。"小开，快闪开！"杨歌大声喊道。同时，他迅速酝酿出一个火球，打在了机器人身上。机器人被爆炸震得身子一歪，两只大手掌落了空，打在地上，迸射出火星。

张小开终于回过神来，两腿打颤："哇，好惊险啊！今晚准要做噩梦了！"

糟糕的事还在后头呢！杨歌刚发射完火球的手还在冒烟，机器人却又扑上来了！它的身上竟然安然无恙，只是火球烧过的地方冒了点儿黑烟。机器人迈着有节奏的步伐追了过来，它每走一步，地板就颤动一下。

杨歌挡在了机器人前面，回头对白雪和张小开说："你们快想办法从门出去，我来对付它！"

说着，他手里又酝酿出两团火球，挥了出去，将它们同时打在了机器人身上。"轰隆！"火球炸开了，机器人全身乌黑，向后倒去。

张小开惊恐地说："完蛋了吧？"

可是，只听"轰隆"一声，机器人突然坐了起来，它睁着那只血红的独眼，巨大的手捏成铁拳，狠狠地朝杨歌砸了下去。杨歌一闪身，机器人的铁拳将地板砸出一个大窟窿！机器人站起来，再次逼向杨歌。杨歌忙酝酿火球，但是，他的手上只出现了两团小火焰，并且很快就熄灭了。杨歌又努力了一次，然而他手上的火焰比刚才更小了！

杨歌额上淌下豆大的汗珠，自言自语道："糟糕，刚才发射的火球太多，体力透支了！"

八　山重水复

张小开抱着美人鱼，和白雪一起冲到了小门边。白雪看了一下那门，说道：“小开，这个门也是电脑锁，你能打开它吗？”

张小开这次可顾不上臭显摆了，他连忙按下眼镜上的按钮，眼镜射出一束光，扫描密码锁。

杨歌这边，机器人朝他挥手臂，想用它的铁臂把他击倒。杨歌努力地向后一仰，机器人的大手从他身体上面“呼”的一下掠了过去。杨歌气喘吁吁，显然快要撑不住了！白雪看在眼里，急在心中。她着急地催促张小开，问他密码破解开了吗。

张小开满头是汗，着急地说：“不行，这个电脑锁的密码有点难度。”

机器人眼睛里的瞄准器再一次锁定了杨歌。杨歌勉强喊了声“霹雳火球”，但手上这一回空空如也！可是——没别的办法了，拼啦！杨歌再次声嘶力竭地喊了一声，他的手上，终于出现了两团火球。他两手合拢，两团火球并在了一起，变成了一个更大的火球。此时，机器人眼中射出一束光，飞向杨歌。杨歌抬起手，火球正好挡住了机器人眼中射出来的光。火球与光束撞在了一起，双方僵持着。杨歌的体力几乎到了极限。

“怎么回事？密码还是破解不了！”张小开急得哇哇叫。白雪掉头看杨歌，只见杨歌的火球变得越来越小，而机器人的光束变得越来越粗。

杨歌喘着气，虚弱地说："我……我有点顶不住了……小开，你快点啊！"

终于，电脑锁的小灯变绿，门开了。

杨歌看着张小开那边成功了，一咬牙，全力一搏——他使尽全身的力气喊道："最强火球，发射！"

他手上的火球突然变得超级大，射向了机器人的眼睛。

"轰隆——"火球爆炸，机器人的眼睛被炸开了，电脑元件迸射出来。失去了摄像头的机器人四处胡乱地挥动着手臂，发出让人难以理解的电子音。

杨歌这时也累得跪倒在了地上。白雪连忙冲过去扶他，杨歌气喘吁吁地说："我……没力气了……你们……快走……"

"别胡说了，我们怎么会丢下你？"白雪奋力扶起杨歌，三个人向门口冲去。

阴魂不散的机器人竟然一手捂着眼睛，一手伸向白雪他们，跌跌撞撞地扑了过来！三个人吓得目瞪口呆！

就在机器人的手快要触着白雪和杨歌时，机器人的身上开始冒火花、冒烟，发出"噼噼啪啪"的爆炸声。"轰隆！"机器人终于在他们背后轰然倒下。紧接着，又是一声巨响，机器人爆炸了，火光中，电脑元件朝四处迸射。

"岂有此理，他们竟然毁坏军方投资了上百亿美元制造的机器金刚！全员出动，一定要抓住他们！"中心控制室里，罗姆上校勃然大怒，拳头狠狠地捶在控制台上，大声吼道。

"校园三剑客"冲出机器人实验室。白雪一松手，杨歌就一屁股坐在了地上。张小开也将美人鱼放到地上，大口大口地喘着气。他们都快跑不动了！

“嗯——啊——”地上的美人鱼开始呻吟起来。

“人鱼姐姐……你……你怎么啦……”张小开慌忙问道。美人鱼的脸色愈发苍白，额头冒汗，汗珠大颗大颗地滚了下来。她紧咬着嘴唇，身体扭动着，一副痛苦不堪的样子。

白雪突然明白了，说道：“美人鱼刚才受了怀特博士的折磨，身体需要水分。我们得赶快把她送回大海，不然她会死的。”

杨歌从地上挣扎着站起来：“那咱们……快点走！”

这时，拐弯处传来了脚步声和怀特博士的声音：“那边是机器人实验室的另一个门，他们应当在那一带。”

张小开连忙把美人鱼背起来，对另外两位说：“快走！”

三个孩子在曲里拐弯的走廊里奔跑着。走廊有很多分支，四通八达，像迷宫。走廊尽头，是一个宽敞的大厅，大厅中放着许多箱子，远处有一扇大铁门。这时，怀特博士和大批军队从大厅的大铁门里跑了进来。

张小开放下美人鱼，三人蹲伏到了箱子后面。美人鱼神情痛苦，白雪握住了美人鱼的手，小声地说：“人鱼姐姐，你要挺住啊！”

美人鱼一声不吭，牙关紧闭，显得痛苦不堪。

怀特博士他们的声音越来越近。“校园三剑客”对视一眼，没办法，跑啊！张小开背起美人鱼，白雪扶起杨歌，往大厅的门口冲去。但是晚了！怀特博士他们已经看见了三人。怀特博士冷笑一声，手伸向墙上的开关，并按下了其中一个按钮。大铁门徐徐往下降。他命令道：“抓住他们！”

工作人员都冲了过来。三个孩子拼命地朝徐徐下降的大铁门奔去。铁门降到一半了！白雪和背着美人鱼的张小开冲在前面，猫着腰冲了出去。杨歌在后面，当他到铁门前面时，铁门已经离地只有半米了！

白雪急得直喊：“杨歌！”

杨歌就地一滚，从铁门下面滚了出去。铁门“砰”的一声在杨歌身后紧紧地关闭了。

后面追来的工作人员都呆立着，看着怀特博士，一副不知所措的样子。怀特博士使劲拍铁门旁边的按钮，恼羞成怒地喊道：“快去追啊，你们这些笨蛋！”

可是，当“校园三剑客”冲出铁门后才发现，前方，是一堵墙。再也没有什么门和密码锁了！

“校园三剑客”别无去路了！

九　生死逃亡

“这是死胡同，我们没地方可去了！”背着美人鱼的张小开着急地说道。杨歌飞快地往四下里看了一下，发现墙上有一扇正方形的小门，门上写着“垃圾口”，门边还有一个开关扳手。开关下面，写着“垃圾处理开关”。

杨歌的目光落在了垃圾口上，思索片刻，打开了垃圾口的盖子，对白雪和张小开说："快进去！"

白雪捂住鼻子说："好臭哦！"

"管不了那么多了！快点！"杨歌催促道。白雪捏着鼻子爬进去，顺着管道往下滑。张小开将美人鱼放进去，然后自己也钻进了管道里。杨歌垫后，也跳进了管道中。

"啊——"四人沿垃圾通道向下滑，垃圾管道好像深不见底！孩子们忍不住尖叫起来。终于，他们落在了一个黑咕隆咚的地方。

"好黑！"白雪的声音有些发颤。这时，美人鱼的全身竟然放射出银色的光，照亮了周围小小的空间。

"啊，你会发光？"张小开惊讶地说。

美人鱼点点头。但白雪发现她忽然大汗淋漓，顿时明白了，劝阻道："发光会消耗你的体力？请不要再发光了！"

美人鱼坚定地摇了摇头，继续努力为大家照亮。

"这是什么鬼地方啊？"张小开捏着鼻子往四下里打量，他的另一只手在地上一抓，抓到一把黏糊糊的垃圾。他厌恶地说："垃圾……这里是处理垃圾的地方。真倒霉，怎么掉到这种地方来了！"

这时，垃圾口外面，一个骨瘦如柴、神情木讷的清洁工正推着一辆垃圾车走进来。他打开垃圾口，将垃圾车里的垃圾通通倒进了垃圾口里。这时，怀特博士和手下也从拐角处冲了过来。

"咦，人呢？"怀特博士问清洁工，"你看见有人过来了吗？"

清洁工怔怔地摇了摇头，然后他的手伸向墙边，将"垃圾处理开关"的扳手拉了下去。在扳手的上方，一个红灯亮了起来，旁边字幕显示："垃圾压缩程序开始运行。"清洁工缓缓地推车而去。

“他们怎么会不见了呢？”怀特博士咕哝道。接着，他又一挥手，对手下说道：“走，到别的地方去看看！”

清洁工扔进去的垃圾从通道里落了下来，“扑通扑通”全落到了孩子们的头上。

张小开拼命地将头上、身上的脏东西往一边甩，“呸呸呸”地骂着：“都是什么东西呀？好恶心！”

这时，美人鱼身上的光开始渐渐地变淡，看起来她快要昏厥过去了。

白雪着急地喊道：“人鱼姐姐、人鱼姐姐……人鱼姐姐快坚持不住了，她必须尽快回到大海！”

张小开借着美人鱼身上发出的光往四下里看，发愁地说：“这个地方连门都没有，我们怎么出去呢？”

杨歌突然灵机一动，对张小开说：“小开，你的眼镜不是具有X光透视功能吗？用它找找看。”

“我怎么把这么重要的宝贝都忘了？”

张小开启动眼镜上的一个按钮，眼镜发出X光，他四处寻找可能存在的出口。这时，大家感到垃圾处理间里的天花板、墙壁、地板都开始向中央收缩。

张小开摘下眼镜，吃惊地说：“怎么回事儿？四面墙都在收缩！”

一个电子声音回答了他的疑惑：“垃圾压缩处理装置已启动，请注意！垃圾压缩处理装置已启动，请注意！”

房间的空间因为四面墙的紧缩被压得越来越小。杨歌着急地问张小开找到出口没有，张小开摇头说：“还没有！天哪！我们要被压缩成饼干啦！”

“没办法，只有碰运气了！但愿我还有体力造出火球……”杨歌咬牙说道。他的手握在一起，用尽全力，喊道：“霹雳火球！”手张开时，总算出现了一个火球。他将那火球往头顶上方用力一掷，“轰隆”一声巨响，一个大洞被打了开来，如注的水从上面倾泻下来。原来，墙外清洗设备的一个水管被击破了，汩汩地喷水。水迅速漫了上来，很快淹到了他们的腰部。因为有水，美人鱼睁开了眼睛，她的身上，又放射出光芒。

“哗啦啦……”

管道内冲出的水越来越多，力量越来越大，将四人带出了火球击破的那个大洞，顺着巨大的管子，一直冲到了楼外的草地上。

“唉哟——”

张小开摔了个嘴啃泥，他顾不得揉屁股，慌忙抱起摔在一边的美人鱼。白雪和杨歌也互相搀扶着站起来。三个人一边向前走，一边机警地朝四下里张望。忽然，他们的前方，出现了许多闪闪发光的绿色光点。

“啊？！那是什么？这里不会有鬼吧？”张小开浑身颤抖地说道——他最怕鬼了。但很快，孩子们终于看清：黑暗中，那些绿色光点所属的身体，是一只只像人一样高的狼狗。

“汪汪汪……”狼狗朝孩子们猛扑了上来。

杨歌猛然醒悟，喊道：“是军犬，快跑！”

三个孩子向侧面飞跑。然而，他们的前方，又出现了许许多多绿点，数都数不清——孩子们被几十只军犬围在了中央！

张小开叹气：“今天真背！才出垃圾箱，又掉进狼狗窝里了！”

“我用火球来对付他们！”杨歌努力酝酿火球，但他的手一丁点火焰都造不出来了。

十　木屋逃生

面对几十只凶恶的军犬，白雪的表情异常冷静，似乎在思考着什么。忽然，她勇敢地向其中最大的一只狼狗——犬王走去。狼狗们汪汪乱叫，犬王一跃而起，扑向白雪。

张小开和杨歌异口同声地喊道：“白雪，快回来！”

然而，他们发现：白雪的眼睛，发出了幽幽绿光，直直地与军犬对视着。接着，她还向着那犬王伸出了手掌，做了一个古怪的手势。跃到空中的犬王，竟忽然像是着了魔一样，安稳地落地，乖乖地停在了白雪面前。白雪将手轻轻地放在犬王的额头上，轻轻地抚摸着犬王的脑袋。犬王竟然很听话地垂下了头，“呜呜”哼着，听任白雪的安抚。其他军犬也垂下了头，整个军犬窝变得鸦雀无声。

张小开看呆了，惊叹道：“白雪，真有你的！”

杨歌提醒道：“小开，快走！”

三人带着美人鱼快步向一处小门走去。

基地中心控制室，罗姆上校对手下大发雷霆：“你说什么？监视器里找不到那三个小孩了？那他们会去哪里？”

工作人员战战兢兢地回答：“他们——可能逃到实验楼外面了！”

这时，墙上的一个大屏幕亮了，将军的脸出现在了屏幕里。将军黑沉着脸问：

“罗姆上校，美人鱼抓回来了吗？”

“将军，属下正在追捕侵入者。”

“马上把她给我找回来，真是废物！”

将军大怒，狠狠地关闭了按钮，屏幕顿时变成了雪花点。

“校园三剑客”从军犬窝里逃出来，一眼就看见了停在实验楼外面的霹雳火战车。张小开高兴地说：“太棒了！我们的车子就在那边，快过去！”

监视塔上的光柱仍在扫射着。孩子们猫着腰，借着一堆巨大的水泥管道作掩护，朝着300多米外的霹雳火战车跑去。这时，光柱又扫射过来了，杨歌连忙蹲下身，并对另外两位说：“快低头！”

三人蹲下身，和美人鱼一起，躲在水泥管后面。光柱从他们的头顶扫过。

忽然，一个声音在他们头顶炸开：“侵入者，你们不可能逃走的，我命令你们马上投降！”

是罗姆上校的声音！张小开吓得一屁股坐在了地上。幸亏美人鱼向上指了指。哎哟！虚惊一场。原来他们藏身的柱子上挂着一个喇叭，罗姆上校对着话筒喊话的声音从里面传了过来。

“校园三剑客”带着美人鱼小心翼翼地沿着水泥管向霹雳火战车靠近，当他们从水泥管后面冲出来时，罗姆上校领着一队荷枪实弹的士兵朝这边跑来了。

“他们在那里！”一个士兵看见了他们，大声喊道。罗姆上校带着士兵们冲了上来。塔楼上的探照灯光柱也笔直地照了过来，罩住了孩子们。

杨歌东张西望，发现十几米外有一间小木屋。他挥手喊道：“躲到木屋里去！”

三人带着美人鱼飞跑进小木屋里，紧紧地关上了小木屋的门。

罗姆上校命令手下在木屋外面一字排开。他恶狠狠地喊道：“侵入者，我数三下，你们马上从屋里出来，不然我们就开枪了！”

屋内没有反应。

罗姆上校大声数道：“三、二、一。”

屋内仍没有动静。

“举枪！”罗姆上校命令道，士兵们举起了枪。

这时，怀特博士气喘吁吁地跑过来，喊道：“等一等！”

罗姆上校回头看他，怀疑地问：“怀特博士，难道你想要眼睁睁地看着三个小孩从你眼皮底下带走美人鱼？”

怀特博士反唇相讥：“那也是你把人放进来的！”

罗姆上校生气了，他不再理会怀特博士，回头对士兵们下达命令：“预备……”

这下，怀特博士急了。他一步拦在了前面：“慢着！美人鱼在里面，不要伤了美人鱼。不然，将军那里没法交代。”

“好你个怀特，竟然搬出将军来压我？！”罗姆上校瞪了怀特博士一眼，只好命令道，“朝门的两边打，开枪！”

“啪啪啪……”子弹从枪膛里射出，小木屋两边的墙壁被打得千疮百孔。

杨歌的声音从屋里传来：“你们不要开枪，我们这就出去。”

罗姆上校挥手说道：“停止射击！”

很快，门自动开了，罗姆上校、怀特博士和士兵们都冲了进去。可是，在手电筒照射下，他们发现，小木屋内已经空无一人！正对门的一扇窗户开着——孩子们跳窗逃跑了！

罗姆上校气急败坏地喊道：“可恶！追！”

十一　变形战车

警报声响彻整个军事基地，士兵们奔跑的声音、军官们的呼喊声，还有报话机的声音……响成一片。“校园三剑客”从屋后离开，朝霹雳火战车奔去。士兵们也冲出了屋子，潮水般扑向他们。他们再次被士兵们团团围住了。

张小开背着美人鱼，白雪、杨歌背对背站着，三个人保护着美人鱼。张小开和白雪看着密密麻麻包围着他们的士兵，不知该怎么办。杨歌神色紧张，不言语，眼睛紧紧地盯着他们的车。

奇迹发生了！不远处的霹雳火战车的车灯忽然亮了——它竟然自己发动了！只见它的尾部像火箭喷射器一般喷出两束红色的火焰，一头扎向了士兵堆里。

“天哪，这车是无人驾驶的！”

士兵们像潮水一般闪了开来。

“太棒了！霹雳火战车来救咱们了，它的智能真是不同一般！”张小开高兴地说。

霹雳火战车冲到孩子们面前时，戛然而止，玻璃罩门自动敞开，杨歌跳到驾驶座上，喊了声“快上来”。白雪先上车，张小开把美人鱼递给她，然后一下子瘫在了车座上，连声说“累死了”。美人鱼面色惨白，神情痛苦。

“人鱼姐姐，马上就能离开这里了，坚持住！”白雪握住了美人鱼的手，鼓励道。

杨歌发动了霹雳火战车。霹雳火战车向军事基地的大门冲去。士兵们不敢阻拦，闪开了一条通路。

罗姆上校带着士兵们赶到，命令士兵们举枪瞄准，但又被怀特博士制止了，他冲上来叫道：“别开枪！笨蛋，上面有美人鱼，伤着美人鱼怎么办？”

有了怀特博士的“帮助”，霹雳火战车如入无人之境，飞也似的闯出了包围圈，朝基地大门冲去。

罗姆上校用步话机对中心控制室的工作人员命令道：“马上关闭基地的大门，不要放跑了侵入者！”

控制台上的一个按钮被按下，基地大门在徐徐地关闭。

“大门快要关上了，”张小开催促，“杨歌，再开快点！”

“车速已经到达极限了！”

杨歌使劲踩油门。车子离大门越来越近，在即将到达大门时，门紧紧地关上了。霹雳火战车的后面，基地士兵们如潮水般围涌了过来。白雪往后一看，说道：“糟了，我们被困住了！”

杨歌紧锁眉头，心想：要是我的体力足够，我可以打开时空隧道，把车子和大家瞬间转移出去，但我现在连霹雳火球都酝酿不出来了！

孩子们正发愁的时候，霹雳火战车上的一个按钮的灯亮了起来，杨歌下意识地按下那个按钮。只见霹雳火战车的前端，竟然伸出两支长长的炮管。“轰隆隆”，炮管里射出两发炮弹，击中了大铁门。大铁门上顿时被轰出一个大窟窿！霹雳火战车再次加速，腾空而起，从大窟窿里一跃而出，冲到了外面的道路上。

“啊？”

“校园三剑客”和士兵们一样目瞪口呆。他们哪里见过这样的汽车啊！

罗姆上校见煮熟的鸭子飞走了，不得不拿出对讲机，向将军汇报。将军大怒，一把打翻了桌子上的花瓶，吼道：“什么？你们竟然让三个小孩子从我们眼皮底下逃出去了？废物！一群废物！去！马上动用一切力量，把美人鱼给我追回来！”

基地被毁坏的门敞开了，十几辆军车冲出了基地。“突突突”，直升机的螺旋桨飞速旋转，腾空而起。直升机射出的强光像舞台上的追光一样，洞穿黑暗，紧紧地追踪着霹雳火战车。

三人回头看看，再抬头看着。嘿！军方的动静可真够大的。张小开在座位上舒舒服服伸了个懒腰，说道：“好有大片的感觉啊！”

杨歌真服了他的“幽默感”！后面可是真的追兵呀！眼看前面出现一道很宽的壕沟，杨歌叫道：“说话会咬到舌头的！坐好！”

说着猛踩油门，加大马力，车子腾空而起。后座的张小开、白雪都惊恐地喊了起来：“啊——”

霹雳火战车飞越过壕沟，四个轮子平平稳稳、有惊无险地着地。“唉哟！”张小开的脑袋再一次磕在了车窗上。白雪和美人鱼紧紧抱在一起，脸上是一模一样的惊恐。只有杨歌镇定自若，驾驶着霹雳火战车，风驰电掣般冲上了高速公路。为什么呢？因为他发现，这辆霹雳火战车的“智能”高得惊人，简直做到了“车人一体”！

军用车和装甲车跟着霹雳火战车冲上了高速公路。过了一会儿，“校园三剑客”发现前方高速路上的车子排成了一长串。张小开着急得直跺脚，喊道：“糟了，前方堵车！”

话音还没落，霹雳火战车的底座就喷出一股强气流，带着战车腾空而起，从堵在前方的大小车子上方飞过。

霹雳火战车刚着陆不久，杨歌猛然发现，前方路面上遍布着铁蒺藜——是怀特博士出的坏主意。他见“校园三剑客”的车子飞起来了，就给同车的罗姆上校提了这么一个建议，罗姆上校马上让手下采取行动。杨歌想踩刹车，因为就这么愣愣地开过去，车轮一定会爆胎，车子也会翻倒的！但是，就在他们快要冲到铁蒺藜边上时，车子发生了变形：车顶篷无限膨胀，底盘急剧收缩，竟然在瞬间变成了一个闪亮的金属球体。球形的车子飞快地滚动，从那些铁蒺藜上面滚了过去。车里，前后排的座位瞬间变形成了上下层，两层之间由动轴连接。这下子，虽然车身滚得翻天覆地，车里的动轴却将滚动全部化解了，孩子们坐在里面，仍然如履平地。他们欣赏着车窗外翻滚变化的景象，兴奋得“哇哇”大叫。

当车子滚过长达十几米的铁蒺藜路面后，又恢复了原状，毫发无损！

十二　魔力琴声

怀特博士和罗姆上校在他们车子的液晶显示屏上看见了直升机发回来的即时录像，惊讶得目瞪口呆。好半天，罗姆上校才回过神来，再次下达命令，要求另一个方向的车队从前方堵截“校园三剑客”。

霹雳火战车与军车在高速公路上展开了惊心动魄的追逐战。前后都有军车围堵，张小开不停地回头，催促杨歌开快点，再开快点！但是，车速确实已经到达极限了！

“呜——”

前方是一条交叉铁道，一列空气动力列车正呼啸着从远处开来，交叉路口的红色警报灯不停地闪烁着。

“哈哈，这下看你们往哪儿逃？”怀特博士看着即将冲过来的火车，奸笑道。这时，他们的车子离霹雳火战车越来越近了！

“保护好美人鱼，大家坐好了！”杨歌回头对伙伴们说道。然后，他猛踩油门，冲向铁轨。张小开听得大惊失色，喊着“快刹车”，但霹雳火战车已经腾空而起，火车也呼啸而来，在两者即将相撞的一瞬间，霹雳火战车率先冲过了交叉道口，火车从他们身后“呼呼”地开过！

“杨歌，你太玩命了！”好半天，车上的人才回过神来，张小开心有余悸地说。

“不是玩命，是迫不得已！”杨歌的额上也是一层冷汗。

火车像一条巨龙，拦住了后面追来的军车。怀特博士看着轰鸣着在眼前开过的火车，沮丧透顶。

罗姆上校冷笑道：“放心吧，其他部队也赶到了，他们跑不了的。”

空中，是引擎的轰鸣声；陆地上，无数的军车正从四面八方涌来。霹雳火战车冲到海滩上时，直升机的追光紧紧地罩住了三人。不用看也能听到，大队军车已经追上来了，对他们形成了合围之势。数千名军人迅速将海滩封锁了。士兵们的包围圈像束紧口袋一样越缩越小，越缩越紧。

“我们被包围了！”白雪着急地说道，“怎么办？我们要想办法把美人鱼放回大海里啊！”

杨歌一时也不知所措，思索片刻，他咬咬牙说：“保护好美人鱼！大海就在旁边。我们下车！”

张小开背着美人鱼，少年们从车上下来。荷枪实弹的士兵们向他们逼近了。接着，他们看到一脸严肃的罗姆上校和狂妄不可一世的怀特博士从军车上下来。“校园三剑客”想冲到海边去放生人鱼少女的计划变得无比渺茫。

“你们已经山穷水尽了！”罗姆上校阴沉着脸喝道，“上，把他们抓起来！”

士兵们围了上来，杨歌和张小开要反抗，但被几个虎背熊腰的士兵架住了胳膊，白雪被士兵紧紧抓住，美人鱼也落到了士兵手里。三人奋力挣扎，却无法挣脱。

就在这时，一阵悠扬的琴声从大海上飘来。美人鱼把脸转向大海，眼中充满了期盼。海滩上所有的人，都不由自主地把目光投向了大海。此时，洒满星光的海面上，竟然浮出许许多多的美人鱼。她们的模样，在人类看来，都和这条被抓的美人鱼一样——美丽动人！而那忽然传来的缥缈的琴声，就来自她们。只见她们人人怀抱竖琴，轻轻地拨动着琴弦——就像古希腊传说中描写的那样。竖琴的琴声美妙悠扬，仿佛随着海浪在轻轻地荡漾。

“好美的音乐啊……”所有人都不自觉地平静了下来，静静地聆听，轻轻地赞叹。

“哎呀，这琴声有催眠作用！”杨歌忽然警觉地说道，他快要眯起来的眼睛又奋力地张开了。

“真好听的琴声……让我想起了故乡……”罗姆上校含含糊糊地说道。他就那么傻站着，忘了下命令。

“不……不要用琴声入侵我的大脑……童年，故乡，我多想回趟美丽的故乡……”怀特博士眼泪汪汪，抱着头拼命地摇着。不一会儿，他开始平静下来，侧耳倾听着，脸上竟然浮起孩童般纯洁的微笑。

其他人也都醉了，痴了，傻傻地站着，一动不动。

这时候，一个美丽的、酷似岸上人鱼姐姐的美人鱼向“校园三剑客”招了招手，嘴里发出“唧唧唧”的声音。声波飘向“校园三剑客”，并将他们罩在了里面。

“校园三剑客”如梦方醒，对自己刚才竟然睡着了感到万分困惑。三人轻松地挣脱了拉着他们胳膊的士兵。白雪回头看着像雕像一般的上校、博士和士兵们，惊讶极了。张小开用手指在罗姆上校的眼前晃了晃，又去点一个士兵的鼻子尖，他们竟然都没有反应！

“啊？”张小开吃惊地说，“这些家伙都被点穴了！”

“不是点穴，”白雪纠正他，“他们是被催眠了！”

被两个变得像木头人的士兵抬着的美人鱼指着大海的方向，“唧唧唧”地叫着。“校园三剑客”全都恍然大悟，跑了过去，合力将美人鱼从士兵的手中解救出来，然后扶着她穿过如泥塑木雕一般的士兵们的包围圈，走到岸边，小心翼翼地将她放回海里。美人鱼一入水，脸色很快恢复了正常，眼睛也恢复了光彩。

张小开颇有些恋恋不舍地问：“美人鱼姐姐，咱们以后再也不能见面了吗？”

水中，受伤的美人鱼点了点头。她的眼里闪动着泪光。她解下脖子上的项链，递给了张小开。这条项链的坠子是一颗很大的心形水晶，被波光照得闪闪发光。张小开紧紧握住了它，觉得十分温暖。

这时，领队的美人鱼朝其他的美人鱼挥了挥手。美人鱼们收起竖琴，没入海里，朝着远方游去。那条被救的美人鱼游在最后，她恋恋不舍地朝“校园三剑客”挥手，然后没入水中，追随她的姐妹们，消失在起伏的海浪中。

十三　“冰棍”船长

“糟糕，他们醒过来了！”

层云染上了绚丽的霞光，太阳即将跃出海面。张小开回头望一眼海滩，不禁吓了一跳！此时，海滩上的人们全都苏醒了，痴呆的面孔恢复了鲜活。

“让他们发现我们放走了美人鱼就麻烦了！”白雪压着嗓子说，“咱们快溜！”

可令人吃惊的是，他们似乎都忘记了刚才发生的事。怀特博士摸着衣兜找手帕，纳闷地嘀咕自己怎么会在这里。罗姆上校揉着眼睛问别人海滩上怎么有那么多的直升机、军车和士兵。一位士兵向罗姆上校敬了个军礼，向他请示来这里要执行什么任务。

“任务……我想不起来了……回基地再说吧……撤！”罗姆上校疑惑地回答道。

士兵、军车和直升机开始撤离海岸。罗姆上校看见了“校园三剑客”，一脸的陌生。而怀特博士经过三个孩子面前时，竟然还友好地打了个招呼，亲热地叫他们“小家伙”，然后大步流星地离去。

“我的妈妈呀，笑、笑死我啦——哈哈哈——怀特博士和罗姆上校都不认识我们了？”目送着这群人离开后，张小开实在憋不住了，笑得满地打滚。杨歌和白雪也忍俊不禁。

“他们全都失忆了！”白雪说道，“是因为美人鱼的琴声吗？可为什么我们没有忘记呢？”

杨歌猜测道：“也许是因为美人鱼把我们唤醒了吧？”

整个太阳从大海里跳了出来，海面和沙滩都变红了，海鸥翩翩翱翔，发出清脆的叫声。“校园三剑客”这时的心情，怎一个“爽”字了得！随后，他们乘着霹雳火战车返回了海神宾馆。到宾馆后，霹雳火战车竟然以无人驾驶的模式自己开走了。离开前，它的前后车灯闪了三下，向孩子们告别。三人再次对它的超级智能赞叹了一番。

傍晚，一艘科学考察船——“辛巴德号”正缓缓地进入港口。巨大的铁锚落入海中，溅起了层层浪花。悬梯放下，一位船长模样的人紧锁着眉头，从船上走了下来。这位船长20多岁，身材魁梧，制服挺括，棕色的脸庞上长着一圈漂亮的连鬓胡子，一双深褐色的眼睛里透着坚毅，棱角分明的嘴唇紧闭着，英气逼人。他的身后，是一位穿着“大副”制服的紫发女孩，这个女孩身材玲珑，黑色的大眼睛显得十分机警、干练。

“上级说的中国专家在哪里？”船长回身问大副。大副美丽的大眼睛正四处寻找着，“校园三剑客”就走上前去。

“不用找了，我们就是！”张小开大大咧咧地说，“我叫张小开，他们是杨歌和白雪。”

船长上下打量了三人一番，不满地说：“上级是怎么搞的，竟然会为了三个毛孩子让我们返航！”

这一切，都是“神秘客”在暗中操纵，冒充阿力船长的上级对他发号施令。

“竟然小看我们？”白雪哼了一声，走到船长面前，很认真地问道，“船长，你知道中国有一句古话叫‘人不可貌相，海水不可斗量’吗？”

阿力船长并不理会白雪的问题，他俯视着白雪，反问道：“你们知道‘辛巴德号’的任务是什么吗？”

白雪也不示弱，使劲踮起脚尖，昂起头说道：“不就是寻找亚特兰蒂斯大陆吗？”

这次反击见了一点效果，船长发现他们竟然知道这样绝密的任务，显然吃了一惊。但他一看就不是肯轻易低头的人，反而昂起下巴，带着轻视的口吻说："知道就好！……梅琳卡，起航！"说完连头也不回，径直往船上走去。

"对不起，阿力船长心情不好，请原谅他。哦，自我介绍一下，我是这艘船的大副梅琳卡，欢迎你们光临'辛巴德号'。"梅琳卡充满歉意地对"校园三剑客"说道。她的善解人意令三人顿生好感，他们马上忘记了不快，跟着上了船。

"呜——"

"辛巴德号"科学考察船在汽笛的长鸣声中，向着碧波万顷的大西洋起航了。

"辛巴德号"在大西洋上航行七天了，"校园三剑客"始终对美丽而神奇的大海保持着好奇心。每天天不亮，他们就到甲板上用手机拍这拍那的，时不时地发出大惊小怪的喊叫声。有时，他们会遇见阿力船长，他对孩子们的兴高采烈不屑一顾，脸上始终保持着拒人千里、不可一世的神情。私下里，张小开给他取了个外号，叫"冰棍"。但大副梅琳卡可不这么看——每当她听见"校园三剑客"又在背后议论阿力船长时，她总是站在船长一边，温柔地告诉三人，阿力船长其实是一个"外冷内热""性格急躁但行为理智"的"很好的人"，但孩子们却不以为然。

这天清晨，"校园三剑客"正在甲板上拍飞鱼，一个水手匆匆忙忙地从他们身边跑过，跑到瞭望台下，拢着手朝阿力船长喊道："船长，船长……控制室的声呐装置扫描到了海底有不明物体，请您过去看看。"

一向面无表情的阿力船长忽然像被雷击了一般，一脸震惊，望远镜从他的手上掉下，垂在胸前。

"校园三剑客"面面相觑。张小开自言自语道："什么？不明物体？

是USO吗？”

张小开经常看和世界之谜有关的杂志，知道有一种和UFO一样神秘的物体——USO，它是“不明潜水物体”的缩写，经常在大海中神出鬼没，但没人知道它是什么。

十四　海怪攻击

控制室内，一名穿着制服的工程师坐在一台庞大的声呐仪前，声呐仪的显示屏上正显示出一个巨大的、形状有些像轮船的阴影。阿力船长、梅琳卡及“校园三剑客”围成一圈观察着。

“根据声呐探测的数据显示，不明物体很可能是一艘沉船，位于深海的一个凹陷处，其深度仅次于大西洋最深的波多黎各海沟……”工程师向大家介绍道。

“原来不是USO啊！”张小开大失所望。这时，他发现阿力船长有些异常：他突然睁大了眼睛，神情恍惚，两手紧紧扶着操作台，抑制不住地颤抖着。梅琳卡担心地看着阿力船长，伸出手去扶着他的肩。阿力船长死死地盯着扫描图像，眼睛里噙着泪水，不断念叨：“一定是‘凡尔纳号’！一定是！”

三个孩子面面相觑，满脸都是问号。梅琳卡大副看出了他们的疑惑，小声解释道：“‘凡尔纳号’是阿力船长的父亲当年乘坐的科学考察船。”

白雪有些明白了："这么说……船长的爸爸已经……"

张小开小声地说："什么？'冰棍'也有爸爸……"

杨歌瞪了他一眼，说道："谁没有爸爸？"

阿力船长似乎对一切都听而不闻了。他激动地命令："梅琳卡，马上准备深海潜水器，我要下海去看看！"

梅琳卡为难地说："可是船长，深海潜水器的设备正在检测中——"

"还要多久才能检测完？"

"至少还需要两天……"

"不，我已经等了快20年了！今天能下要下，不能下也要下！谁也阻止不了我！"阿力船长不耐烦地打断了梅琳卡的话。随后，他转身命令一个水手："去，马上准备深海潜水器！"

"辛巴德号"大船的腹部，两只巨大的机械手正在将潜水器放入大海。白雪突然指着张小开戴在胸前的水晶项链说道："小开，你的项链在闪光！"

可不是，那条美人鱼送给张小开的项链，此时忽然闪烁起五彩缤纷的光芒。与此同时，海水突然翻滚起来，一只硕大无比的章鱼从大海里猛地冒出，它甩着粗壮有力的触手，拍向即将入水的潜水器。

"啊！"船上的人都禁不住失声喊道。阿力船长此时就在潜水器里，突如其来的震荡将他从控制台旁的椅子上甩了出去。他的头一下撞到了墙壁，顿时两眼发黑，痛苦不堪。

梅琳卡吩咐了一声，两名水手跑进船舱取枪，对着大章鱼频频射击。慌乱中，子弹没有打中章鱼，全从章鱼的头顶上越过，钻进了海里。

张小开急得直跺脚，喊道："嗨，你就不能打得准一点吗？"

“我来！”梅琳卡从紧张得两手直发抖的水手那儿抢过了枪，“砰砰砰”，连开数枪，枪枪命中大章鱼。但大章鱼的表皮太坚韧、太光滑，子弹都被弹了开来！

大章鱼继续张牙舞爪地挥舞着布满吸盘的黑色触手，将整个潜水器紧紧地卷了起来，然后，像小孩摇糖罐似的摇晃着。

潜水器内的阿力船长可遭了殃，被抛得“呼”的一下滚过来，“唰”的一下又滚过去，根本来不及抓稳。

梅琳卡急得都要哭了，难过地喊着：“阿力……”

怎么办？怎么办？

危急关头，杨歌从慌乱中醒过神来，他迅速把两手握在一起，喊了一声“霹雳火球”，只见两团火球像箭一样射向大章鱼丑陋的黑脑袋。“轰隆”一声，火球在大章鱼的头部爆炸了。大章鱼遭到突如其来的攻击，全身本能地往水里猛缩，同时松开了卷着潜水器的触手。张小开和白雪击掌欢呼。梅琳卡和水手们看见了这一景象，都很吃惊，他们没想到杨歌竟然有超能力！

杨歌继续朝大海发射火球，大章鱼慌乱地逃离，一只触手“啪嗒”一声，碰在了潜水器上。这一下很要命，正击中潜水器最关键的前端。操控设备显然受到了重创，潜水器像个乒乓球一样漂浮在海上，完全失去了控制。幸好大章鱼并不恋战，马上钻入水中不见了。

梅琳卡忙指挥手下把潜水器打捞上来。当机械师费尽力气，强行打开潜水器的盖子，阿力船长从里面跌跌撞撞地爬出来时，他对于大家的关心不屑一顾，竟然甩开了梅琳卡关切地伸过来的手，冷冷地说：“快把潜水器修一修。修好了我还要下去！”

“校园三剑客”大跌眼镜：唉，这个船长，还是个拼命三郎呢！

“饭桶！简直是一群饭桶！潜水器到底什么时候能修好？”眼看一天的时间就要过去了，潜水器还是没有修好，阿力船长对着甲板上潜水器旁的工程师们大发雷霆。梅琳卡正在解释，潜水器里面传出“叮叮当当”的声音，大家往里一看，里面搞出动静的人是张小开！他正在里面用工具修潜水器。

阿力船长勃然大怒，用手使劲地敲着舷窗，吼道：“出来！你这个净给我添乱的小家伙，给我出来！”

但就在同时，潜水器突然发出了刺眼的电光，整个地摇晃起来，响起了“轰隆隆”的声音，似乎马上就要爆炸。大家连忙往后闪。杨歌和白雪对视了一眼，都替张小开捏了把汗，想着怎么才能把他解救出来。

十五　海底沉船

杨歌正要瞬间转移进潜水器时，响声停止了，潜水器不再摇晃，其周身的电光也消失了，众人呆呆地看着。潜水器的顶盖徐徐开启，张小开的脑袋从里面露了出来。他乐颠颠地说：“哈哈，搞定了！”

说着，他从潜水器顶部潇洒地往下一跳。但是，他的眼镜却不配合他的潇洒，从鼻梁上滑了下来。结果是，他和眼镜同时落地。“啪”的一声，眼镜腿儿被他踩断了一根，眼镜片也被踩出了蜘蛛网般的裂纹。

可怜的张小开，跟盲人似的在地上摸索，嘴里说着："眼镜，我的眼镜呢？"

梅琳卡大副弯腰将眼镜拾起来，递给了张小开。

工程师感到难以置信，他们这些专家都搞不定的事情，张小开竟然只用了两分钟就修好了，这可能吗？

"哼，小家伙能成什么大事？"看着张小开的狼狈相，阿力船长没有耐心地背着手走了。

张小开气呼呼地用手扶着眼镜，喊道："狗眼看人低，有本事你不要坐——哎呀，我的眼镜……"

梅琳卡微笑着说："小开，别急，我来帮你修一修吧。你们跟我来。"

"校园三剑客"跟着梅琳卡来到了她的房间。

梅琳卡帮张小开修眼镜的时候，三个孩子看见桌子上摆着一张泛黄的老照片，上面有两个中年男女，还有一对天真烂漫的孩子。白雪好奇地问他们是谁，梅琳卡说，照片里的小女孩是她，小男孩是阿力船长，中年男女是阿力船长的爸爸和妈妈。"校园三剑客"十分惊讶。

张小开拿过照片，凑得很近，几乎是在"闻"照片了。他大惊小怪地说："不是吧？'冰棍'也有这么可爱的时候？"

梅琳卡愣了一下，问道："冰棍？"

白雪悄悄地踢了张小开一脚。

"嗯，阿力的父亲也是位船长，和我爸爸是朋友。我和阿力是从小玩到大的伙伴。"梅琳卡陷入了回忆中，她语气凝重地说，"老船长一直在寻找传说中的亚特兰蒂斯。一个偶然的机会，他从一本书上得到了亚特兰蒂斯的线索，然后就离开了妻儿，乘坐‘凡尔纳号’驶向了茫茫大海，却再也没有回来。阿力的母亲因为思念老船长，也过早地去世了……那时候，阿力还很小。”

“后来呢？”

“后来？后来阿力发誓要当船长，找到爸爸当年的沉船，找到亚特兰蒂斯大陆。他发奋努力，终于如愿当上了船长！”讲到这里，梅琳卡出神地微笑了一下，“他是一位非常出色的船长！”

“校园三剑客”愣愣地听着，他们都被这个故事感动了。

“这也是阿力一得到‘凡尔纳号’的信息，就迫不及待地要下海的原因。”

梅琳卡话音未落，外面就传来了敲门声。梅琳卡将修好的眼镜递给张小开，起身去开门。水手站在门外，告诉梅琳卡潜水器已经检测完毕，确实被张小开修好了，阿力船长要她马上准备一下，一起下海。“校园三剑客”异口同声地要求同去，梅琳卡微笑着同意了。

潜水器再次被机械手从船上送到大海里。

深海潜水器里面空间不大，刚好可以容纳五个人。看着五彩斑斓的海底世界，“校园三剑客”把脸贴在潜水器舷窗上，不停地赞叹着，只觉得眼睛不够用。阿力船长仍然板着脸，似乎对孩子们的少见多怪很不屑，这让三人刚刚对他建立起的好感荡然无存。

“船上的探测装置探测到水下有海底火山，它随时可能爆发！请马上返航！”控制台上传来马克工程师急促的声音。

梅琳卡调准摄像头的方向，对准海底。屏幕上，很快出现了海底的景象：一座海底火山正在冒白烟，附近的地面也冒着热气泡，各色各样成群的鱼仓皇地从旁边游走逃命。一切都在预示着一场海底灾难即将降临……

梅琳卡也劝阿力船长赶紧返航，但她的话还没说完，阿力船长就粗暴地打断了她的话："够了！怕这怕那，能干成什么事？火山我见多了，下潜！"

潜水器逐渐接近海底。

阿力船长从怀里取出了一本泛黄的书——那是一本古文字撰写的书，书面残旧不堪。白雪扫了一眼，脱口说道："柏拉图写的《大西洲》？"

"你……知道它？"阿力船长愣了一下，惊奇地问道。

白雪问他能不能把书借她看一看，阿力船长迟疑了一下，将书递给了白雪。白雪接过书，一页一页地翻看着。张小开和杨歌也凑了过去，张小开连连感叹那些古文字是"天书"。白雪告诉他们这是古希腊一种鲜为人知的文字，这本书失传已经很久了，从书上的一页地图来看，他们现在已经来到亚特兰蒂斯遗迹附近了。阿力船长更吃惊了，让白雪说下去。白雪又说了一些和亚特兰蒂斯有关的鲜为人知的知识，阿力船长不禁对她刮目相看。当翻到最后一页时，白雪忽然停顿了一下，叹气道："可惜，少了一页——这可是最关键的一页啊！"

大家定睛一看：果然，书的最后一页上，有一道被撕过的痕迹。

几个人正讨论着，梅琳卡突然惊呼了一声。大家抬起头，看见潜水器的前方，出现了一艘破烂的沉船。它的前端嵌入了礁石群里，尾端已经有一部分被毁坏了。虽然饱经海水的侵蚀，但他们仍然可以从船身上依稀辨认出几个字："凡尔纳号"！

阿力船长像被雷击中一样怔住了：他父亲当年乘坐的科学考察船终于被发现了！

十六　死里逃生

“梅琳卡，准备潜水衣，出去看看！”潜水器缓缓靠近沉船的时候，阿力船长颤声说道。他紧紧地攥着拳头，强忍着眼中滚动的热泪。

五个人穿着潜水衣游进了那艘大船里，好多小灯鱼在他们周围游动着，像盏盏路灯，为从陆地到访的朋友们照明。五个人在大船里缓缓游动，“校园三剑客”好奇地东张西望。梅琳卡用声波器提醒他们跟紧。

五个人穿过了好几个房间通道，游进了一个零乱的书房。这里充满漂浮物，东西全都东倒西歪的。阿力船长仔细地搜索着。突然，他怔怔地停住了。“校园三剑客”顺着阿力船长的目光往前看：书房里，有个床头柜，床头柜上放着一个防水的相框，相框里的照片正是“校园三剑客”在梅琳卡的房间里看到的那张合影！

“爸爸！”

阿力船长游过去，拾起那相框，紧紧地攥在手中。突然，他跪在地上，浑身颤抖，像个孩子似的哭了起来。

梅琳卡游过去，将手搭在阿力船长的肩膀上，轻轻地抚摸他的后背。

“校园三剑客”默默地站在他们后面，眼眶也有些湿润。张小开在心里说：“想不到‘冰棍’也有这么动情的时候……”

突然，沉船开始剧烈地摇晃起来，天花板上的泥沙不停地往下落。

“校园三剑客”和梅琳卡从沉船内的窗户往外看去，不得了了！海底火山冒起了滚滚白烟，附近的海面热气弥漫，翻腾涌动，已经能看到火红的岩浆喷涌而出，四下流溢……

“糟了，海底火山开始喷发了！必须马上返回潜水器。”梅琳卡对阿力船长说道。可是，阿力船长依然抱着相框，对外面的动静充耳不闻。

沉船又震动起来，泥沙俱下。

梅琳卡又喊了一声“阿力”，但船长仍然无动于衷。不能再拖下去了！杨歌沉声命令道：“小开、白雪，你们快游出去发动潜水器的引擎。梅琳卡姐姐，我们拖着船长走！”

白雪和张小开迅速返回潜水器，发动了机器，杨歌和梅琳卡拖着悲伤的船长从沉船游回。在滚滚的海水中，潜水器开足马力，急速上升。

眼看就要冒出水面了，忽听“轰隆”一下，整个潜水器猛地一晃，五个人刚才都没来得及系好安全带，这下子被撞得东倒西歪。只见舷窗外面，五颜六色的鱼群仓皇地从潜水器旁飞速游过。梅琳卡跌跌撞撞地冲到操作台前一看，糟糕！潜水器的螺旋桨被卡住了，无法上升！梅琳卡按下紧急按钮要向“辛巴德号”呼救，但是，正所谓“屋漏偏逢连夜雨”，通信装置也出故障了！

这时，远处传来一声“轰隆隆”的巨响，一股岩浆又从火山口溢出，热腾腾的白气“咝咝”地喷了出来。火山的抖动逐渐加剧，热气泡不断地、腾腾地上升，滚烫的红色岩浆缓缓地流向潜水器这边。海水急剧升温，潜水器已经无法抵御这可怕的热度！

三个孩子的尖叫和灼热的空气，终于使阿力船长从悲痛中醒来，他赶到控制台前，努力尝试着让卡在两块大石头夹缝中的螺旋桨脱离出来。可惜几经努力，潜水器只是左右晃动，仍被卡得死死的。

就在这时，谁也没注意到的是：张小开戴在胸前的那条项链的水晶坠子发光了。紧接着，一个巨型的阴影笼罩着潜水器。然后，就听到“劈啪”一声巨响，像一条巨大的鞭子打在潜水器上方，整个潜水器猛地倒向一侧。所有人“啊”地大叫一声，都向一面滑去。

张小开滑到舷窗旁。映入他眼帘的，竟然是一条巨大的触手！他再次失声大叫：“哇！那是什么啊？”

大家都看到了那家伙！梅琳卡惊恐地喊道：“是它，巨型章鱼！”

巨型章鱼的触手紧紧地抓住了潜水器，潜水器内严重抖动。阿力船长撞撞跌跌地跑到控制台，启动发射装置，潜水器旁侧“吱”地伸出一支炮头，朝着这只庞然大物发射出一枚炮弹。“突”的一声，炮弹被它的表皮挡开了。大家倒吸一口凉气，大章鱼刀枪不入！那家伙瞪着血红的眼睛看着他们，坚持用它的触手卷起整个潜水器。五个人全都闭紧了眼睛，心里想：“完了！”

“天哪！它在干什么？！”“校园三剑客”再次睁开眼睛时，不由得又一次惊呼起来。只见大章鱼竟然带着潜水器快速地向上升，迅速脱离了火山喷发的危险海域。“哗啦”一声，潜水器被托着浮出了水面。然后，大章鱼猛地挥动触手，将潜水器高高地抛了起来。“哐啷”一下，湿漉漉的潜水器摔在了“辛巴德号”的甲板上。然后，这只古怪的大章鱼一转头，迅速没入水中，不见了。

原来，巨型章鱼是来帮助他们的！

水手们纷纷跑过来，把五个人从潜水器中扶出来。看着他们没事，大家将五人高高抛了起来，庆祝他们死里逃生。被抛向空中的张小开指着天

边大声喊道："看，好漂亮的云！"

欢呼的众人顺着他的手势望了过去，看见形状有点像飞碟又有些像猫掌的云朵，大家纷纷惊恐地说道："猫掌云！"

人们一下子安静下来，水手的表情都变得惊慌。杨歌好奇地问："什么是猫掌云？"

梅琳卡皱紧眉头说道："猫掌云被我们的水手称为海上恶魔的面具，因为猫掌云一旦出现，就意味着大海上的风暴即将来临……"

十七　金五星芒

果然，转眼间，乌云密布，狂风阵阵，道道闪电从天而降，大雨即刻倾盆而下，海上掀起了滔天巨浪。"辛巴德号"像一片树叶一样在海面上无助地漂摇。远处海面上，一个巨大的黑灰色旋涡越旋越高，像一个高大的巨人，铺天盖地地向"辛巴德号"的方向袭来——是有"海上杀手"之称的龙卷风!

"一级危险状态，请全体水手各就其位，做好应急准备！"

阿力船长在控制室里通过喇叭沉着地指挥，水手们克服了最初的惊慌失措，在剧烈晃动的甲板上跑来跑去，有的拉绳子，有的加固船身，有的扯帆布……忙得不可开交。

"苍天啊，今天是个什么日子？怎么这么倒霉啊！"张小开夸张地喊

道。忽然，他发现胸前的项链坠子又发光了。他有些吃惊。这时，甲板又剧烈地摇晃了一下，张小开的身子一歪，险些摔倒，他连忙伸手去抓紧栏杆。就在这时，他发现，肆虐的风雨中，隐约看见一些美人鱼的身影。他惊讶地说道："啊，美人鱼！"

是的，正当龙卷风离"辛巴德号"越来越近时，大海上，出现了许多美人鱼，她们飞快地游到了"辛巴德号"的四周。为首的美人鱼举起手，其他美人鱼立刻分散开来，以轮船为圆心，排成了一个圆形。面对越来越近的龙卷风及滔天的巨浪，美人鱼们神色安详。她们的手掌中，一束束金黄色的光束飞出，光束相互交织，最后，在大海上变出了一个美丽的符号——被闪亮的圆圈箍着的一个闪闪发光的五星。大海上闪光的圆圈和五星射出耀眼的光，刺透雨幕，射向天空，很快形成一个筒状的光柱。冲天而起的强光，正好为轮船挡住了龙卷风。

龙卷风像一头狂暴的怪兽朝光柱冲撞了好几次，最后，它无奈地与光柱擦肩而过，暴怒着远去了。罩住了轮船的光芒渐渐地黯淡、消失。船上的人们终于睁得开眼睛了。他们糊涂了。阿力船长看着龙卷风忽然改向而去，纳闷地说："龙卷风走了……我们得救了……怎么回事儿？"

他身边的梅琳卡望着龙卷风的背影，猜测道："莫非是因为刚才的强光？"

"美人鱼……是美人鱼发出的光……"甲板上，张小开回头对人们说道。见美人鱼排成三角队形往回游了，他大声地喊道："美人鱼，等一等！"

听到张小开的喊叫，杨歌和白雪跑了过来。只见张小开突然飞身爬上了栏杆。杨歌吓了一跳，问："张小开，你要干什么？"

白雪也喊道："小开，快回来！"

但是，张小开这只旱鸭子却毫不犹豫地纵身跳进了漆黑的大海。见张小开被卷进了惊涛骇浪中不见了踪影，白雪和杨歌也着急了，攀上栏杆，要跳海去救他。几个水手冲过来，将他们紧紧地抱住。

很快，有水手向阿力船长报告说三个小孩子要跳海，阿力船长和梅琳卡匆匆忙忙地赶到。阿力船长又气又急地问道："你们这些小家伙，尽给我添乱子，又发生什么事了？"

一个水手在一边说，刚才他们看见张小开突然叫了一声"美人鱼"，便像疯子一样跳进了大海里。

此时，暴风雨用它的"鞭子"疯狂地抽打着"辛巴德号"科学考察船。考察船像茫茫大海中的一片叶子，在惊涛骇浪中无助地漂摇。

白雪大声喊道："阿力船长，我们现在必须马上去救张小开，否则……"

阿力船长生气地说："船上的情况已经糟到了极点，请你们不要再添麻烦了好不好？"

杨歌争辩道："阿力船长，我们这不是添麻烦，我们是要救人！"

阿力船长一把把他拽到船舷边，让他从栏杆处往下看。透过密集的雨帘，只看见船下的海水翻涌着滚滚的巨浪，黑漆漆的，根本看不见张小开的影子。阿力船长大声说道："看到了吗？那么高的船，那么大的浪，人跳下去根本不可能活着！你们难道也想去送死？"

杨歌斩钉截铁地说道："是的，我们是想送死！"

阿力船长一怔："为什么？"

杨歌回答道："因为我们的送死可以换来张小开的一线生机。如果我们不送死，就只能眼睁睁看着他死去！”

白雪也说道：“没错！阿力船长，我们没有别的要求，借我们一艘救生艇可以吗？”

阿力船长凝视着眼前的杨歌和白雪。他发现，自己又一次需要重新评估这几个孩子了。

“梅琳卡，你暂时接管我的工作，负责指挥水手抵抗风暴。”阿力船长对梅琳卡说道。然后，他又转身对杨歌和白雪说：“你们跟我来。”他打开腰间的通话器，命令道：“一号台，立即准备一艘救生艇，快！”

一艘救生艇从“辛巴德号”上面放了下来，艇上坐着杨歌、白雪和阿力船长，他们全都穿着救生衣。救生艇一落到海面上，就被巨浪打得东摇西晃，像一片扔在沸水里的瓜子皮，一下被抛上浪尖、一下又被甩入低谷，随时会被巨浪覆没。阿力船长奋力划动船桨，尽量保持着平衡。

杨歌和白雪高举着探照灯，大声地喊着：“张小开——张小开——”

探照灯的光洞穿了雨幕，但是雨点打击着的漆黑海面上，除了一波又一波的白浪，什么也看不到。

十八　又见人鱼

“小开，你在哪里？”

风大雨大，根本看不见张小开的身影，但杨歌和白雪不死心，持续地喊着。突然，一个声音传来：

“我——我在这里——快——快——”

船上的三人同时转过头去，探照灯的光也追了过去。这时，他们看见了不远处扑腾着双手的张小开。阿力船长奋力把船划了过去，救生艇终于靠近了张小开。

“孩子，快抓住！”

阿力船长把手伸了过去，张小开的手正好抓住了桨。阿力船长把桨往回拉，这时，他们忽然看见张小开的身后有什么东西在游动。阿力船长用手拭了一把脸上的水，惊讶地发现那游动着的，竟是一条活生生的美人鱼！美人鱼也伸出一只手，抓住了张小开。

阿力船长无暇思索，一面往回收桨，一面掏出手枪，对准了美人鱼。张小开慌忙喊：

“船长，别开枪！”

说时迟，那时快，还没等阿力船长来得及再做任何动作，海面上突然冒出了几条巨大的章鱼触手，它们飞快地缠住了小船，并把小船卷了起来，又翻转过去，狠狠一甩。几个人“扑通扑通”，全都掉进了海中，沉入大海，很快失去了知觉。

当四人苏醒过来时，他们发现自己躺在一个天然的珊瑚屋里，一个美若天仙的美人鱼悬浮在他们的面前。

张小开大声喊道：“人鱼姐姐！”

阿力船长奇怪地问道：“你……认识她？”

“杨歌、白雪，她就是那天我们在海滩上救的美人鱼吧？”张小开说道。刚说完，他又犹豫了一下，挠挠头，补充了一句：“不过，要是每一个美人鱼都长这个模样的话，我——就不敢肯定了。”

大家还没反应过来，美人鱼先“扑哧”一声笑了。她游过来，递给每人一个黄豆大小、跟耳机似的东西，示意他们塞进耳朵里。大家都照着做了。

美人鱼微笑着说：“没错，我就是你们所救的美人鱼。”

她的声音好听极了，像夜莺的歌声一样甜美。张小开好像遇见熟人似的，高兴地说：“原来你也会说我们的话啊。你有名字吗？”

“我叫阿呀。我并不会说陆地人的语言。我们之所以能够交流，是因为你们戴上了可以翻译任何语言的翻译器……”

阿力船长问：“你能告诉我们整件事情的经过吗？”

“暴风雨到来时，我收到了张小开发给我的强烈的危险信息……”

“等一等，”张小开插嘴道，“我不记得我发过什么信息……”

“不，你发了，通过项链的水晶坠子发的。它是一个危险信号发送器。它感知到主人的情绪，并在第一时间发出信息。之后，我和我的姐妹们赶到现场，通过发射‘金五星芒’救了你们……”

“好厉害！请问，这里是什么地方？”

“这里是亚特兰蒂斯大陆！”

所有的人都惊呆了，异口同声地重复道：“亚特兰蒂斯大陆！”

正说话间，窗外出现一只巨大的眼睛，之后，一条可怕的触手从门里伸了进来——是那只巨型章鱼。张小开吓得怪叫起来：“妖、妖怪，救命啊——”

“苏苏米，别淘气，他们是我的客人。”阿呀笑道，“请跟我走吧。”

阿呀摆着鱼尾，漂了出去，大家跟着她走出了那间珊瑚屋。大章鱼又爬了过来，大家吓坏了！阿呀微笑着劝大家别紧张。只见它伸出众多触手，分别将阿呀和其他人卷了起来，放到它巨大的头顶上，飞向了天空。

“阿呀姐姐，这里不是海底吗，怎么没有水？”张小开问道。他的问题让其他人也意识到这一点。

“因为我们用一层磁力防护罩将海水隔在外面了。”

“那巨型章鱼怎么还会在天上飞啊？它身上一定长着很多的小翅膀吧？”

“糊涂，章鱼怎么可能长翅膀呢？”坐在一边的阿力船长笑着插嘴道，“我想它能浮起来，说明它的肚子里一定是真空的。”

“苏苏米会飞，是因为它装有反重力装置。苏苏米不是气球——阿力船长，你的想法真可爱呢！”

阿力船长的脸一下子红了，不好意思地说：“我也只是随便说说……逗孩子们开心嘛！”

忽然，他的目光和阿呀的目光碰到了一起。阿呀“咯咯”地笑了起来，他的脸越来越红，还不停地用手挠着头皮——那份窘相，简直没了“冰棍”船长的威严。

白雪悄悄捅了一下张小开，小声嘀咕道：“遇到美丽的人鱼姐姐，阿力船长有点‘解冻’了哦！”

张小开笑了：“‘冰棍船长’其实也很可爱嘛！”

三个孩子叽叽咕咕地说着，笑了起来。阿呀并不知道原因，仍旧温柔地笑着，眼波流转。阿力船长看得有点入迷，心中泛起一丝朦胧的暖意。

“看……那儿……”突然，白雪指着保护壳外，惊呼起来。大家定睛一看，只见在他们上空的亚特兰蒂斯磁力保护壳外，有一条黑色的、巨大的鲨鱼正在追逐一个穿着潜水服的人。那条鲨鱼游得像闪电一样快，而那个人显然已经体力不支了，速度越来越慢，眼看就要被追上了。

张小开和白雪同时喊道："阿呀姐姐，我们快想办法救救他！"

十九　光明圣石

"苏苏米，快游过去。"阿呀果断地对大章鱼说道。

当章鱼游到离海水很近的地方时，阿呀轻弹手指，手上的戒指立刻射出一道白光，打开了无形的磁力壳。巨型章鱼钻出磁力壳，朝着大鲨鱼飞速地游去。

就在大鲨鱼的血盆大口要咬到潜水人的时候，苏苏米的口中喷出了许多墨汁。大鲨鱼被墨汁包围住，一下子迷失了方向，在海水里不停地打转。苏苏米趁机游到穿潜水服的人旁边，用一条触手将他卷了起来，快速游回了亚特兰蒂斯的磁力壳内。

穿潜水服的人已经吓得半死。也许是因为刚才逃跑时几乎耗尽了身上所有的力气，他趴在巨型章鱼的背上一动不动。

阿呀用关切的眼神看着他，并小心翼翼地摘下了他的头盔。

杨歌说："请把头抬起来！"

那人却回答："不！"

咦？这个声音好熟悉啊！那人显然是怕被认出来，始终不敢抬头，还用手死死地捂着脸。但张小开还是认出了那人，愤愤地说道：“是你啊，怀特博士！”

眼见隐瞒不住了，怀特博士把手放了下来，大声说道：“没错，就是我，要杀要剐由你们。”

阿力船长有点不解，问：“我们救了他，他怎么不领情呢？”

张小开生气地把之前怀特博士绑架美人鱼的事情讲了一遍。

阿力船长愤愤不平地说：“阿呀，这个人以前害过你，不是什么好人，我们不应该救他，说不定哪天他又会伤害你！”

张小开也急得直跺脚：“阿呀姐姐，你没听说过农夫和蛇的故事吗？这种人不值得怜悯！”

阿呀却摇了摇头，将一个翻译器放到博士耳中，说：“亚特兰蒂斯人从来不记仇的。怀特博士，希望我们能够成为朋友。”

怀特博士垂着头不说话。

杨歌蹙起了眉头，心想：“怀特博士怎么会在这里？这只是巧合，还是有什么阴谋？”

章鱼载着大家飞到一片森林的上空。大家惊讶地看见，高大茂密的森林里，许多早已灭绝的动物悠闲地生活着，有猛犸象、剑齿虎，以及许多外形奇特的庞大动物。

“很久以前，当亚特兰蒂斯还在海平面以上的时候，我们亚特兰蒂斯人就十分注意保护那些濒临灭绝的动物。”见大家都很惊奇，阿呀解释道，“这片森林是我们为它们营造的乐园。”

阿力船长被善良的亚特兰蒂斯人打动了，动情地说：“亚特兰蒂斯简直是世外桃源，难怪我父亲一直痴迷于寻找它！”

杨歌问道："亚特兰蒂斯一直在海底，为什么陆地人没有发现它呢？"

"这是因为磁力保护壳，它可以避开人类的探测。"这时，巨型章鱼带着众人进入了一座由白、黑、红三种颜色的巨石垒成的雄伟城市。大家用惊奇的目光打量着眼前的这座城市。阿呀兴奋地说："看啊，这就是我们亚特兰蒂斯的首都波赛多尼亚。"

巨型章鱼带着众人来到一座高大雄伟的宫殿前面，大家发现广场上悬浮着一个透明的金黄色圆球。在圆球的里面，有三个小太阳排成品字形，呈逆时针方向缓缓地旋转，五彩的光芒淡淡地在那三个小太阳周围流转着；三道彩色的光芒交织在一起，形成了一条五彩的光柱，光柱从圆球中穿了出去，被圆球过滤成了金黄色，从圆球中直直地射向了空中，就像太阳的光芒一样。

"这是我们的光明圣石——太阳石，我们亚特兰蒂斯王国中所有的照明，都全靠它呢！"

张小开惊讶地问："那不是和我们陆地的电灯差不多呀！"

"是啊，不过电灯只有通过电才能发光，而太阳石是依赖于亚特兰蒂斯海底的能量水晶放射出来的能量。那个能量水晶的能量比原子弹的力量还要人，并且是取之不尽、用之不竭的。"

"能量水晶？在哪里？"

这个问题显然很有吸引力，所有人都看着阿呀，怀特博士更是眼睛一亮，眼珠子在镜片后激动地打转儿。

"在地下，通过海底废墟的一条通道可以进去。开启地下通道只有一个办法，就是用太阳石！"

"哇，这办法多节能啊！我们陆地上，电灯要靠电才能发光，而发电却要浪费大量的人力、物力，唉……”

“是啊，如果没有了太阳石，我们亚特兰蒂斯王国就会变得漆黑一片了。”

白雪有些担心地问：“这么珍贵的宝贝，为什么没有人看守呀！要是被人偷走了怎么办呢？”

“亚特兰蒂斯王国的人都是路不拾遗的，大家爱护它还来不及呢，谁又会来打它的坏主意？”阿呀微笑着说，“好了，我的父亲——亚特兰蒂斯王，特地为你们准备了晚宴。”

“我不只是贵宾，我还是你的救命恩人呢！”一听有饭局，张小开高兴坏了，笑着冲阿呀伸出两根手指，“你可要请我吃两顿！”

“谁是谁的恩人啊？要不是阿呀，你早就在海里被鱼吃了。”白雪冲张小开做了个鬼脸说道。张小开被噎得直翻白眼，杨歌、阿力船长和阿呀都笑了起来。

就在这时，怀特博士突然双腿一软，口吐白沫，晕倒在地。

众人面面相觑，“校园三剑客”心里都在琢磨：这个怀特博士，究竟是真的体力不支，还是在耍什么鬼花招？

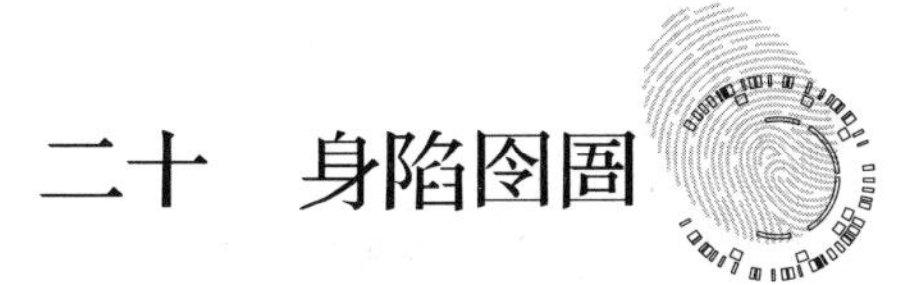

二十　身陷囹圄

“他大概是体力透支太多，才晕过去的。没关系，只要好好休息一下，就会醒过来。”

阿呀回头招呼过来几个人鱼卫士，命令他们将怀特博士送到会客厅休息。卫士们将晕倒在地的怀特博士扶了起来，带着他漂走了。

阿呀领着大家进入了宫殿中。宴会大厅布置得富丽堂皇，巨大的餐桌上，摆满了奇异的食物。在大厅的正前方，一位坐在银色珊瑚宝座上的威严老者站了起来，朗声说：

“欢迎你们，我尊贵的客人！”

不用说，他就是亚特兰蒂斯王了。

阿呀奔上前去，扑到亚特兰蒂斯王的怀里，叫道：“父王！”

陆地人面面相觑，都在心里赞叹道：原来阿呀是公主！

阿呀把大家一一介绍给亚特兰蒂斯王。亚特兰蒂斯王听说“校园三剑客”竟然是阿呀的救命恩人时，惊讶地说：“真想不到，救我女儿的竟然是三个孩子，果然是英雄出少年啊！”

亚特兰蒂斯王一击掌，丰盛的晚宴开始了。

张小开喜欢吃鱼，他接连吃了好几块，发现那鱼连一根刺都没有，便问道：“这些鱼的味道好鲜美！它们都是些什么鱼啊？”

亚特兰蒂斯王呵呵地笑了起来，说道：“我们亚特兰蒂斯人长着鱼的身体，怎么会吃鱼肉呢？”

“那……这是什么肉？”

“我们亚特兰蒂斯人从不轻易杀害动物——这些食物，是我们用生物技术合成出来的。”

正当大家尽情地品尝着宴席上的美味佳肴时，一个人鱼卫士匆匆忙忙地进来，上气不接下气地说：“陛下，怀特博士打伤了为他治病的医生，逃跑了！”

话音未落，刚才如同白昼的大厅突然一下子陷入了黑暗。陆地人在黑暗中立刻发出惊恐的声音，混杂着宫女们慌乱的脚步声。

然后听到亚特兰蒂斯王的声音：“大家别慌！”

黑暗处，一团幽蓝色的光亮了起来，接着，蓝光下面，一大片金黄色的光芒仿佛从地下钻出来似的。这时候，“校园三剑客”才看清楚，是阿呀的头发和尾巴在发光。接着，像星星一样，其他人鱼的身上也发出了蓝色和金黄色的光芒，将整个大厅又重新点亮了。

张小开跳了起来，喊道：“哇，真厉害呀，原来你们的身体里也有发电机呀！”

“这不是发电机，这是我们身体里面储存的太阳能，”阿呀解释道，“我们将太阳能转换成光能，通过头发和鱼鳞表现出来！”

正说着，又一个人鱼卫士慌慌张张地跑了进来，向亚特兰蒂斯王汇报：“报告！太阳石失踪了……”

“什么?！”

海底宫殿里，越来越多金黄色的光芒涌了进来，亚特兰蒂斯人大声喊着：

“太阳石失踪了！”

“一定是陆地上的人干的！”

“把他们抓起来！”

……

听到臣民们的要求，亚特兰蒂斯王转过身，神情威严地看着“校园三剑客”和阿力船长，说道：“枉我把你们当作上宾，可是你们……把太阳石交出来！”

“我们没有拿太阳石！”“校园三剑客”慌忙争辩道。

亚特兰蒂斯王紧绷着脸，叫来一个卫士，命令他对陆地人进行检查。海底卫士拿着一个圆形的仪器，在每个人的身上都晃了一圈，但没有发出任何声音，众人鱼都愣住了。

阿力船长问：“怎么样，我们没有偷太阳石吧！”

人鱼们仍不相信，一个声音喊道：“哼，太阳石不在你们的身上，可是和你们一起来的同伙没有在这里，太阳石一定是他偷走了！”

其他人鱼都表示赞同，纷纷要求把陆地人给抓起来。

阿呀站出来为她的朋友们辩护道：“不，父王，我相信他们不会偷太阳石的，别抓他们！”

亚特兰蒂斯王叹了一口气，说道：“孩子，别感情用事。如果我们找到了太阳石，不管是不是他们偷的，我都既往不咎。但是，在找到太阳石之前，我们不能掉以轻心。把他们……关到黑珊瑚里去！”

“我们和他不是一伙儿的！”四个人愤怒地辩解道。

几个高大的人鱼卫士围了上来，向他们逼近。阿力船长摆出拳击的姿势，张小开和杨歌站在阿力船长的两边，他们都在想绝对不能就这样被冤枉着束手就擒！可是，亚特兰蒂斯王根本没有给他们反击的机会。他威严地一挥手，陆地人站的地方突然陷了下去，他们毫无防备地掉了进去。

四人在黑暗中极速地向下坠落，最后落入一座奇形怪状的黑色的巨大的珊瑚里。

当四人终于适应周围朦胧的光亮时，他们发现自己置身于一间珊瑚屋里。屋内除了地上长着一层绿色的海藻，什么都没有。

张小开受不了了，他站起来，用手敲打着墙壁，扯着嗓子喊道：“放我们出去，我们没有偷太阳石，快放我们出去！”

一张人鱼脸出现在门上的一个巴掌大的小窗户外面：“真是吵死了！你们要是再吵，就把鲨鱼放进来咬你们！”

张小开瞪了瞪那人鱼，不敢再说话了。

二十一　海底废墟

时间在昏暗的光线中悄然流逝。

四人待在黑珊瑚屋里，思忖着逃出去的办法。张小开朝墙上打了一拳，抱怨道：“这些东西硬得很啊！我们没有工具，出不去的！”

杨歌站了起来，摆好姿势，双手对准黑珊瑚的墙壁，说：“我把大家瞬间转移出去！”

但是，不等他调动超能力，外面传来了阿呀的声音：“把门打开！”

人鱼卫士为难地说：“公主……陛下吩咐过，任何人都不许进去，除非有他的手令。”

“难道连我都不能进去吗？”

“是的……公主！”

“那好吧！嘿……”只听“砰砰”两声，似乎是人鱼倒下的声音。接着，一道蓝色的光芒从窗口迸射进来，光芒越来越大，最后变成了一扇门的形状。阿呀站在光芒中，她焦急地喊道："大家快走！"

众人连忙往外跑。白雪边跑边问："阿呀，你怎么来了！"

"父王认为你们是偷走太阳石的人，可是我相信你们，你们绝对不是那样的人！"

张小开恨恨地说："一定是那个可恶的怀特博士干的好事！"

"对，我也是这么认为的，我会找到怀特博士要回太阳石的。现在，我带你们出去。"

"不，我们现在不能走！"沉默的阿力船长忽然站住了，"我们要留下来，帮助你寻找太阳石！太阳石是在我们来到这里以后才丢失的，不管是谁偷走的，我们都有责任帮助亚特兰蒂斯人找回太阳石。"

"校园三剑客"也表示赞同。

"可是你们留在这里很危险，亚特兰蒂斯城如果没有太阳石的照射，会毁灭的，我不能让你们受到连累！"

阿力船长望着她，情不自禁地将手按在阿呀肩头，郑重地说："阿呀，多一个人总是多一份力量。有大家帮助你一起寻找，总要比你一个人的力量大呀！"

"对呀，俗话说'三个臭皮匠顶个诸葛亮'呢，何况这里的臭皮匠还不止三个！"张小开马上嬉皮笑脸地接话。

"真是太感谢你们了，谢谢你们！"阿呀感动地说，"父王派了很多人出去寻找怀特博士，但是都没有找到他。"

"这事交给我吧！"杨歌冷静地说道，"我搜索一下他的思维波。"

杨歌闭上眼睛，启动了心灵雷达，开始搜索怀特博士的思维波。过了一会儿，他睁开眼，沉声对大家说道："我看见了他的背影。他站在一片……一片废墟中……”

“废墟？”阿呀惊呼道，“海底废墟！”

阿力船长问：“海底废墟是什么地方？”

“是战争留下的遗迹，也是我们亚特兰蒂斯人的‘禁区’。”

“现在不管什么禁区不禁区了，事不宜迟，我们快走！”

阿呀望着阿力船长，点点头。她拿出几块芯片，对大家说：“这是反重力芯片，我们要尽快到达海底废墟。”

众人将芯片贴到身上，然后发现自己像苏苏米一样飞了起来。张小开兴奋极了，像拍翅膀似的扑腾着双手，想飞得快一些。但是，他却失去了平衡，凌空翻了好几个筋斗，要不是阿呀将他一把扯住，他就会掉到地上摔个狗啃泥。

阿呀说：“飞翔和走路一样，动作要自然。你刚才用力太猛，所以失去了平衡。”

张小开不敢乱来了，飞得小心翼翼的。这一回，他没有再出什么差错。

当众人飞到海底废墟上空时，他们看见，天空下面一片灰蒙蒙的。氤氲着一层淡淡的红色，将灰暗的天空染成了黑红色。隐约间，有气若游丝的歌声从废墟下面传出来。

张小开害怕地说：“谁在唱歌？该……该不是在战争中死去的鬼魂在唱歌吧？”

阿呀眼眶红了，点头说道：“是的，那是在远古的战争中死去的阴灵们哭诉的声音……我心里好难受！”

白雪把手搭在阿呀的肩上安慰她。阿力船长也不由得伸手扶在阿呀的肩头，说：“战争，让死去的人不得安宁，活着的人生活在恐惧中。”

张小开的牙齿不停地打颤。杨歌握紧张小开的手，问道："就算是龙潭虎穴，我也要闯一闯！张小开，敢和我一起进去吗？"

张小开壮着胆子说道："废……废话！我们'校园三剑客'还没有不敢去的地方！"

"这就好！阿呀，你留在这里，不要和我们一起进去了。"

阿呀坚决地说："不，我和你们一起进去，我……我不怕！"

阿力船长望着阿呀美丽的瞳孔说："放心吧，我一定会誓死保护你的！我不会让你受到任何伤害！"

阿呀抬起头，望着阿力船长刚毅的眼神，脸上微微一红。阿力船长的胸口好像被鹿撞了一下似的，"怦怦"乱跳起来。他万万没想到，这个美丽的人鱼女孩，竟然勾起了自己心中早已失去的柔情。

二十二　远古壁画

众人朝着废墟下落，视线所及，到处都是断壁残垣，一片凄凉的景象，无数断裂的石头柱子横倒在地上。石柱上面，依稀能看见蝌蚪般的文字和斑斑血迹。

阿呀环顾四周，眼里噙着泪水说道："战争毁灭了亚特兰蒂斯辉煌的文明。这些石柱上的文字，记载了那段让人不堪回首的历史。不过，由于年代久远，已经没有亚特兰蒂斯人认识这些文字了。因此，我们对那段历史的印象很模糊，只记得结局十分悲惨。”

“白雪，你能看懂吗？”张小开说道，“你可是古文字专家啊！”

“我试试看。”白雪走到一根柱子前，认真地辨认，轻声念道，“在9600年前，这里是一片美丽的、文明高度发达的大陆。这片大陆盛产黄金和白银，大陆上的所有宫殿都是由黄金和白银砌成的……一切都是那么美好……”白雪语速慢了，“后来……后来，亚特兰蒂斯大陆中的十个王国爆发了一场争夺疆土的战争……一次又一次的战役在大陆上进行着，不断有人死去，血把泉水都染成了红色……最后……最后……”白雪哽咽了，艰难地念道，“所有王国都动用了原子弹……数以千计的原子弹在同一天里同时爆炸，整个大陆便在悲惨的一昼夜间陷了下去……滚滚的海水淹没了整个亚特兰蒂斯大陆……大、大部分人死去了，剩下的10%的人为了适应海里的生活，只能用我们的科技将下半身改造成了鱼尾……”

“太可怕了！”

阿呀终于控制不住了，失声痛哭。一直站在阿呀身边的阿力船长心疼地伸过手去搂住她，希望自己的臂膀能带给她温暖。阿呀将头深深地埋在阿力船长温暖的怀抱中，希望能逃离这段痛苦的回忆。

“当我们终于适应海里的生活后，我们开始在海底重建自己的文明。我们每一个人的心中，都铭刻着深深的忏悔！我们渴望永远躲开可怕的战争！于是，我们将蕴含无穷能量的能量水晶深埋在地下，只用它的能量来照明。因为能量水晶里的能量，足够将地球毁灭一万次！亚特兰蒂斯的子民们必须保证能量水晶的安全，特立碑为记……”

白雪还没有读完，一道璀璨夺目的光芒从远处射来，将整个废墟照得白茫茫一片。

众人抬起头，杨歌神色冷峻地说："我们得赶快找到怀特博士，要是能量水晶落在他的手中，后果将不堪设想！"

离"校园三剑客"他们约半里地的海底废墟，有一个面积很大的广场。广场的中央，五根血迹斑斑的石柱矗立成五角形。石柱中间，站着面目狰狞的怀特博士。他的眼睛直直地盯着自己的脚。在他脚下，有一个五角星状的石块。石块上面，一个圆形的孔凹陷了进去。

"哈哈！我终于找到入口了！能量水晶，我来了……"

怀特博士一边大笑，一边将手中的太阳石放到了那个圆孔中。太阳石和圆孔天衣无缝地重合在了一起！霎时间，五角星上面延伸出血红的光芒，照在周围的五根柱子上，柱子上面的斑斑血迹，如同被注入了新鲜的血液，鲜艳欲滴。那些血迹从柱子里面渗出来，将柱子染成了血红的颜色，血迹斑斑的石柱瞬间变成了五根血红的柱子。柱子上，突然显现出无数弯曲的文字，那些文字发出白光，交相辉映。柱子的顶端，也放射出耀眼的白色光芒，将整个废墟照射得惨白一片。

怀特博士被白光照得睁不开眼睛，与此同时，他脚下的大地轰隆作响，似有千军万马在厮杀，隐约还能听得到战马的嘶鸣声。突然，他脚下的那块五角星状的石块陷入了地下，露出一个深深的地洞。地洞里，一股巨大吸力瞬间幻化成一股强烈的龙卷风，汹涌澎湃地朝天空怒吼着。怀特博士站立不稳，"啊"的惨叫一声，被吸进了洞中。

阿呀、"校园三剑客"和阿力船长闻声飞到。众人也挣脱不了霸道的龙卷风，被吸进了无边的黑洞。黑暗中，他们被龙卷风裹挟着，全身旋转，难以自控……

忽然，一道蓝色和金黄色相间的光芒亮了——是阿呀的身体发出的光芒。

“快，大家把手牵在一起！”阿力船长对大家说道。于是大家伸出手去，艰难地拉住了彼此的手。最后，他们形成了一个圆圈，借助合力稳住了身体。接近地面时，龙卷风的威力变小了，众人组成的圆圈缓缓地落在了坚实的地上。

现在，他们置身于一个通道口，阵阵红色的薄雾从通道里飘出来，若有若无的歌声愈加清晰，气氛十分诡异。

阿力船长一马当先地开路，白雪扶住了浑身颤抖的阿呀，杨歌也握住了害怕得连话都说不出来的张小开的手，众人向通道里走去。

通道内氤氲着一层浓浓的红色烟雾，透过那些烟雾，可以看见墙上画着以战争的残酷场面为内容的壁画。而哀怨的歌声，好像是从墙壁内传出来的，细细的，在空气中游走着，令人心神不宁。

好古怪的地方啊！众人都不敢掉以轻心，一步一步、小心翼翼地朝着前面走去。

大家一边走，一边忍不住看那壁画。突然，壁画上的人物和场景似乎都“活”了起来，一时间，万马奔腾、刀光剑影，令人心惊胆战。

突然，正看着壁画的张小开蹲在了地上，他感到头痛欲裂。其他人正想去扶他，但马上也像被念了紧箍咒似的痛苦倒地。他们全都出现了幻觉，时而看见战马在他们身边嘶鸣；时而感觉海水从他们身上翻涌而过；时而仿佛置身于烈火之中，要被火舌吞噬……

忽然，一道耀眼的白光照亮了大家的眼睛，众人感觉脑袋里“嗡”的一声响，所有的幻影都消失了，大家立刻清醒过来——是张小开戴的项链的坠子发出的白光救了大家。

杨歌从地上爬起来说道：“壁画会让人产生幻觉、痛苦无比，大家

千万别再看了！”

张小开忍不住又往墙上瞥了一眼，不好！壁画上刚才还是静静站立着的战士，突然活了过来，瞪着血红的眼睛，举着手中的短剑，向张小开刺来。他吓得跌跌撞撞地后退了好几步，恐惧地喊道：“救命啊！”

二十三　能量水晶

张小开忙转过头，闭上眼睛。等他再睁开眼的时候，墙壁又恢复了原样。他心有余悸地说道：“这壁画真邪门！”

通道把大家引向了一个金色大殿。大殿内金碧辉煌，四周的墙壁全部都是用黄金堆砌而成。大殿的七个方向，矗立着七根金黄色的柱子，呈北斗星的形状。柱子上面雕刻着七条长着翅膀的巨龙，栩栩如生。在柱子形成的北斗星的勺子形状中间，悬浮着一颗巴掌大的蓝色水晶石。墙壁上面，也有许多以残酷战争场面为内容的壁画。空中，依然萦绕着凄凉的歌声。

此时，怀特博士正站在那里，怔怔地看着墙壁上的画。和刚才张小开看见的情形一样，只见从壁画里，一个身材强壮、上身赤裸、手握短剑的战士突然朝着他奔来，那个战士的身上沾满了鲜血。怀特博士吓了一跳，正要闪开，突然，又有一群人冲向那战士，举起刀朝那战士砍去。就在刀要砍向那个战士的时候，画面又变换成了一场巨大的海啸，海浪从海里涌上天空，形成一面巨大的水墙。突然，那面水墙坍塌了，落在了地面的一座城市里。市民们争先恐后地四处逃命，城市迅速被大海淹没了，所有人都置身于一股巨大的旋涡之中……

怀特博士感觉天旋地转，眼前一片漆黑。

黑暗的颜色渐渐褪去，画面中，出现了一张小小的、挂满泪珠的脸，那是童年时代的怀特。他正冲出家门，朝着一辆白色的小轿车追去。他一边跑，一边喊："妈妈！不要扔下小怀特，妈妈……"

突然，他被路上的石头绊倒了，小小的手掌磨出了血，而轿车却不管不顾地扬长而去。小怀特趴在地上，号啕大哭……

一转瞬，还是他小时候。小怀特躲在桌子底下，害怕得浑身发抖，他那喝得醉醺醺的爸爸一脚将桌子踢翻，像提起一只小兔子似的把小怀特给提了起来，骂道："你妈跟别的男人跑了，你也想不理我吗？看我不揍扁你！"说着抡拳就打。小怀特从他手中挣脱到地上，夺门而逃。爸爸摇摇晃晃地追了出来。冲到马路上时，"嘣"的一声，他被一辆突然驶来、刹不住车的大货车撞得飞了起来。小怀特吓得瞪大了双眼……

恍惚间，他又看到了一所孤儿院。小怀特被一群孩子推倒在地，拳打脚踢，发出了杀猪般的惨叫声……

……

怀特博士跪倒在地上，泪流满面，喃喃自语道："妈妈跑了，爸爸死了，大家都欺负我，为什么我就这么可怜？这样的日子，活着还有什么意思……"

这时候，墙壁里走出一个穿着黑色斗篷的人，他将一把锋利的匕首递给怀特，用缥缈的声音说道："拿去吧，只要轻轻一抹，就没有痛苦了……”

怀特博士目光呆滞地举起寒光闪闪的匕首，要将它刺进胸膛……

说时迟，那时快，突然，一道白光射来，怀特博士顿时苏醒过来，跌倒在地，匕首也“哐啷”一声掉在地上——是阿呀的项链发出的光芒救了他。

阿呀走上前去，俯身对怀特博士说道：“你被壁画蛊惑了，不要再看它了！”

怀特博士的意识终于恢复过来了。他认出了阿呀，突然站了起来，冷笑道：“哼，谁要你们猫哭耗子假慈悲！”

阿力船长将怀特博士一把拉了起来，说道：“果然是你偷了太阳石，快跟我们到大殿自首去！”

怀特博士奋力挣扎，双方正相持不下的时候，突然，远处那块蓝色水晶石射出一道蓝光，罩住了阿呀。阿呀的眼睛骤然放射出蓝光，眼神变得迷离，魂不守舍地向那水晶走去。

阿力船长大声喊道：“阿呀！阿呀公主！你怎么了？”

但阿呀好像一点都没听见，仍旧痴痴地向那水晶走去。白雪想要拉住阿呀，可她的手刚一碰到阿呀的身体，立刻像触电一样，本能地缩了回去。

就在这一刻，那七根柱子上的龙竟然活了！它们在柱子上面飞快地游走，突然同时张开翅膀飞了起来！顿时，大殿里到处飞沙走石，众人站立不稳，纷纷扶住墙壁。

那些巨龙扇动着巨大的翅膀飞到半空中，然后，猛地撞在一起，变成了一团金黄色的光球，发出耀眼的金光。

七根柱子在龙撞击的一刹那，出现了细细的裂缝。接着，裂缝越来越大，柱子也震动起来。

张小开战战兢兢地说："这里不会要塌了吧？"

悬浮在柱子中间的水晶，也剧烈地震动起来。

突然，那水晶如同离弦的箭一般，射进了阿呀的心脏。阿呀大叫一声，只见千万道蓝光从阿呀心脏的位置迸射出来。接着，她的额头上赫然出现了一个蓝色五角星。而那水晶不知为什么又回到了她的手中，被她捧着，整个大厅被照射得水蓝一片。

"轰隆"一声巨响，七根柱子如同面粉做的一般坍塌了下去。蓝光消失了，大厅里的金光也消失了，殿内一片灰暗，只有阿呀手中的水晶还散发着淡淡的蓝光。

所有的人都被这情景惊呆了！

怀特博士突然醒悟，冲向阿呀。阿力船长也反应过来，朝着阿呀奔去。可惜，还是晚了一步！怀特博士抢先到达阿呀身边，一手夺走了水晶，一手用枪指着阿呀的头，得意地说："这就是能量水晶！刚才，我想了很多办法，都没能把它弄下来，原来只有靠这个小姑娘才能得到！谢谢你们带她来哦……我终于得到能量水晶了！哈哈哈……"

二十四　诅咒重现

见怀特博士拿阿呀做挡箭牌，张小开气得眼都红了，骂道："阿呀刚才又救了你一命，你竟然恩将仇报！"

怀特博士冷酷地说："哼，谁要你们来救我？我又没有求你们来救我。"

白雪问道："怀特博士，你为什么要这样做？为什么要抢夺能量水晶？"

怀特博士冷笑道："反正不久后你们就要葬身海底了，告诉你们也无妨，A国的军队马上就要到了！"

"校园三剑客"大吃一惊。

张小开说道："什么？A国的军队怎么会知道这里？是你告诉他们的吧？"

怀特博士颇为自得地说："那当然，如果没有我的帮忙，军方那群笨蛋怎么会找到这里来？实话告诉你们，我在抓住阿呀的时候，就在她手臂的皮肤下面植入了一个小型跟踪器——其实，那天你们不救她，我也会在第二天把她放了，好让她带我找到亚特兰蒂斯。那天你们救了阿呀后，虽然我有半个小时失去了记忆，但一回到实验室，看到实验室里的跟踪装置，我就把什么都想起来了。我按照接收器上显示的坐标，终于来到了这片海域。那天我潜水到海中考察时，遇见了鲨鱼，多亏你们几位的搭救，我才没有丧生鱼腹。"

"早知道这样，真该让鲨鱼把你给吃了！"张小开后悔得肠子都青了。

"真是多谢！要没有你们，我也不知道海底废墟的通道是要靠太阳石来开启的，更找不到传说中的能量水晶。现在，我终于得到它了！拥有了能量水晶，我们A国就拥有了源源不断的能量。哈哈，到那时候，我们就可以称霸地球，为所欲为了……"

阿力船长骂道："发动战争的人，将成为千古罪人！"

“是吗？哈哈，可我已经用随身携带的微型发报机给A国最高军事指挥部发报，要求他们派兵来攻打亚特兰蒂斯王国——用不了多久，这片海底的文明世界就属于我们了！好了，我不陪你们玩了，我要出去了。让开！”

杨歌双手合拢，对准怀特博士，要发射火球。怀特博士早就料到他有这一招，恶狠狠地说：“不许动！乖乖地把手放下，我的手枪可是很容易走火的！要是不小心将她的头打开花了，还真是可惜了这么可爱的小姑娘！”

杨歌无奈，只好放下双手。大家只能眼睁睁地看着怀特博士挟持着阿呀朝通道外面走去。当怀特博士和阿呀的身影消失在通道拐角时，阿力船长和“校园三剑客”也尾随而去。这时，一个黑色的人影从倒塌的柱子后面钻了出来，悄悄地跟在了众人的身后。

海底废墟外面，风停了。天空更红了，厚厚的云层仿佛要滴出血来。亚特兰蒂斯王带着许多人鱼卫士正守在出口外面。

“阿呀怎么了？你对我女儿做了什么？快放了她！”当怀特博士出现时，亚特兰蒂斯王用权杖指着他，厉声吼道。看到宝贝女儿被人挟持，双眼怔怔地看着他，表情呆滞，一点反应也没有，他又心疼又焦急。

怀特博士哈哈大笑：“她是我的人质，我怎么会轻易放了她?！”

这时，“校园三剑客”和阿力船长也从废墟中冲了出来。亚特兰蒂斯王浑身颤抖地说：“陆地人果然和传说中一样贪婪与邪恶！我好心接待你们，你们为什么要恩将仇报？”

“校园三剑客”哪里受过这种冤枉，气得说不出话来。

阿力船长冷静地走上前，向亚特兰蒂斯王说明：“陛下，是怀特博士抢走了能量水晶，我们和阿呀到这里来是为了阻止他的，你误会我们了！”

亚特兰蒂斯王沉声说道："好，如果你们能把能量水晶交给我，我就相信你们。"

张小开喊道："你就是不说我们也要把能量水晶抢回来的！"

"哼，你们休想！"怀特博士把枪顶得更紧了，手指扣在了扳机上。

千钧一发之际，亚特兰蒂斯王忽然挥动手中的权杖，"啪"的一声脆响，一道白光从权杖中射出，将怀特博士的手枪击落了。

太好了！"校园三剑客"刚要冲上去救阿呀，怀特博士竟然从怀里掏出一把匕首，气急败坏地架在了阿呀的脖子上。怎么办？阿力船长急了，悄悄地绕到后面，打算从背后偷袭怀特博士。

怀特博士听见动静，突然转过头，对阿力船长恶狠狠地说："站在那里别动！不然——"

他的手轻轻一划，阿呀的脖子上立刻渗出了一颗颗血珠，滴落到怀特博士手中的能量水晶上。血珠迅速地渗透进了能量水晶里，能量水晶立刻放射出炙热的光芒，像被烧红的铁一样滚烫。怀特博士喊一声"好烫"，松开了手。奇怪的事情又发生了：阿呀无力地倒在了地上，而能量水晶却迸发出耀眼的蓝光，缓缓地飘到空中。地底下，又传出了幽怨的歌声，一团团红雾如同幽灵般从地底升起，相互纠缠着飘向空中。

亚特兰蒂斯王脸色惨白，他扔下权杖，后退了两步，仰头望着天空，喃喃自语道："天哪！亚特兰蒂斯……诅咒、诅咒重现了……"

听到"诅咒"一词，其他亚特兰蒂斯人都惊恐不已，纷纷跪在地上，双手抱住胸，祈祷着："上天啊，宽恕我们吧！"

二十五 魔龙苏醒

怀特博士跳起来去抓能量水晶，可是够不到。他气急败坏地喊道：“什么‘诅咒’！我是科学家，不相信这一套！”

“校园三剑客”抱起没有知觉的阿呀，把她送回亚特兰蒂斯王面前。阿力船长大步流星地冲上前，挥拳去打怀特博士。他气愤地说道：“这一拳，是为阿呀打的！这一拳，是为亚特兰蒂斯人民打的！”

阿力船长“咚咚”两记铁拳下去，刚才还颐指气使的怀特博士立刻被打趴下，晕了过去。

亚特兰蒂斯王伸出手臂要去抱自己的女儿。但是，谁都没想到，阿呀的身体竟然放射出蓝光，亚特兰蒂斯王“啊”地叫了一声，身体被弹了开来。

与此同时，空中的能量水晶射出一道蓝光，照在阿呀身上。阿呀的身体变得比羽毛还轻，她张开双臂，缓缓地飘了起来，飞向能量水晶。地面上的瓦砾碎石，也被强大的吸力吸引，和阿呀一起升向天空。

亚特兰蒂斯王颓然地坐在地上，痛苦地说：“圣女！阿呀竟然是圣女！”

“校园三剑客”和阿力船长被眼前的一切搞糊涂了，他们的心全都悬到了嗓子眼。鬼魅般的声音还在飘荡着。能量水晶以不可思议的方式进入了阿呀的体内，她整个人渐渐地变得透明。

“陛下，这到底是怎么回事？”阿力船长搀扶起亚特兰蒂斯王，问道，“阿呀怎么会变成这个样子？”

“在我们的传说中，亚特兰蒂斯人曾经很好战，亚特兰蒂斯文明因为战争而沉落海底。为了警诫后人，我们的祖先立下了一个诅咒：如果能量水晶和圣女融为一体，沉睡的魔龙将会被唤醒……”亚特兰蒂斯王浑身颤抖地说道，“魔龙现世，毁灭就会来临！”

杨歌紧张地问：“有没有办法能够阻止阿呀唤醒魔龙？”

“一旦圣女和能量水晶结合，就没有任何办法了！”亚特兰蒂斯王摇头说道，“除非……”

“除非什么？”白雪催促道，“快告诉我们！”

“没用的……事已至此，我不想再去责怪你们，你们走吧！”

张小开撇撇嘴说道：“这话我不爱听，太阳石不是我们偷的，你怪不着我们。但阿呀是我们的朋友，我们不能袖手旁观。所以，我们是不会走的！”

杨歌、白雪和阿力船长也异口同声地说：“对，我们不会走的！”

亚特兰蒂斯王知道错怪了他们，感动极了，他正要回答，突然，“轰隆”一声巨响，地动山摇。阿呀透明的身体，迸射出九种不同颜色的光芒。霎时间，乌云密布，电闪雷鸣，九条巨龙从地下钻出，以迅雷不及掩耳之势冲到天空中。地震、火山、飓风……一起爆发，亚特兰蒂斯人惊慌失措地四处逃窜，整个王国陷入了一片混乱之中。

亚特兰蒂斯王跪在地上，苦苦地哀求上苍：“请惩罚我吧！所有的罪责都由我承担，不要伤害我的子民！”

上苍仿佛听见了他的请求，让骚动的九条巨龙平静了一些，它们盘旋在阿呀周围，分别吐出一颗龙珠。九颗龙珠汇聚到一起，悬浮在阿呀的头顶，后又钻进了阿呀的身体里。阿呀的眼睛睁开了，她那美丽的绿眼睛变得血红！

阿呀缓缓地从空中飘落。九条巨龙齐吼一声，然后低下头去钻进了土里。一丝风卷着灰尘从地面拂过，所有人都呆呆地站在原地。

“阿呀——”亚特兰蒂斯王抱住落在地上的阿呀，失声痛哭。阿呀没有说话，她那血红的眼睛中，闪过一线古怪的光芒。突然，她张开双臂，紧紧地搂住了父亲的脖子，国王的身体剧烈地颤抖起来。

阿力船长感到不妙，大声喊道：“不好，阿呀有些反常！”

果然，阿呀的全身放射出耀眼的蓝光，亚特兰蒂斯王迅速衰老，他那抱着女儿的双手，也松了开来——他的能量正被阿呀源源不断地吸进身体中。

阿力船长冲上前，不顾一切地拉住阿呀的胳膊，喊道：“阿呀，你在干什么？他是你的父亲！你听到了吗？快停止你所做的一切……”

阿呀愣了一下，松开了亚特兰蒂斯王，阿力船长连忙把亚特兰蒂斯王拉到身后。但只是一瞬间，阿呀的表情重新变得凶悍，她的眼中射出一道火红的光束，击中了阿力船长。阿力船长整个人被弹出好几米外，痛苦地倒在了地上。失去理性的阿呀两眼瞪着阿力船长，像电影里的杀手似的向他走去。

“校园三剑客”冲到阿力船长的面前，大声喊道：“阿呀，快醒醒！他是阿力船长，你不能伤害他！”

但是，阿呀置若罔闻。她的双眼，再次变得血红，好像要对阿力船长发动第二次攻击。为了保护阿力船长，杨歌无奈，举起了双手酝酿出两个霹雳火球，对准了阿呀，但是他又不敢把它发射出去，怕伤着了阿呀。这时，阿呀的眼中射出一道红光，击中霹雳火球。“轰隆”一声巨响，霹雳火球爆炸了，杨歌被冲击波打出了老远，仰面朝天，倒在地上。

白雪和张小开慌忙去搀扶杨歌，杨歌睁开双眼，竭尽全力地说道：“她、她已经不是以前的阿呀了！一定……一定要想办法阻止她！”

但是，张小开和白雪都想不出什么好办法来。

这时，阿力船长艰难地爬了过来，他递给白雪一本破旧的书——正是白雪看过的那本《大西洲》。他虚弱地说：“白雪，你认识亚特兰蒂斯的文字……快，看看里面有没有解决的办法！”

白雪忙接过书，快速地翻起来。不一会儿，她念道：“有了！书上说‘要阻止圣女毁灭亚特兰蒂斯城，只有找到……’”

但是，她还没念完，就发出“啊”的一声尖叫——一道红光落在了古书上，那书立刻化成了灰烬。

红光是从阿呀眼中发射出来的，她的举动让白雪功败垂成。

二十六　再遭劫持

最后的希望被阿呀毁掉了，“校园三剑客”目瞪口呆地望着她。

阿呀的眼中满含怒气，浑身散发着耀眼的蓝光，不过，她没有再攻击别人，而是像魔女一样升到了天空中。她的周身形成了一个巨大的光球，依稀可见九条龙影在上下流窜。突然，光球迸发出耀眼的光芒，射向四面八方，地上的亚特兰蒂斯人，身上散发的蓝光正在渐渐地熄灭。亚特兰蒂斯王的头发一下子白了，王冠掉在了地上，雪白的头发散落在肩膀上。他的皮肤快速地干瘪、起皱……一瞬间，威严伟岸的国王苍老得如同一个垂死的人！

张小开捏紧拳头，难以相信眼中所见，惊讶地问道："阿呀……她在干什么？"

白雪皱着眉头，脸色苍白地说："她正在吸收所有亚特兰蒂斯人的能量，亚特兰蒂斯即将毁灭！"

果然，其他亚特兰蒂斯人和他们的国王一样，无论男女老少，头发全都变得雪白，皮肤瞬间凹陷、干瘪、起皱，美丽的鱼尾变成了灰白色。他们痛苦地趴在地上，呻吟着："救救我们——"

而阿呀周身的光球却变得越来越亮，来自地面亚特兰蒂斯人的能量，全都汇入她的体内，那些还没有来得及被吸收的能量，像一条条白色的蝌蚪一般，在光球里上蹿下跳、横冲直撞，仿佛要将光球冲破。不一会儿，当所有的能量都被阿呀吸收尽，她变成了一个通体透明的水晶人！

废墟上方的天空依然血红。亚特兰蒂斯人横七竖八地躺在地上，如同死尸一般。"校园三剑客"和阿力船长站立着，沉痛地看着一切，茫然地面对着这片被恶魔操控的神秘大陆。

在一片寂静中，阿呀身上的光芒渐渐消失了。她浑身无力地从空中落了下来。阿力船长眼尖，一个箭步冲了上去，稳稳地接住了阿呀。但他很快发出"唉哟"的呻吟声——阿呀全身滚烫，像烙铁一样将他的手臂灼伤了。不过，他并没有扔掉阿呀，而是咬着牙将阿呀轻轻地放在地上。"校园三剑客"围过去，看着昏迷不醒的阿呀，不知该怎么办。

"把她交给我吧！"怀特博士不知什么时候醒了，站在"校园三剑客"身后。

张小开嗤之以鼻地说："哼，少来这一套，猫哭耗子假慈悲！"

杨歌、白雪和阿力船长也用警觉的目光望着他。

“好吧，本来我还想用能量探测器检查一下阿呀的身体，”他晃了晃手中一台像乒乓球一样大、正闪着红光的球形仪器说道，“看来，没人领情啊！那我只好走了！”

怀特博士装出一脸遗憾地转身要走，阿力船长一把拦住他，说道：“等等！你的能量探测器真能检查出阿呀的病情？”

“不一定，”怀特博士摇头说道，“不过，如果弄清楚了阿呀的问题，就能对症下药了。”

阿力船长将信将疑地说：“那好，去给阿呀看看！”

杨歌拦在了怀特博士面前：“不！我们不能再相信他的话了！说不定他要对阿呀下毒手呢！”

怀特博士冷笑道：“我知道，在你们眼中我是坏人，我还是别自讨没趣了！”

说着，他手背到身后，脸上挂着轻蔑的微笑，走到了一块大石头旁边。

阿呀现在的状况真的很糟，只见她眉头紧皱，双眼紧闭，时不时地发出呻吟声。

“我看，还是让他试一试吧，”阿力船长对大家说道，“如果他敢耍什么花招，我们就在旁边，随时都能收拾他！”

“校园三剑客”想了想，也只好无奈地点了点头。

阿力船长冲着怀特博士喊道：“怀特，你过来！”

怀特博士却摆起了臭架子：“算了吧，我还是在这边待着舒服点。”

“让你来你就来，少废话！”阿力船长大步流星地冲过去，像拎小鸡一样将怀特博士拎过来扔到了阿呀的身边，催促道，“快，探测一下她身体里的能量！”

怀特博士不再吭声，他掏出红色的球状物，对准了阿呀的额头。

张小开警惕地问道："你那玩意儿不会是手枪吧？"

怀特博士狞笑道："算你聪明，答对了！它就是手枪，红外线手枪，我只要轻轻一按，'砰'的一声，美人鱼的脑袋就开花了……哈哈哈……"

阿力船长气得肺都要爆炸了，他怒吼道："可恶的家伙，刚才真该一拳打死你！"

怀特博士晃了晃手中的家伙，得意扬扬、阴阳怪气地说道："哎哟哟，对不起，我让你失望了！"

就这样，怀特博士再次挟持了阿呀。他见阴谋又一次得逞，仰头狂笑道："哈哈哈，再见吧！愚蠢的善良人！"

张小开跳着脚叫道："太卑鄙了！"

就在大家都感到绝望之时，忽然，"嘭"的一声，怀特博士闷声倒在了地上——他的身后，突然出现了个高大的黑影，黑影在怀特博士的后脑勺上猛击了一拳，将他击晕了。

张小开忙跑过去，接住倒下的阿呀。

杨歌问道："什么人？"

黑影不说话，径直走到了阿力船长面前。阿力船长定睛一看，顿时浑身一震，像泥塑木雕一般愣住了。

二十七　父子重逢

站在阿力船长面前的人，长着和阿力船长一样的身材、一样的面容，只是头发胡须全白了。

阿力船长难以相信自己的眼睛，结结巴巴地喊道："爸——爸！"

老船长颤抖地伸出手，浑身颤抖地说道："是……是……我的儿子——阿力吗？"

"爸爸……我终于找到你了……"两人对望着，凝视了很久，当终于确信眼前的相逢是真实的时候，两个伟岸的身影紧紧地拥抱在了一起。

"校园三剑客"也被这意外的重逢感动了。白雪含泪说道："太好了！真是太好了！"

父子二人拥抱了良久才分开。老船长欣慰地上下打量自己的儿子，说道："阿力，我的儿子，你终于找到这里来了！"

阿力船长悄悄地抹去眼角的泪花，用力地点头说道："爸爸，我知道您一定会成功的！"

"是啊，我在很久以前就找到了亚特兰蒂斯！"

"可是，为什么您要待在这里不回家呢？妈妈……她……已经……已经去世了……"

老船长老泪纵横，他轻轻地拍着阿力船长魁梧的肩膀说道："唉！我对不起你妈妈，还有你，我的好儿子。我为什么会留在海底？说来话长——"

接着，他艰难地道出了罕为人知的事情真相：

"当年，我表面上是船长，真实身份却是A国的将军。这一点，连你的母亲都不知道。那一年，我接到了上级的秘密任务——寻找亚特兰蒂斯，寻找超级能量——唉！当年的我差点酿成大错啊！"

"父亲，可是您并没有做什么危害亚特兰蒂斯人的事啊！"

"是的……当年我的船队遇到了暴风雨和龙卷风，船沉了。是亚特兰蒂斯人救了我，他们的单纯和善良也感化了我。为了报答他们，我决定留在海底守护能量水晶。”

“原来是这样！父亲，我们把能量水晶还给国王，你就跟我们走吧，我们回到家乡过平静的生活。”

“不，孩子，我发过誓，要永远留在这里守护能量水晶。现在我们要做的，是让阿呀与能量水晶分离，这样，亚特兰蒂斯的人们才能得救。”

“可是，我们怎么才能让阿呀和能量水晶分离呢？”

“小姑娘看过《大西洲》，应该知道解决的办法呀！”

白雪摇摇头，遗憾地说道：“我刚看到那一页，书就被阿呀毁了。”

“哦。没关系，我以前看到过。”

张小开高兴得跳了起来，他大声说道：“太好了，老船长，您快说说，是什么办法？”

“《大西洲》里说，只有找到亚特兰蒂斯权杖才能解除诅咒。这些年来，我就担心会有现在这灾难性的一天，所以我一直在寻找亚特兰蒂斯权杖……”

“父亲，您找到了吗？”

“是的，一年多以前我找到了。”老船长从衣袍里拿出一根顶端镶着一颗蓝色宝石的权杖。宝石上，流转着五彩的光芒。

“校园三剑客”不由得赞叹：“好漂亮的权杖啊！”

白雪问：“它真的能将阿呀和能量水晶分离吗？”

老船长面色凝重地举起亚特兰蒂斯权杖，将它对准阿呀额头上的五星。立刻，奇异的事情又发生了：阿呀额头上的五星，射出蓝色的光芒，与权杖宝石中的光芒相接。阿呀头朝下渐渐地升上空中，和权杖形成了一条垂直的直线。接着，能量以光波的形式源源不断地从阿呀的额头上流出，被注入权杖内。渐渐地，阿呀额头上的五星消失了，身体不再透明，恢复如常。能量水晶从她身体里掉了出来，变回了原来的样子。

老船长高高地举起权杖，权杖放射出万道毫光，整个亚特兰蒂斯都被那光芒照亮。人们的身体由衰老变年轻，身上重新发出蓝莹莹的光芒，他们纷纷苏醒了过来。倒塌的亚特兰蒂斯城，如同时光倒流一般，恢复了原状。地上的能量水晶，也重新放射出美丽动人的光华。

亚特兰蒂斯王也醒了，他那苍老的面容恢复了原来的威仪。他激动地看着重生的亚特兰蒂斯城，热泪盈眶。

“陛下！”老船长上前一步，握住亚特兰蒂斯王的手。

国王激动地说：“啊！船长！我就知道，你一定能找到解除诅咒的亚特兰蒂斯权杖，拯救亚特兰蒂斯城……”

“是的，陛下，我总算没有辜负您的期望，找到了权杖。”

……

“亚特兰蒂斯万岁！亚特兰蒂斯万岁！”人们在广场上尽情地欢呼起来。

天空中的阴霾退去，能量水晶和太阳石都被放回了原位。太阳石像太阳一样将重生的亚特兰蒂斯照得亮如白昼。

阿呀也醒了，她努力地睁开了眼睛，听到一个熟悉的声音：“阿呀，你醒了？”

“这是什么地方？我好像做了一个好长好长的梦！”

“你就是做了一个很长很长的梦，阿呀！”

那个声音温柔地说道——是阿力船长的声音！阿呀发现自己躺在阿力船长温暖的怀中。她抬起头，四目相交，阿力船长又变得手足无措起来。阿呀也意识到什么，两人的心突突乱跳，脸一下子都变得通红。

美好的时刻，欢乐的人群，这一切，使大家忽略了一个人——怀特博士！他在欢呼声中苏醒过来，眼中放射出仇恨的光芒。他悄悄地躲到一块礁石后面，打开了他手上一个像手表一样的东西——那手表上有一个小小的屏幕，屏幕上有一个红色的亮点在闪烁！

二十八　战争威胁

海面上，一艘巨大的航空母舰如凶恶的巨灵神一样乘风破浪而行。它的身后，还跟着战列舰、巡洋舰、驱逐舰、护卫舰等军舰，它们像打手一样杀气腾腾。被惊动的海鸥在蓝天下不安地盘旋着。

航空母舰的控制室内，罗姆上校站在液晶显示屏幕前，眉头紧皱。他的身边，坐着气定神闲的将军。忽然，屏幕上闪出了一条白色光带，那光带渐渐变大，怀特博士的脸赫然出现。

罗姆上校皮笑肉不笑地打招呼：“怀特，你竟然找到了亚特兰蒂斯王国，真是个天才！”

怀特博士却不领情，愤怒地说：“你这个笨蛋，怎么现在才来？我差点死在这里了！”

坐在椅子上的将军发话了：“嗯，怀特博士，干得不错，回来一定好好地奖励你！”

听到将军的声音，怀特博士的口气马上恭敬起来：“哦，将军，您亲自来了？我现在正在亚特兰蒂斯城里，我的处境很危险，请快点来支援……不好！有人来了……将军，快点来救我……”

画面的远处出现了两个人鱼卫士，之后画面中断了。

将军对罗姆上校命令道："全速前进，进攻亚特兰蒂斯！"

怀特博士被两个人鱼卫士拖到了大殿上。此时，亚特兰蒂斯的人们还沉浸在欢乐的气氛中。

怀特博士发出一声怪笑道："哼！A国大军已经到了，快投降吧，亚特兰蒂斯人！"

话音未落，一个人鱼卫士急匆匆地跑进来，气喘吁吁地报告："陛下！海面上有许多军舰！磁力壳正在遭到炸弹的破坏！我们受到了陆地人的攻击！"

亚特兰蒂斯王气得浑身颤抖："你……你要对亚特兰蒂斯发动战争……"

怀特博士摇着一根手指，得意地说："不，不，不，只要你们投降，就不会有战争。"

"很遗憾，亚特兰蒂斯人的字典里没有'投降'这两个字！"

"如果不投降，A国的军队马上就会毁灭亚特兰蒂斯！"

张小开对他嗤之以鼻："哼！亚特兰蒂斯的文明比陆地文明先进得多，你们贸然进攻，不是自取灭亡吗？"

怀特博士冷笑道："错！亚特兰蒂斯虽然文明高度发达，但举国上下却找不到一件武器，我们可以轻易地战胜他们。"

"胡说！亚特兰蒂斯一定能打败你们的！"张小开挥舞着手臂喊道。他一边说，一边回过头看亚特兰蒂斯王。但是，他却发现，人鱼们都呆呆地站着，亚特兰蒂斯王也沉默不语，阿呀的脸上更是写满了绝望和悲哀。

杨歌有些怀疑地问道："难道……难道怀特博士说的是真的？"

一直没吭声的白雪无奈地说："是真的，亚特兰蒂斯虽然文明高度发达，但是由于他们数千年来一直过着和平的生活，武器早就从他们的生活中消失了。如果被侵略，他们不堪一击……”

张小开不甘心地问道：“我们不是……不是还有充满能量的亚特兰蒂斯权杖吗？我们可以用权杖消灭他们……您说对吗？”

老船长无奈地摇头说道：“亚特兰蒂斯权杖只能解除诅咒，不能阻止战争。”

“那能量水晶呢？能量水晶不是拥有无尽的能量吗？”

“可是，能量水晶的诅咒已经被亚特兰蒂斯权杖解除了，它残存的能量，只能让太阳石发光。”

“啊？”

没有人再说话。良久，亚特兰蒂斯王站了起来，对“校园三剑客”和阿力船长说道：“我现在明白了，陆地上有好人，也有坏人。阿呀喜欢你们，我请求你们带着阿呀离开这里！让她躲开战争，走得越远越好！”

杨歌问道：“那您呢？”

亚特兰蒂斯王微笑着说：“我要留下来保卫亚特兰蒂斯，和我的人民在一起，直到最后！”

阿呀大惊失色，扑到国王怀里，喊道：“不！我不走，我不要离开你！父亲，难道你不要我了吗？”

所有亚特兰蒂斯人都掩面痛哭起来。

“校园三剑客”的眼角也湿润了，他们携手齐声说道：“我们也要留下来，保卫亚特兰蒂斯！”

阿力船长和他的父亲双手紧紧握在一起，坚决地说：“我们也不走，我们要和亚特兰蒂斯一起战斗……”

“好感人啊，我都要流眼泪了，都留下来陪葬吧！”

又是该死的怀特博士！阿力船长走过去，一把抓起他的衣领，将他提

到了半空中，举起拳头喝道："我先揍死你这个衣冠禽兽！"

老船长拍了拍愤怒的儿子，不屑地说："揍死他也没用！现在要先想办法解除危机！"

怀特博士被重重地扔在了地上。他摸着疼痛的屁股，恶狠狠地看着阿力船长，不敢再多说话。

头顶上，传来军舰的轰鸣声，空气一下子变得紧张起来。"校园三剑客"和两个船长面面相觑，亚特兰蒂斯王紧紧地抱着阿呀，其他人鱼都感到不知所措。

战争一触即发，海底王国正面临着灭顶之灾。

二十九　电脑黑客

面对危机，亚特兰蒂斯王临阵不慌，他平静地部署任务：

"阿里克莱，你率领章鱼保镖去破坏人类潜艇的超声波探测系统，尽量争取时间，拖住他们！"

"里拉维多，你带着妇女和儿童退到海底山谷里去！"

"苏希拉奇，你负责组织宫殿守卫，保卫老臣们的安全！"

……

人鱼卫士们纷纷领命而去。

"父王，让我带着竖琴队去给那些坏蛋洗脑吧！"阿呀主动请缨。

"好的，注意安全！"

阿呀领着一群手拿竖琴的人鱼出发了。

虽然亚特兰蒂斯王的布置有条不紊，但是，最关键的问题仍然没有解决——A国军队拥有强大的武器，而亚特兰蒂斯人却远离战争多年，国王的部署，只能抵挡一时，不能彻底打败或赶走A国军队。

突然，杨歌灵光一闪，他拍着张小开的肩膀说："打败A国军队，全看你的了，小开！"

张小开挠着头问道："什么？我……能有什么办法？"

共他的人都一脸诧异。杨歌胸有成竹地说："小开，如果给你一台电脑，你能侵入A国军方的电脑系统吗？"

"当然，你难道忘了我是黑客专家……"话没说完，张小开恍然大悟，激动起来，"对呀！我怎么没想到呢？杨歌，你太聪明了！"

阿力船长着急地问道："到底是什么办法？"

张小开摇头晃脑地说："我可以利用电脑进入A国军方的电脑系统，再给他们免费发送电脑病毒，他们的系统就会瘫痪。那样，他们的导弹、激光什么的，就都发射不出来了！哈哈哈……哦，对了，陛下，这里有电脑吗？"

亚特兰蒂斯王命人给张小开送来一台贝壳外形的微型电脑。张小开打开电脑，三维立体的放大屏幕顿时呈现出来。张小开忍不住赞了一句："太棒了，比我们用的电脑不知道好了多少倍！"

张小开的手指快速地在珍珠键盘上敲打起来。人们都屏住呼吸，整个大厅中安静得只能听见他"噼噼啪啪"敲打键盘的声音。

"哼，想得美！A国电脑系统超级严密，岂是你这个小毛头说进就进的？"怀特博士在一边不屑地冷哼道。可是，当他漫不经心地看了一眼电脑屏幕之后，顿时像被雷击了一般，喃喃地说："天哪！这不可能！他竟然这么快就破译了军方的密码？这小家伙简直是——是——"他不得不在心里承认，张小开在电脑方面是个天才！

“大功告成了！”张小开将信号接通到航空母舰的指挥控制室，然后把屏幕转向大家，得意地一指，说道，“欢迎欣赏！”

电脑屏幕中，出现了控制室内的情景——

罗姆上校发现控制室的所有电脑屏幕上，都出现了一张古怪的笑脸。然后，怪事接二连三地发生了：海面上，航空母舰在原地打转，其他舰艇像无头苍蝇一样乱窜，整个舰队都失去了方向。控制室内，所有的指示灯胡乱闪烁着，报警器发出刺耳的警报声……

将军从椅子上跌了下来，怒气冲天地问道：“罗姆上校，怎么回事？”

罗姆上校诚惶诚恐地说：“将军，我马上去查！”

一个满头大汗的工作人员跑进来说道：“报告上校，控制系统失灵了！”

罗姆上校破口大骂：“电脑怎么失灵了？全是一群饭桶！”

一个穿白大褂的人进来说：“报告上校，所有的军舰都遭到了电脑黑客的入侵，失去了控制！”

将军大发雷霆：“怎么搞的？你们平时一个个都自称是世界级的顶尖科学家，现在怎么全都没辙了？”

那位科学家唯唯诺诺地辩解道：“我们已经竭尽全力了。可是，这是我们所见过的最厉害的电脑病毒，电脑系统已经完全瘫痪了……”

……

“哈哈哈……”亚特兰蒂斯宫殿里的人们全程“观看”了A国军队狼狈不堪的“表演”，全都哈哈大笑起来。

“咕嘟，咕嘟……”平静的海面上，突然冒出了奇怪的水泡，接着出现了很多神情安详、抱着竖琴的美人鱼。从控制室里出来观察的将军看见她们，顿时兴奋起来，大声喊道：

“哈哈，这么多美人鱼！快，快开火，将她们一网打尽！”

这时，美人鱼们弹起了手中的竖琴，如行云流水一般优美动听的音乐声流淌出来，萦绕在舰船的周围，将军和其他人不由得凝神倾听，并忘情地陶醉其中。

“怎么回事？我的身体……怎么不能动了？好困啊……”

将军莫名其妙地说道。音乐声更大了，将军觉得眼皮有一千斤重，疲倦地合上了眼睛。很快，他陷入了无比的疲倦和困乏中，脑袋一歪，在音乐声中睡着了。罗姆上校以及舰艇上的每一个人都和他一样，一动不动。就这样，庞大的航空母舰、军舰都像废铁一样停泊在海面上，舰艇上的所有人都安静地睡去了。

在阿呀的带领下，美人鱼们微笑着沉入了大海。她们的身体激起的圈圈涟漪渐渐地消失，海面复归了平静，就像什么都没发生过一样。

三十　和平之光

“张小开，你真是个天才啊！”亚特兰蒂斯王赞叹道。

张小开可是从来不知道“谦虚”两个字是怎么写的，他洋洋得意地一扶眼镜，说：“那是！只要是关于电脑的事情，没有什么是我做不到的！”

“不过小开，”亚特兰蒂斯王问道，“你能不能解除人类军舰电脑系统的病毒呢？”

“为什么呀？好不容易才将他们制服，我们可不能放虎归山呀！”

“可是，他们已经被洗脑，忘记了一切。”

“洗脑的有效时间不是只有半个小时吗？半小时后，他们又会记起来的。”

一个清脆的声音咯咯地笑起来说道：“不会啦，我们已经使用最强超声波洗掉了他们的记忆，他们一辈子也不会想起今天这件事情的。”

是阿呀，她回来了。

“那——好吧，我现在就解除病毒！”张小开犹豫片刻，点了点头，又在珍珠键盘上飞快地敲击起来。

海面上，航空母舰缓缓地开动起来，尾随的军舰也恢复了正常。将军从甲板上爬了起来，他望着大海晃了晃脑袋，纳闷道：“我这是在什么地方？奇怪了！”

罗姆上校也爬了起来，看见了将军，立刻敬了个礼。将军问罗姆上校他们这是在哪里，怎么跑到海上来了，罗姆上校瞠目结舌，结结巴巴地说他也不知道。将军努力回忆，盯着罗姆上校说道：“我们来这里好像要做一件很重要的事情，但到底是什么事情呢？”

罗姆上校摇头说道：“我……我也想不起来了！”

将军不耐烦了，骂道：“笨蛋！想不起来还待在这里干什么？返航！”

就这样，航空母舰和其他军舰稀里糊涂、浩浩荡荡地返航了。

“陆地人撤退了！战争已经结束，和平之光重新照耀在亚特兰蒂斯。”亚特兰蒂斯王激动地宣布。王宫中一片欢腾，成了一片欢乐的海洋。“校园三剑客”被人们高高地抛了起来，人们载歌载舞，庆祝他们的第二次重生。

但就在这时，一个充满绝望的怪叫声响彻王宫：“别高兴得太早了！”

人们顿时安静了下来。大家回头望去，只见怀特博士蹿上一个高台，手中握着一个小东西。他龇牙咧嘴地喊着："看吧！这是我亲手设计制作的微型原子弹，它的力量足以摧毁整个亚特兰蒂斯！"

张小开高声喊道："难道你不怕死吗？别忘了，原子弹爆炸，你也逃不了！"

怀特博士绝望地笑道："我活着的目的就是成名、发财、当世界的霸主！现在，我失败了，我又失败了！活着还有什么意思？哼！就让你们，还有整个亚特兰蒂斯大陆，跟着我一起毁灭吧！哈哈哈……"

怀特博士狞笑着用发抖的双手拧掉了保险装置，原子弹冒出一股白烟。他扭曲的脸变得更加狰狞恐怖。

人群霎时间变得鸦雀无声。怎么办？怎么办？

"混蛋！"

阿力船长像一头愤怒的狮子一样拨开人群，怒吼着冲了过去。他像拎小鸡一样，一把将怀特博士揪了起来，搭在背上，往城外飞奔而去。

大家呆若木鸡，阿力船长在干什么？——哦！他要解救大家！

阿呀第一个冲出去追阿力船长。

杨歌也反应过来，焦急地喊道："快，去帮助阿力船长！"

"校园三剑客"也飞奔出去。

"放开我，放手！你这个疯子，你想干什么？"怀特博士在阿力船长的背上挣扎着，捶打着，怪叫着，但阿力船长却不松手，两只手像铁钳一样死死地扣住怀特博士，朝着城外的海底火山冲去。

原子弹很快就要爆炸了！阿力船长满头大汗，加快了脚步。火山口越来越近——就在眼前了！

"阿力，阿力……"阿呀凄美的叫声传来。

阿力船长回过头，眼眸里溢满了忧伤。他听见，在远方，所有的人都在大声呼唤着自己的名字。他深深地看了看泪眼蒙眬的阿呀和追过来的人们，挥手喊道：“再见了，父亲！再见了，‘校园三剑客’！再见了，亚特兰蒂斯！再见了——可爱的阿呀！愿你们永远快乐！”说完，他背着怀特博士，纵身跳进了那黑洞洞的火山口。

“轰隆”一声巨响震天动地，原子弹在火山中爆炸了。火红滚烫的岩浆喷涌而出，大海被岩浆的红光点亮了。巨大的震动在海面上形成了惊涛骇浪。A国的舰队及阿力船长的“辛巴德号”全都在巨浪中颤抖着。

“不！”伤心的阿呀痛苦地扑倒在地。

“阿力，我的好儿子……”老船长全身颤抖，喃喃地喊道，泪水夺眶而出。

“阿力船长——”“校园三剑客”、亚特兰蒂斯王和其他人全都深情地呼唤，泪流满面。

尾声

三天后——

亚特兰蒂斯的广场上，一尊英姿飒爽的雕像伫立在太阳石旁边，那是阿力船长的雕像。此时，火山口滚滚的烟尘已经消散，滚烫的岩浆已经冷却凝结，变成了暗黑色的岩石。人们聚集在阿力船长的雕像旁，用亚特兰蒂斯人的仪式向他默哀致敬。

“校园三剑客”肃立在雕像前，郑重地说：“我们不会忘记阿力船长的！永远不会！”

“亚特兰蒂斯人也不会！我们为他竖立纪念碑，就是要让子孙后代记住为我们献出生命的陆地人！”亚特兰蒂斯王面向亚特兰蒂斯城，庄重地宣布道。

“阿力，爸爸为你骄傲！”老船长拭去了眼泪，凝视着雕像。

阿呀手捧一束洁白的海菊花，默默地走到雕像前，把它放在了台阶上。她痴痴地望着雕像，雕像坚毅的面孔似乎鲜活了起来，正冲着阿呀微笑。阿呀还仿佛听到，阿力船长又一次对她说：“阿呀，不要怕，我会誓死保护你的！”泪眼蒙眬的阿呀也笑了，她在心里说：“阿力……现在，你长眠在海底，我们……我们可以永远地在一起了……”

“校园三剑客”要回陆地了。宫殿外，亚特兰蒂斯王、阿呀和许多亚特兰蒂斯人都前来为他们送行。

阿呀拉着白雪的手，依依不舍地说：“我们还会再见面吗？”说完，泪水就簌簌地流了下来。女孩子哪儿受得了这样的场面？白雪哭得小鼻头都红了。

杨歌郑重地点头说道：“会的，一定会的！我们一定会常来海边看你的！”

张小开也点头说：“对，等到世界上没有了战争，你们就再也不用躲在海里，我们就能每天在一起了！”

亚特兰蒂斯王看着“校园三剑客”，神色严峻地恳求道：“为了亚特兰蒂斯的安宁，为了不让陆地上的好战分子来打搅我们，回到陆地后，请保守亚特兰蒂斯的秘密！你们能做到吗？”

“校园三剑客”毫不犹豫地说：“放心吧，我们一定信守诺言！亚特兰蒂斯将拥有像过去一样平静的生活！”

章鱼苏苏米带着“校园三剑客”升向海面。“校园三剑客”的身影越来越小，渐渐消失在了远方。

阿呀双手握在胸前，虔诚地祈祷：“希望相聚的那一天早日到来！”

海边，“辛巴德号”停泊在码头上，水手们忙碌着为它补充给养。梅琳卡伫立在沙滩上，痴痴地望着大海，思念心中的人儿。

“梅琳卡姐姐！梅琳卡姐姐！”一个声音从海上传来，梅琳卡定睛一看，竟然是张小开。他的身后是杨歌和白雪。他们三人正向她奔跑过来。

“啊！‘校园三剑客’，见到你们真是太好了！”梅琳卡迎着他们跑过去，惊喜地说道。她又朝三人身后望了望，但是，还少一个人！

面对梅琳卡期待的眼神，杨歌神情黯淡下来，小声说道：“阿力船长……他找到了亚特兰蒂斯……但他……他……再也不会回来了……”

梅琳卡一阵晕眩。她将眼神移向大海，久久地，久久地凝望着。泪珠悄然滑落，她的嘴角，露出了一抹浅浅的微笑。她幽幽地、缓缓地说：“大海，才是真正属于阿力的地方，他终于……如愿以偿了……”

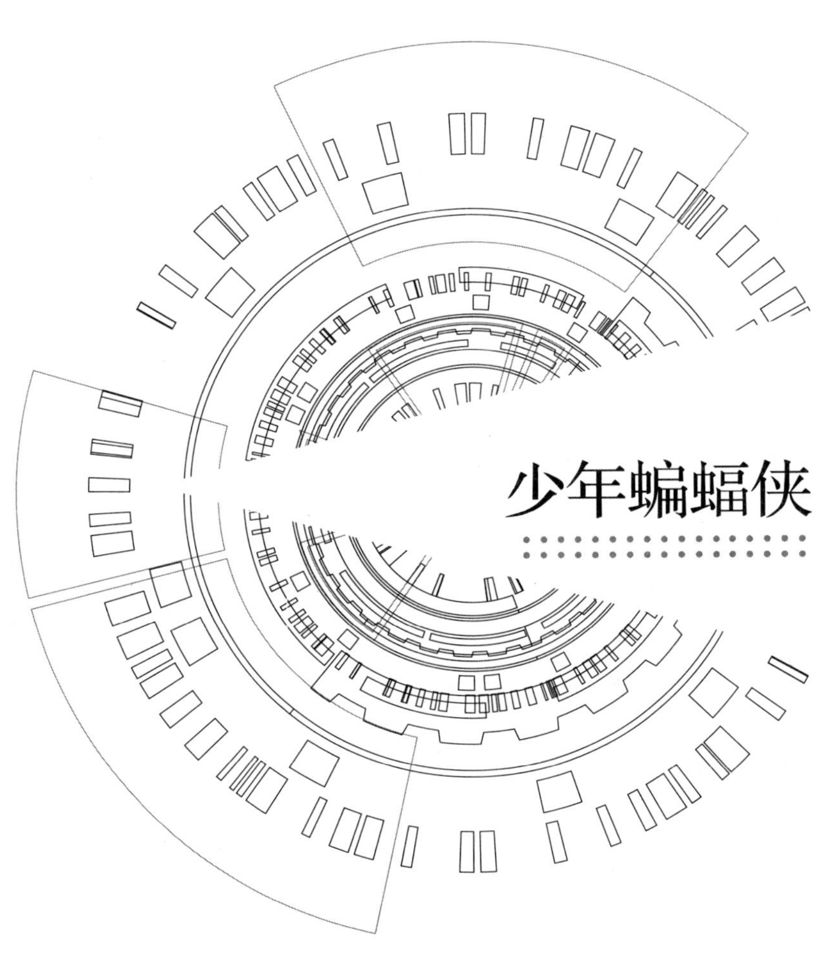

少年蝙蝠侠

楔子　午夜梦魇

“开天眼啦，开天眼啦……”

一声恐怖的呼喊，刺破了午夜的宁静，将人们从睡梦中惊醒。恐慌不安的人们，全然忘记了深冬的刺骨寒风，随手裹了件外衣，一窝蜂地涌上了街头。

长安城的大街小巷，顿时挤满了人。一时间，惊惶的尖叫声、悲戚的哀号声、无奈的叹息声，像夜行的蝙蝠一般，在屋舍与屋舍之间横冲直撞。

刚刚下过一场大雪，街道、树枝、屋顶，一片雪白。借着寒气四射的雪光，人们惊恐地望见，苍茫的夜空仿佛被谁猛力撕扯开了，裂出一个形状如人眼一般的缝隙。

就在人们被吓得魂不附体之时，那人眼一般的裂缝开始急剧地扭曲、变形、张裂，仿佛有什么东西正在试图冲破层层障碍，从九天樊笼里冲将出来。

突然，天空中传来炸雷般的巨响，轰隆隆——

一个金黄色的火球，从缝隙中迸溅而出，闪耀着太阳一般耀眼灿烂的光辉，不，比太阳还要亮一千倍的光芒。火球从人们头顶呼啸而过，在长安城的上空肆意盘旋。霎时，人们吓得惊叫连连，四下逃散。

这就是民间所说的 “开天眼”。据说，“天眼开，王朝灭”。古书上记载天眼只开过两次：一次是纣王无道，商朝覆灭；一次是嬴政暴虐，秦朝灭亡。

一石激起千层浪，“开天眼”的消息不胫而走。老态龙钟的唐皇在神策军的护卫下，站在了由白玉石铺成的长达70米的龙尾道尽头，他要亲眼证实“开天眼”是不是确有其事。

火球自空中翻滚而来，神策军纷纷搭箭上弓，强光刺得他们几乎睁不开眼，他们忍着眼痛瞄准火球。

“射！”一声令下，万箭齐发。神策军箭术精湛，百无一失，箭如飞蝗，“唰唰唰”直指火球。

火球的速度突然减慢，缓缓地向大明宫的主殿——含元殿中心降落，整个皇宫顿时亮如白昼，阴影全无。

所有人惊恐地看到，那些箭翎射到了火球上，刹那间燃烧起来，像有了生命一般痛苦地蜷缩扭曲，顷刻化作灰烬。

火球无声坠落，团团黑气，自它四周冒出。宫殿檐角上的大小铃铛，顿时一齐响了起来，清脆悦耳的声音，传扬到了十里之外。

叮当、叮当、叮当——

“罪孽啊——”

唐皇的身形一矮，整个身体便如弓一般弯曲在地上。他的心中充满了恐惧，因为古书上早有记载：“天有异象，君王必亡。”

见此情景，神策军将士也纷纷跪下，武器乒乓作响地从他们手中掉落，与冰冻三尺的大地相撞，迸溅出冰冷的火花。

满长安城的百姓，也跪拜于地。

“罪孽啊，罪孽啊——”

请求上天饶恕的声音、祈祷的声音、哭泣的声音，从皇宫里传出，从朱雀大街传出，从小巷里传出，在长安城内外，在雪地里，在夜空中，如同海浪一般此起彼伏。凛冽的西北风卷挟着这些声音，传扬到了数百里之外，听见的人无不胆战心惊、毛骨悚然。

火球对众生的祈求无动于衷，它傲然蔑视着跪倒在地的众生，此刻，它的火焰由金色变成蓝色。

每一个望着火球的人，从它那幽蓝的、变幻的火焰中，都看到了不祥的影子。

突然，火球斜斜地朝唐皇冲去。

“闪开，皇上……”神策军将士扑过去用身躯挡住了唐皇的龙体，唐皇向后一仰，口吐鲜血，昏厥了过去。

火球倏忽飞上半空，傲视着芸芸众生。眨眼间，便以迅雷不及掩耳之势，从人们头顶掠过，消失在南方发红的夜空之中。

世界又沉入了黑暗之海。

火球的出现果然是不祥之兆，六个月后，唐皇死在了龙榻之上。

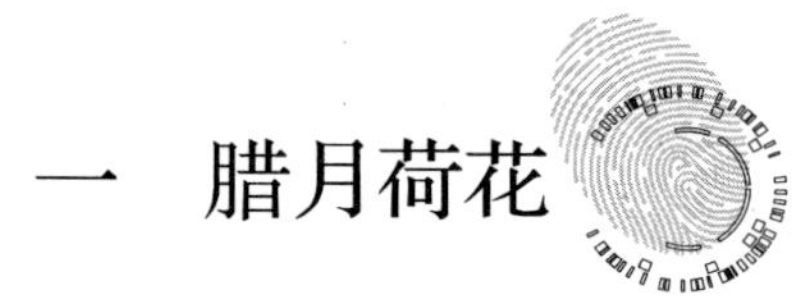

一　腊月荷花

南方苍翠的竹林，覆盖上了一层细细的雪。一阵风吹过，漫山的雪雾飞舞，将那竹子的绿搅得迷迷蒙蒙，像一面抖动的绿色锦缎。

山脚下的一间茅草屋，也被淹没在这铺天盖地的雪雾里。茅草屋里，住着一对中年夫妇，他们像供桌上泥塑的妈祖神像一样，木然地对坐着。

强劲的西北风像一条条无形的蛇，“咝咝咝”从屋顶的缺口、门缝、墙缝钻了进来，将夫妇俩团团裹住，又“咝咝咝”钻进他们褴褛的衣裳里。

端坐屋内，如置身冰室。可是这一对夫妇却浑然不觉。他们的灶是冷的，锅里没有一粒米。老黄牛趴在大雪覆盖的牛栏里喘着气，它的病很重。饥饿和寒冷困扰着他们，然而他们已经麻木了，只是相互对视着。目光里没有痛苦，也没有欢乐；没有哀戚，也没有怨怼。

“总得想想办法，熬过这年关吧。”中年女人先开的口。她叫金娘，身上穿着洗得有些发白了的蓝色土布衫，头上挽了个髻子，用一根发针穿了起来。她是一个典型的客家女，朴素、吃苦、耐劳。

她的丈夫叫阿贵，是一个勤勤恳恳、老实巴交的农夫。金娘从嫁给阿贵以来，就没有过过哪怕一天的好日子。

“我又不是母鸡，说变就能变出个鸡蛋来填肚子。”阿贵叹了口气，那一口气好长，仿佛触及了遥不可知的生命边缘。泪水，顺着他那颧骨突起、饱经风霜的脸上纵横流下。

金娘泪蒙蒙地念叨：“三宝……”

阿贵听见这话垂下了头。他们曾经有过一个宝贝儿子，名叫三宝。三宝五岁时生了病，发高烧。因为家里穷，买不起药，夫妇俩只能眼巴巴地瞅着孩子嘴唇发白，两眼起泡，离开了人世。

金娘的话刺进了他的心里，他的头垂得很低，很低。

“轰隆——”

一声巨响，地动山摇，尘土雪似的从屋顶落下，落了他们一头、一肩。残破的木门被炙热的气浪冲开，阿贵、金娘看见门外的闪光照彻了天地山林。

“这样的时候，怎么还会打雷？”阿贵惊恐地问。

“我也不知道。”金娘惶惶地说。

大地突然震动起来，茅草屋猛烈摇晃，金娘和阿贵惊恐万状地蜷作一团。

寂静，漫长的寂静。

供桌上妈祖神的目光洞照进人的心底。

粉末状的雪粒掉在地上发出簌簌的声音。

心跳，剧烈的心跳。

似乎什么事都没有发生。

阿贵壮着胆，一步一步挨近了门，跨了出去。

金娘随之而出。

大地依旧雪白，天空依旧苍茫，满山的竹子摇摇曳曳，发出沙沙的响声。

“什么味，好香！”金娘叫道。一股花的香味，在寒风中拂面而来，沁人心脾。

“好像是从屋后发出的，走，咱们看看去。”阿贵不自信地说。

他们俩战战兢兢地来到屋后边。

天哪，发生了什么事？

满池塘枯萎凋零的荷枝此时泛着青绿，小荷尖尖的角刺透了晶莹的薄冰，羞涩地探出了水嫩的粉脸。荷叶刹那间绿了、圆了，田田复田田。荷花蓦地红了、香了，婷婷且婷婷。

“怎么回事？”金娘惊异地望着丈夫的眼睛，问道。

“我也不知道。”阿贵摇摇头，喃喃地说。

寒冬腊月，满池的荷花全部迎风怒放。

是神在显灵吗？

是妖魔在作怪吗？

“阿贵，你看那是什么？”金娘大声叫道。

池塘里，飘浮着一颗笋那么大，鸡蛋一般，圆圆的、表面凹凸不平的、闪烁着金色光泽的怪蛋。它正刺啦啦地穿透薄冰，急速向他们飘移过来。

那怪蛋飘近阿贵时，阿贵伸出手去，想把它抱上来。不料，手刚触着那玩意儿，便触了电似的缩回来，大叫道：“烫，好烫！”

可不，怪蛋周围的冰全化了，正像开水一般咕嘟咕嘟冒热气呢。很快，整个池塘的冰都融化了，沸腾了。可池塘里盛开的荷花不但没有枯萎，反而越开越多，越开越香。荷花、荷叶、莲蓬，你挨着我，我挤着你，浅粉新绿地将池塘密密地覆盖起来。

夫妇俩惊恐地望着金蛋，不敢轻举妄动。

突然，金娘叫道：“看，它破了！”

果然，那圆圆的玩意儿，表面出现了裂痕，随着裂痕越来越大，朝四面八方延伸开来。突然，只听“怦”的一声响，那东西像孵出小鸡的蛋壳一般四分五裂，千万道金光射了出来。

透过金光，阿贵和金娘惊讶地看见，一个胖嘟嘟的娃娃，端坐在金蛋中央。

“天神保佑，天神保佑……”阿贵如捣蒜似的磕着头。

金娘却慈爱地伸出双手，将那娃儿抱起，欢欣地说：“多可爱的娃娃啊！”

突然，她的手触到了娃儿背部两片软软的、薄薄的东西，顿时浑身起了一层鸡皮疙瘩，差点把娃儿扔进池塘。

阿贵也清楚地看见，娃儿背上长了一对蝙蝠翅膀，薄薄的、半透明，皮膜与突起的骨头相连，缩在背上时，褶皱清晰可见。

阿贵从金娘手中接过娃儿，抬头仰望苍穹，天空中，居然有一颗小星，透过风雪，把蓝色的光辉投射下来。阿贵深吸一口荷花的香气，坚定地说："金娘，他是老天爷赐给我们的娃儿，从现在起，他就是我们的娃儿了，就给他取名儿叫天赐吧。"

"好，天赐……我亲爱的孩子！"金娘微笑起来，慈爱又重回她那如水一般充满柔情的眼眸中。

二　奇娃神功

南方的雪，说化就化。像金丝一般抽下来的阳光，洒落在竹叶、屋顶、岩石、草丛、木头表面的雪上，雪顿时便化了，变成晶莹、清澈的水滴，一颗一颗，从竹叶、屋顶上淌落下来，竹林变得更绿了，绿得有些晃眼。

金娘手里拿着一件刚缝好的小衣裳，追着一个光着屁股满地跑的娃儿，一边追，一边喊道：

"天赐，天赐……"

那个娃儿，正是从天上掉下来的小怪物。这是他到阿贵家的第四个年头。现在，他长高了，变结实了。初春时节，仍是天寒地冰的天气，但赤裸着身子的天赐，却一点儿都不觉得冷，在积着残雪的院子里跑来跑去，满腿的泥浆，背上的小翅膀还一抖一抖的。

天赐在地上像只小老鼠似的钻来钻去，金娘怎么也追不上他。到后来，顽皮的他干脆跑进了牛棚。

牛棚里，有一只老黄牛正趴在地上喘气、呻吟，“哞哞”直叫。天赐跑得太快，“咚”的一声撞在了牛头上，黄牛脖子一缩，痉挛起来，眼角还渗出一滴泪，一滴很大很大的泪珠。

“哞——”

老黄牛发出一声怪叫。金娘跑过去，天哪，她看见天赐从地上爬了起来，胖嘟嘟的双手神气地叉在腰间，两只眼睛竟然射出一束蓝光。那蓝光击中老黄牛的身体，它整个地蜷缩起来，痛苦地扭动着，但天赐却并没有将放射蓝光的眼睛挪开！

“天赐……娃儿，不要捣乱……”金娘气喘吁吁地说道。

但就在这时，怪事发生了：老黄牛不喘气、不呻吟，也不生病了，一下子仿佛年轻了十岁！它摇晃了一下头颅，直身站起，还冲金娘抬了抬腿。

金娘瞠目结舌。

老黄牛的病奇迹般好了。

天赐用胖嘟嘟的小手抹去老黄牛眼角的泪珠，然后，又一使劲，淘气地将老黄牛举过头顶。

“天赐！”金娘大声喝道，“阿妈和你说多少遍了，不要再把牛举起来，快把它放下！”

但天赐仍然不放下那“哞哞”叫的老牛，还冲金娘顽皮地眨眼睛。

“阿贵、金娘……在家吗？”这时，门外传来一个声音，是邻居王阿

婆来蹿门了。

金娘的神情顿时紧张起来，她小声地问天赐：“有人来了，阿妈相信，天赐知道该怎么做，对吧？”

天赐很无趣地点点头，将老牛放到了地上。金娘走过去，将衣服套在了天赐的身上，轻轻地摸了摸天赐的小脑袋。天赐弯下腰，捡起地上的一个小木人儿——那是阿贵用小刀给他雕刻的玩具，然后他垂头丧气地通过墙边一个比他个子还矮的暗门，钻到了后院里。

金娘关上暗门，无奈地叹了口气，然后转身去给王阿婆开门。

天赐在后院里听着金娘和王阿婆说话，感到很无聊，便打起了哈欠，扑腾着背后的蝙蝠翅膀。可是他忘了，自己的翅膀被包裹在衣服里面，这让他的背看起来凹凸不平，异于常人。

每次家里一来客人，阿爸、阿妈就让天赐东躲西藏。尽管天赐每次都会照办，但他想破了脑袋也不明白，自己为什么不能见人。

过了一会儿，天赐听见王阿婆说时间不早了，她要回家烧饭了。于是他探头张望，正好看见金娘打开了大门，送王阿婆出去。

天赐松了一口气，这时，他感觉到身上有点热，就干脆脱掉了衣服，扔到草堆里。衣服一脱下，背上的小翅膀就轻轻地、不由自主地扇动起来。他稍稍用了点力，小小的身体，竟然离开了地面，腾空而起。

天赐吃了一惊，又用力地扇起了小翅膀，这一下，他飞得更高了！

“天赐，下来，别叫旁人看到你……”金娘着急地朝着屋顶上的天赐喊。

这个小家伙，不知什么时候，用什么办法攀到了屋顶上。金娘叫他时，他正光着屁股坐在屋顶的干草上，晒着太阳。

金娘朝天赐招手，他便把两只小手背到身后，向屋檐走去。金娘又害怕了，那么高的屋檐，他怎么下得来？于是，她又朝天赐喊：“天赐，等一下，我进屋搬梯子去……”

过了一会儿，竹制的梯子一格一格从门里出来，金娘也出来了，她把梯子斜斜地倚在屋檐上。梯子“嘎吱嘎吱”响，金娘一颤一颤地爬上屋顶，伸出手来要捉天赐。

天赐向后倒退了几步，突然沿着屋顶的斜坡向下俯冲下去，金娘大吃一惊，喊了一声：“天赐——”

金娘痛苦又绝望地闭上眼睛，她实在承受不了再一次眼睁睁看着心爱的孩子离开人世。

然而，料想中摔在地上的惨叫声没有发出。天赐那对薄薄的、透明的翅膀，“呼啦”一声打开了。他像一只鸟儿一般，往下滑翔，稳稳地落在了地上。

金娘长舒一口气，悬在心上的石头落到了地上。收养天赐多年，金娘还是头一次感激这对翅膀，全靠它们，天赐才转危为安！

金娘虽然如释重负，却还是颤抖个不停，她赶紧顺着梯子爬了下来，想一把抓住天赐，天赐却一溜烟儿地跑进森林里。

“天赐！”望着儿子跑向森林的身影，金娘急得大声叫唤。

但是，天赐早已跑得不见踪影了！

这是天赐第一次离开家，他不会被别人发现，不会惹出什么事来吧？

金娘心里像挂了十五个水桶——七上八下的。就在不知该怎么办的时候，她看见阿贵驮着一袋米，身子一弓一弓地从山道上走来了。

金娘心中顿时有主意了：还是让阿贵把天赐给找回来吧！

天赐张开双手，朝着田野的方向奔跑，阳光刺啦啦扑进他的怀里，他觉得自己舒畅得就像一只鸟儿。

待在阿爸和阿妈周围，他隐隐地感觉到，这两个没有翅膀的人，懂的事情比他多，然而能力却不如他。他知道他比他们都强大：比如，他有比他们更大的力气；比如，他能给老牛治病；比如，他刚刚获得的会飞的能力（虽然飞得并不高）……可这是为什么呢？难道是因为他们没有翅膀？

……

天赐小小的脑袋，开始转动起来，开始思索问题了。

“扑通——”

什么东西掉到了他的跟前。他低头一看，哈，是一只鸟儿，长着好看的、五颜六色的羽毛，它的脖子上插着一支箭，伤口在汩汩地流血。

天赐望着它，心想：小鸟怎么啦？它也有翅膀，可是怎么不飞啦？

天赐伸出手去，将长长的箭翎从鸟儿的脖子上摘了下来，然后双目注视着死鸟的伤口。他的双眼变蓝了，射出一道蓝光。

他正在不自觉地运用身体里的能量，使死去的鸟儿复活。

三　他是妖怪

“把鸟放下。”

一个大人在他身后大吼了一句。他回过头去只见一个身材魁梧，手中拿着一张弓，身上背着一盒箭的壮汉朝他奔跑过来。

天赐慢慢地转过头，他眼中的蓝光使鸟儿的伤口愈合了，他又稍稍使了使身体里的能量。那鸟儿居然睁开了眼，眨巴一下，振起双翅拍了拍，迎着阳光和天空，飞翔起来，一边飞，一边还“咯咯咯”叫着，在蓝天上缩成一个点，又像灰尘一般消失在暖暖的蓝色天空里。

壮汉走过来，愤怒地去抓天赐，骂道：“小鬼头，你把我射的鸟给放了，我饶不了你！”

天赐又缓缓地转过头。壮汉大吃一惊，天赐眼睛蓝光闪闪，他吓得跳起来。这一跳又使他看清了天赐背上的翅膀，他忙把弓扔在了地上，扭头就跑，一边跑，一边喊：“鬼，鬼……”

天赐不解地望着那人的背影。天赐能感觉到他身体里的能量很小，几乎没有，他疑惑地想：他为什么跑呢？他是不是害怕什么？可他会害怕什么呢？难道怕我？我有什么可怕的？……

一连串问题闪电一般从他脑中掠过，他不由自主地捡起地上的弓，轻轻一折，只听“咔嚓”一声，顿时断成了四截。

天赐一边想，一边继续向前走。

不知不觉中天赐来到了一条干涸的河边，那儿聚集着十来个孩子，他们正兴高采烈地玩着什么游戏。这勾起了天赐的好奇心，于是他钻进旁边的灌木丛里，慢慢地靠近他们。

阿爸、阿妈从不允许天赐和别人一块儿玩，所以天赐只能偷偷地观望他们。

“看呐……看它的尖嘴。”

有个小孩边说边拿起棍子，对着一只毛茸茸的小动物捅了一下。那小动物发出了一阵惨叫，那些孩子听了却哈哈大笑。

天赐走近了些，这才看清那可怜的小动物原来是一只红色的小狐狸。那群小孩儿把它绑到了树上，又是用树枝戳它，又是用小石头砸它。可怜的小狐狸无计可施，只能无助地挣扎。

两个男孩突发奇想，一人各紧拽小狐狸一条腿，使劲地往两边扯，使得小狐狸又痛苦地尖叫起来。

眼前这一幕让天赐十分愤怒，他忍无可忍，再也无法继续藏在灌木丛里，眼睁睁地看着他们虐待小狐狸了。

天赐从灌木丛里钻出来，大步流星地朝小狐狸走去。

"你是谁？想干吗？"一个八九岁的胖小子态度蛮横地质问天赐，他看上去是这伙孩子的头头儿。

天赐没有理他，继续朝绑着小狐狸的那棵树走去。

"你想干什么？"胖小子斥责道。

天赐走到树下，弯下腰为小狐狸解绑绳。

有个孩子突然指着天赐大叫起来："翅膀——他、他——他是妖怪——"

看到天赐的翅膀后，所有小孩都吓得往后缩，胖小子却没有被吓到。

"妖怪？就算是妖怪又怎样？"他边说边走向天赐。

"你想吃掉这只臭狐狸吗，小妖怪？"他嘲弄似的拍了拍天赐的后脑勺。

天赐没有理睬胖小子，他解开小狐狸的绳子，正要站起来，胖小子猛地用力一推，天赐摔了个狗啃泥。他的嘴唇磕破了，鲜血淌了出来。

"你是哑巴吗？"胖小子得意地嘲笑。

"不对，他不是哑巴，是——傻子。"其中一个孩子叫嚷着。

“哈哈哈！”胖小子放肆地大笑起来，“看我们碰到了什么，一个傻妖怪，哈哈哈！”

其他孩子也跟着大笑起来，有人朝天赐扔小石头。天赐吓得往后退了一步。其他人见状，也跟着朝天赐扔石头。

“傻妖怪！”

“魔娃！”

“蝙蝠怪！”

“哑巴妖怪！”

那胖小子从地上捡起一根树枝，狠狠地抽打天赐。

天赐一动不动地站着，没有反击，没有躲闪。不一会儿，他赤裸的上身就布满了鲜血淋淋的伤口。

然而，眨眼间，天赐的伤口就完全愈合，连一个疤痕都没有留下。

“快看呐！他的伤口消失了！”有个男孩叫嚷起来。

“用石头重重地砸他！”胖小子一声令下。

密集如雨的石头朝天赐袭来。忍无可忍的他猛地抬起头，紧紧盯着那些孩子，两束蓝光随即从他眼中射出。

还没等那帮小子反应过来，蓝光就将他们弹出了好远。他们有的被弹到了冰冷的河里，有的被挂在了高高的树上。于是，胖小子一伙屁滚尿流、鬼哭狼嚎、连滚带爬地逃走了。

赶跑了那群孩子，天赐来到伤痕累累的小狐狸身边。惊魂未定的小狐狸吓得直往后退，它受伤的尾巴耷拉在地上，却还有另外两条尾巴不安地左右摆动着。

原来，这是一只罕见的三尾狐狸。天赐打心眼里感到高兴，他意识到自己并不是这世界上唯一一个与众不同的生物。至少，这世界上，还有一只与众不同的三尾狐狸与他为伴。

天赐转过身，张开自己的翅膀给小狐狸看。小狐狸仔细端详天赐的翅膀，明白了天赐的善意，作为回应，她也转过身，展开了毛茸茸的三条尾巴。

“天赐！”山林中回响起阿贵的喊声。

天赐扭头一看，是阿爸找来了。他转过头看小狐狸，正想做手势让它躲起来，小狐狸却出人意料地开口说道：“谢谢你，天赐。我是一只三尾灵狐，我的名字叫灵儿。我们下次再见。”

说完，小狐狸就钻进了森林深处，消失得无影无踪。

“小狐狸居然会说人话？”天赐心中十分惊讶疑惑。这真是只奇特的小狐狸呀！

“你这小子！”听到阿贵的声音，天赐才转过神。这时，阿贵已经站到他身后了，“阿爸都找你半天了。你知不知道这样乱跑有多危险？叫旁人瞧见就糟了！你可不能再这样到处乱跑了！”

天赐被阿贵拉着往家走，路上，他还在想着那只会说话的三尾灵狐。

四　集市风波

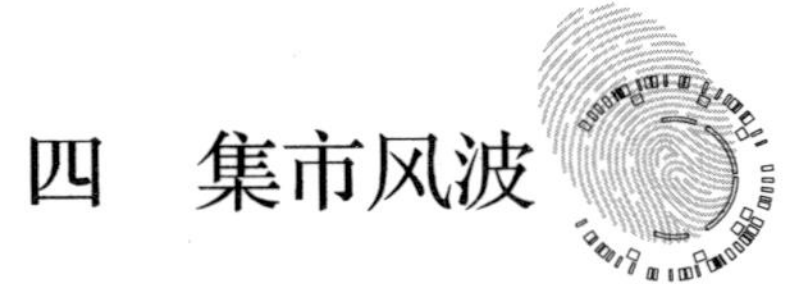

半个月后。

一天早晨，金娘要带天赐去集市，天赐从没去过集市，高兴得在院子里跑个不停，时不时地将老黄牛举起来又放下。

临出门前，金娘拿出一件黑色的斗篷，对天赐说："这是给你的，你得穿上它，遮住你的翅膀。"

天赐讨厌穿衣服，更不想穿着斗篷。他摇摇头，往后连退两步。

"阿妈也知道你不爱穿衣服，但要是你想去赶集，就必须穿这个。集市上的人，都没有翅膀。如果他们看见你的翅膀，一定会吓坏的。"金娘说着为天赐披上厚厚的黑斗篷，这样使他的背看起来和常人一般，"你还要答应阿妈，千万别脱这件斗篷，不管遇到什么事，都不可以！记住了吗？"

天赐点点头，却眉头紧皱。他不明白一样都有翅膀，人们为什么喜欢蝴蝶和小鸟，却偏偏害怕自己，难道自己的翅膀上有牙齿，会咬人吗？

走到半路，天赐觉得身上的斗篷越来越沉，仿佛千斤巨石般压得自己喘不过气。为了让自己舒服一点，他停下脚步，摸索着斗篷的绑带，想把它脱下来。

"天赐！你在干什么？"金娘见他正在脱斗篷，生气地问道，"阿妈不是告诉过你不能脱的吗？"

天赐用手背抹了一下额头上的汗珠，委屈地低下头。

金娘见天赐小脸热得通红，又一脸难过的样子，非常心疼。

"天赐，要不咱们回家吧？"

天赐一听，头摇得像拨浪鼓。

"斗篷虽然沉，却能保护你。蜗牛有壳、刺猬有刺，我们每个人都要学会保护自己。知道吗，天赐？"

天赐再次点了点头。

终于来到了集市上，眼前的景象让天赐怔住了：人山人海，接踵摩肩，熙熙攘攘，人声鼎沸。

天赐从来没见过这么多人，只觉得眼睛不够使。

不知何时，一片乌云遮盖了红日，空气中弥漫着一股浓重的、酸爽的怪味。

“天气再这样坏下去，庄稼可就全毁了……”

“要闹饥荒了。”

金娘想要买些日用品，无奈杂货摊里三层外三层地围着许多妇人，正七嘴八舌地攀谈着。

“……隔壁家的羊不见了，就是今天早上的事。”

“昨天我家的猪也离奇消失了，猪圈里就剩下一堆骨头。”

“几天前我家的马也被咬死了。”另一个人插嘴说道，“我们在离家不远的地方发现了它的骨头。这可怜的牲畜还怀着一头小马驹呢。这下老马和小马驹都没了。”

“真是撞邪了。和我比，你这还不算惨呢，我家愣是有一半的牲畜都叫那看不见摸不着的妖怪给吃了。说实话，我嘴上虽然向你们诉着苦，可我这心里却还一直回不过神来呐。我们得去找村长想想办法。这村里必定藏着一只怪物哩，我们一定要把它找出来除掉！”

“叫我说也是，这定是妖怪干的。你们有没有想过，妖怪吃光所有的牲畜之后，接下来会吃什么？”

其他妇人面面相觑，一副惊恐不安的神情。

“人！当然是人了，难不成，妖怪会吃斋念佛？”

“哎呀——这可如何是好？”

“怎么办？只能自求多福，望老天垂怜了。”

……

于是，一群妇人纷纷双手合十，大念“南无阿弥陀佛”。

为免事端，金娘拉着天赐，转向另一摊贩。

“这罐蜂蜜多少钱？……”金娘忙着和摊贩讨价还价。

天赐的视线被一个围满了小孩儿的玩偶摊给吸引住了，天赐最喜欢玩偶了，于是他飞奔过去，想挤进去看看热闹。

摊主向孩子们吆喝着：“玩偶好，玩偶棒，买个玩偶送块糖，要是手里没有钱，快去找来爹和娘。”

天赐费了九牛二虎之力挤进去，专心端详起各色玩偶……

“妖怪！”一个男孩突然高声叫喊起来。

天赐循声望去，一个胖男孩正满脸暴怒地看着他，一手拽着摊主的衣角，一手指着自己。

天赐记得这个胖小子，那天在森林里，就是他带头虐待小狐狸，怂恿其他孩子向自己丢石头。

“你胡说什么，儿子？”摊主边问胖小子，边不解地四处张望。

“阿爸，他就是前阵子我们在旱河边遇到的妖怪！”小男孩指着天赐大叫，“他的眼睛会发蓝光，背上还长着一对蝙蝠翅膀！”

摊主并不相信胖小子的话，他觉得这一准又是儿子在胡诌：“什么蝙蝠翅膀的妖怪，你都打哪儿听来的鬼故事？”

“我说的都是真的，阿爸。”胖小子发疯似的叫嚷着，他决定向众人揭示天赐的秘密，以达到铲除天赐的目的。

“我把那天在场的小伙伴们都叫来给我作证。”胖小子努力说服摊主，“我绝不扯谎，阿爸！不止我一个人看见了，他真长了一对蝙蝠翅膀！”

摊主不耐烦地挥挥手："去吧，去吧！把他们都叫来。要是你敢说半句瞎话……"

没等他话说完，胖小子就飞奔着跑远了。

天赐想要离开，可是所有围观的人，都牢牢地盯着他，让他动弹不得。

不一会儿，五个孩子跟着胖小子跑了回来。

"你们认识这个孩子吗？"摊贩指着天赐。

那五个小孩纷纷点头，接着七嘴八舌地说开了：

"他是妖怪！"

"他的眼睛会发蓝光。"

"他长了一对难看的翅膀。"

……

"真的？"摊贩再次确认。

胖小子和他的同伴们头点得如捣蒜一般。

"真的，阿爸。他的翅膀就藏在斗篷下面。"摊贩的儿子沾沾自喜地说道，"不然，大白天的，太阳这么毒，他干吗非披这么件黑漆漆的斗篷来集市呢？"

"喂，你小子！"摊贩起了疑心，"大热天为什么披这么厚的斗篷？"

天赐不知所措地摇摇头。

"他是不会老实交代的。"一个男孩儿说。

"把他的斗篷扯下来！"胖男孩一声令下，所有的孩子将天赐团团围住。

天赐意识到了自己的危险处境，便不由得后退了几步，想寻找时机逃跑。

五 兴师问罪

胖男孩绝不会放过天赐，他猛地扑向天赐，抓住他的斗篷使劲一扯，“唰——”斗篷从天赐身上滑落，他背后的翅膀成了众人瞩目的焦点。

在场的人不约而同地发出一阵惊呼：妖怪——

“我认识这小子！”一个刚围上来的人说道。他的话一下子吸引了所有人的注意力。天赐一看，原来是那个猎人。

“他的确是妖魔。有一次我在山林里撞见他，他不仅让一只被我用箭射死的鸟复活，让死鸟飞走了，还眼放蓝光，想引我靠近，好吃掉我。幸好我逃得快，不然早就葬身妖腹了。”

听了猎人的话，围观的人们愈发惶恐不安。

“这小子真是个妖魔。”

“一定是他吃了我们的牲畜。”

……

一个中年男子从人群中冲出来，拎住天赐的脖子把他拽了起来。

“小妖魔！”他怒不可遏地说道，“快说，你为什么要害我们？你先是带来了旱灾，现在又要吃我们的牛羊。”

“打死他！打死他！”村民们像失控的野兽一般叫嚣着。

“放开我儿子！”

金娘挤开人群，冲到了最前面。她捡起被众人践踏的斗篷，拍了拍上面的灰尘，把它裹在了天赐身上，然后一把抱起天赐，穿过拥堵的人群，行色匆匆地离开了集市。

远远地，身后传来村民们不依不饶地咒骂声：“小妖魔”“小妖怪”“打死他”……

村民们虽然嘴上逞凶，心里却怕得要命。他们眼睁睁地看着母子俩离开，却束手无策，于是决定一起去找村长告发。

“这是怎么了？”村长惊讶万分地问道。他一出门，村民们就把他围了个水泄不通。

“不得了了，村长，村里出了妖孽！”一个妇人答道。

“在集市上，我们都看见那妖孽背后的翅膀。而且，猎人和这群孩子都险些被他害死，村里的牲畜也肯定是被他吃掉了。”一个男子说道。

猎人和胖小子也走到了人群前面，添油加醋地污蔑了天赐一番。尤其是胖小子，更是胡言乱语，扭曲事实：“那妖怪看着虽小，可是差点儿一口气把我们十几个孩子吞下去。幸好我聪明，把一只狐狸扔进他嘴里，才救了大家一命。”

“您得趁早为民除害呐。”猎人带头请命，村民们也纷纷附和。

“这真是耸人听闻。”村长大惊失色，“你们可知道那妖孽现在何处？”

“他在阿贵家，是阿贵和金娘的儿子！”

“阿贵、金娘……”村长困惑地皱起了眉头，“就是住在村郊的那对夫妇吗？他们的儿子不是早就已经死了吗？”

“他们家凭空冒出来一个儿子，不是妖孽才怪！”

“就是，就是，总不可能是他们的孩子死而复生，一定是妖孽作怪。”

……

众人你一言我一语，逼得村长不得不立即动身。

此时，离人群不远的灌木丛中正躲着一只火红的、长三条尾巴的小狐狸，它竖起耳朵，仔细听着村民们的谈话。当听到众人要去天赐家兴师问罪时，小狐狸立刻转身跑向竹林，一抹火红转眼消失在簌簌作响的苍翠之中。

金娘抱着天赐，气喘吁吁地冲进茅屋，迅速将门反锁，才把天赐放了下来。

天赐轻声地抽泣着，他不明白，大家为什么这样恨他？难道长着翅膀，就一定是妖魔吗？自己可从来没想伤害任何人啊！

“嘘！天赐，别怕。咱们回家了，他们伤不到你。你不是妖魔，你是我的乖孩子。”金娘把天赐拉到身旁，轻轻安抚着他。但其实她自己也被吓坏了，一想起村民们愤怒扭曲的面孔和声嘶力竭地咒骂，她的身体就抖个不停。

突然间，门“砰”的一声巨响。金娘惊惶地抬起头。不过她很快松了一口气——进来的不是村民，而是她的丈夫。

“究竟发生了什么事？我刚在田里看到你抱着天赐一路狂奔，喊你也不应。”

“他们瞧见天赐的翅膀了……”

阿贵听了这话，脸色煞白，呆若木鸡。

“他们说天赐是妖魔，不光引起旱灾，还吃光了牲畜。”

“妖魔？”阿贵用手摸着头，喃喃自语，“糟了，糟了！”

村民们向来因循守旧，一旦他们知道天赐是个异类，就绝不会放过他。

但眼下纸已经包不住火，只是阿贵不知道，这火，究竟有多凶猛毒烈。

突然，夫妇俩听到了一阵喧闹的吵嚷声。

“那是什么声音？”金娘瞪大双眼，惊恐地问道。

阿贵不明所以地摇了摇头。随后，只听得那吵嚷声越来越响。他走到门前，从门缝里往外瞧。

“是乡亲们来了！”他一脸惶恐。

“怎么办？怎么办？”

“先别急，你现在立刻从暗门走，带着天赐躲到后院里。我不叫你们，千万别出来。快！赶紧！”

金娘紧紧地抱起天赐，钻进了暗门里。

外头的喧闹声越来越响，仿佛几百只铁锤重重砸进阿贵的心里。

母子俩藏好后，阿贵走出家门，形单影只地面对汹涌而来的人海。

“你儿子是个妖魔，快把他交出来！”村民们朝阿贵吼道。

“我儿子不是妖魔。”阿贵辩解道，“他就是一个普通的孩子，和其他孩子没什么两样。”

“他才不是什么普通孩子。他害得村里闹旱灾，害得我们颗粒无收。他是害人精！”

“他要不是妖怪，怎么会有一对翅膀？”

“你必须得除掉他。”

“没错！除掉那天煞的小子。”

……

众人越来越激动，叫嚷声越来越大。

“别说了！”村长一声令下，在场的人立刻安静下来。

村长把阿贵单独拉到一旁，轻声耳语。村长说完之后，阿贵一屁股跌坐在地上，惊恐万分地摇头，摆手连声说不。村长又俯下身，对着阿贵的耳朵说了一句话，然后领着村民们离开了。

过了许久，阿贵打开暗门，让金娘母子俩出来。金娘正要问他情况如何，阿贵却站起身，摇头说道："我出去走走！"说完后，便低着头向门外的山林走去。

望着丈夫垂头丧气离去的背影，金娘的眼中满是前途未卜的担忧。

六　月夜砍树

夜色格外清明。月亮洒下柔和的银光，照亮了大地的每一个角落。繁星悬挂在夜空中，明暗闪烁。夜行动物四处游走，蟋蟀瑟瑟鸣叫，一切如此静谧，如此平常。

然而，对天赐来说，今时不同往日。他在自己的小床上辗转反侧，无法入眠。只要一想起白天发生的事，他就心如刀绞 。

"为什么所有人都恨我？"他暗自思忖。

最近经历的一切让天赐意识到，自己不是一个平常的孩子，除了阿爸、阿妈，其他人都嫌他、厌他、恨他。即使阿爸、阿妈也以他为耻，不然怎么一有客人，便要他躲躲藏藏。

天赐把手伸到背后，摸了摸背上柔软而有力的翅膀。他心里明白一切都是因为它们。

“为什么只有我一个人长着翅膀呢？”

自从懂事以来，天赐就经常想这个问题。

突然间，传来一阵急促的声音，天赐坐起来，只见小狐狸从窗口一跃而入。在这样的时候，看见好朋友，天赐笑了。他轻轻拍拍小狐狸的脑袋，突然意识到自己其实并不孤单：他有老黄牛和小狐狸，还有山林里的树和那只被他救下的五彩鸟。

“天赐。”小狐狸轻声说。

“你阿爸要杀你。”

天赐一下子惊呆了，他伸出去想要抚摸小狐狸的手，停在半空中。

“你阿爸要杀你，快跑！”小狐狸又说了一遍。

天赐难以置信地摇摇头，他不相信小狐狸说的话：这绝不可能。虽然阿爸不像阿妈那样宠溺自己，虽然阿爸有时候看上去很严厉，可是他知道，阿爸是爱他的。天赐边想边摇头，小狐狸一定是搞错了。

突然，门猛地一震，有人正在推门。小狐狸被这声音吓了一跳，赶忙躲到了天赐的床底下。

“咣当”一声，门被推开了，一个黑色的影子走了进来，挡住了皎洁的月光，但从那熟悉的气息，天赐判断来人正是阿贵。

“阿爸？”天赐怯生生地叫。

阿贵腰间别着一把斧头。白天那些怒气冲冲的村民离开后，他去山林里“整理思绪”。现在，他总算回来了。

金娘躺在夫妇俩平时睡觉的床上，一听到动静便坐起身来。她见阿贵站在一旁，便急忙下床走到了他面前。

“你去哪儿了？你出门后，我就一直提心吊胆的。”

“和你说了，我不过是去山林里走走罢了。在林子里转悠的时候，我找到了好些上乘的大树，用来盖屋子正好。”

“盖屋子？我们几时要盖屋子，这屋子不是好好的吗？”

金娘觉得阿贵不对劲，却又说不出哪里不对。

“给天赐盖屋子啊！天赐大了，得有自己的房间了。你想想，有了这些木材，咱们不仅能盖一幢像样的小木屋，还能准备过冬的木柴。凡事早做准备，都是好的。”阿贵说着走到了天赐的床前。

“来，天赐。”他招招手叫天赐下床，让他骑在了自己肩上。

“我带天赐去砍几棵树……”阿贵说完，还没等金娘开口，便驮着天赐往外走。

“可……”金娘说着赶紧堵到门口，挡住了丈夫的去路。

“我们去砍树。天赐得有自己的屋，过冬得准备柴火。”阿贵语气轻柔、不可抗拒地解释道。

金娘像一根木头似的杵在门前，一动不动，惶恐不安。阿贵轻轻地推开她，侧身挤过去，驮着天赐踏出家门。

“明早去砍树也不迟啊。”不知过了多久，金娘冲着逐渐融入黑暗的身影大喊。

“明早还有明早的事。”一个遥远的声音幽幽地回响在黑魆魆的夜空。

金娘歇斯底里地哭起来。

小狐狸从天赐的床底下钻出来，经过金娘身边，轻轻一跃，朝着金贵和天赐消失的方向，飞速追赶而去。

走进森林，阿贵又往前走了很久，经过天赐解救五彩鸟的地方，绕过旱河边那棵捆绑过小狐狸的大树，阿贵将天赐从肩上放了下来，牵着他继续往森林深处走去。

“天赐。”阿贵突然说，“阿爸很爱你。你心里明白的，对不对？”

天赐点了点头，父亲的话让他感到很开心。他早知道阿爸爱他，可是阿爸却从来不说这样的话。

“阿爸非常爱你，但是——”

阿贵的话，说到一半，便哽咽住了。

天赐等了很久，他想知道那“但是”后面是什么，可是阿贵似乎已经把未说出口的话，硬生生地咽进肚子里去了。

除了脚步声，只有呼吸声。

天赐感觉双腿酸疼，他再也走不动了。跟在身后的小狐狸拉了拉天赐的衣袖。天赐停了下来，正想摸摸它的脑袋，却被阿贵一把拽住，强牵着继续向前走。

“我们还得接着往前走，不能在这儿停下来。”

父子俩又走了一个多时辰，终于在一棵大松树下停住脚步。

“到了！”阿贵重重地叹口气，随后绕着松树查看了一圈，“这树正适合用来造屋子，你觉得呢？”

阿贵从腰间取下斧子开始砍树，天赐则站在一旁呆呆地看着。

小狐狸急匆匆地跑到天赐身旁，呜咽着扯了扯他的裤脚，催促他逃跑。而天赐却不为所动，像生根了的小树，动也不动。

阿贵挥动斧子奋力地砍着大树。

“咔、咔、咔——”一个时辰后，松树开始摇摇晃晃。

“天赐！”阿贵见大树即将倒下，赶紧向天赐喊道，“站到那边去。”

他指的是——大树将要倒下的方向。

不明所以的天赐正打算迈脚，小狐狸挡住了他的去路。

“别去，你会被砸死的！”

“不会的，阿爸不会伤害我的。”

“天赐，阿爸要用这棵最粗的树为你盖屋子。按照咱们村里的习俗，树被砍倒的时候不能落地。不然，树干就会出现裂缝，这样不牢靠，也不吉利。所以，天赐，我的乖儿……”说到这儿，阿贵再也讲不下去了，他号啕大哭起来，像个孩子。

天赐见阿贵如此为难，如此伤心，便照着他的话，站在了大树将要倒下的地方。

小狐狸死命地咬住天赐的裤脚，却于事无补。阿贵见天赐已经站到了指定的位置，于是擦干满脸泪水，咬紧牙关，抡起斧子猛地一挥。

“咔嚓！”一声巨响，那棵大松树轰然倒下。它的树干在空中划出一道银色的弧线，径直向天赐小小的头颅砸去！

七 初遇师父

“天赐！”阿贵心如刀割，发出一声撕心裂肺的叫喊。他泪如雨下，却不忍心看最残忍的一幕，只能强忍悲痛向家猛跑。

然而，此时的阿贵早已晕头转向，不慎踩到一截树桩，他身子一斜，整个人栽向地面，一头撞到石块上，不省人事。

看到阿爸声泪俱下却决然离去的样子，天赐呆若木鸡，全然没注意即将砸向自己的巨树。

“小心呐！”小狐狸声嘶力竭地喊道。这声大叫让天赐如梦初醒，他抬起了头。眼前的景象让他不寒而栗——那巨大的树干眼看就要砸碎自己的脑袋。在这间不容发的时刻，天赐却待在原地一动不动。他被吓傻了，根本迈不开双腿，像泥塑木雕般呆立在原地。

那树干渐渐逼近，天赐双眼紧闭，全身颤抖，等待死亡降临。

时间一秒一秒地过去，天赐的心因恐惧而剧烈跳动着。然而，大树始终都没砸落下来，他也没有听见大树落地的声音。山林里寂静如初，似乎什么都没有发生。

如果那棵树没有砸下来，那它现在——

天赐睁开眼睛，下意识地抬起头，瞠目结舌地望着半空：只见那巨树悬在空中，离自己的头顶不过一指之距。

这真是太离奇了。照理这大树应该径直砸在他身上才对，而不是像这样一动不动斜斜地半悬在空中。

是幻觉吗？天赐揉了揉眼睛，看得愈加仔细，这次，他看见更加古怪的一幕：一个约两尺高的侏儒浮在空中，举着巨树的树冠。

天赐心想：难道是这个人挡住了那棵树，所以我才没被砸死吗？他是怎么做到的？难道他有神力？

“往后退！”

天赐听到一个浑厚低沉的男声——是侏儒在说话！他的身体虽然又小又矮，但声音却异常浑厚威严。天赐回过神来，这才警觉地往旁边一跃，躲到了安全地带。

随后，伴着一声巨响，大树重重地砸向地面。天赐刚刚站着的地方，被砸出一个硕大无比的深坑。

侏儒像风一般悄无声息地飞到了天赐跟前。

天赐见那侏儒逐渐向自己靠近，便小心翼翼地往后退。

原来那侏儒并不像寻常人那样走路，竟像小鸟一般飞在空中，可是他的背后并没有翅膀。天赐不知道这个奇怪的侏儒究竟是何方神圣，也不明白素不相识的他为什么要救自己。

侏儒飞到离天赐约一米开外之时，轻盈地降落到地面。天赐这才看清他的样貌：水蛇眼，山羊鼻，三瓣嘴，红胡须，一对猫耳头顶立。个子虽小，皱纹满身。身形佝偻，能扛千斤。手非手，足非足，身后长尾，背顶龟壳。不知道是人是鬼，是仙是怪。

再看那侏儒的龙头手杖：杖长一尺半，青龙盘上边，口含夜明珠，眼冒紫金烟。

这长相怪异的侏儒向天赐越走越近，他那副面无表情的木然模样将天赐吓得魂不守舍。因此，他向天赐迈近一步，天赐就往后退却两步。

天赐不敢正视侏儒的眼睛，只盯着他手杖上的龙头。突然，盘在手杖上的青龙眨了一下眼睛，那木雕的瞳仁便骨碌碌地转动起来，冲着天赐喷出一舌火焰。

那是一条活龙！天赐吓得慌不择路，他转身朝来时的路飞奔而去，他要回家。

但还没跑出几步，他面前的草丛便“哗”地一下燃烧起来。火焰狂舞，直冲云霄，天赐无路可逃，不得不停下脚步，另找退路。

天赐一回头，见那侏儒飘在半空，手握龙杖。青龙脑袋高昂，怒目而视，滚烫的火焰再次向天赐喷射而来。

天赐慌忙闪躲，火焰落在左面的灌木丛里，霍霍燃烧起来。然而，青龙并不罢休，它不停地喷射火焰，很快，熊熊烈火就把天赐给团团围住。

面对直冲云霄的大火，天赐早已无路可逃，而想要毫发无伤地穿过那火海更是绝无可能。

火焰如波涛般向他涌来，火光在他的脸上狂舞。天赐瞬间感受到了一股前所未有的炙热。

天赐害怕极了，但他一抬头却看见那侏儒正在歇斯底里地大笑。显然，天赐在火中苦苦挣扎的样子，在侏儒看来只是一场笑话。

天赐大惑不解：这侏儒既然救他，又为何害他。难道他救自己，只是为了这样玩弄侮辱？天赐不由得心灰意冷。附近方圆几里并没有其他人，那侏儒是眼下唯一可以救自己的人，但他却如此残忍暴虐，以杀人取乐。

此时，一团巨大的火焰像巨蟒一样，迎面扑来。

“啊——”天赐撕心裂肺地尖叫，“阿妈！救我！救救我！”

那叫喊声使天赐自己都惊呆了——他已经四岁了，但不管阿爸、阿妈怎么教他，一直都不会说话，大家都把他当成了哑巴。现在，被侏儒用火一烧，他竟然开口了，而且还说出了完整的句子！

不过，现在不是惊讶的时候，火里冒出的一团烟，把他呛得头昏眼花。随即另一波火焰也乘势袭来，天赐感觉眼前的一切开始变得模糊。

他无法逃脱，最终昏死了过去。

天赐踏上了一条小路，快步走着。他不知道这路通向哪里，但隐隐感觉那将是令人神往的地方。

天赐觉得自己的身体越来越轻，他加快脚步，朝前方飞奔。他的速度越来越快，快得脚尖离开了地面，快得像天空飞翔的小鸟。

没错，天赐飞起来了，用他那双柔软而有力的翅膀。他看见前方闪耀着金色的、柔和的光芒，那一定是个温暖美妙的地方。

天赐相信，到了那里，再也不会有人把他当妖怪，再也不会有咒骂和伤害。他可以自由自在地奔跑、飞翔。想到这些，他更加用力地扇动翅膀。

突然间，一道炫目的光线在天赐背后亮起，他情不自禁地停住，转身望去，只见一步开外的地方立着一扇门，而那束光正是从这门中射出来的。他站在原地，不知道该不该往回走。

正当他拿不准主意的时候，一股强大的力量突然间把他拉向了那道光线。他吓得不知所措，高声大叫起来。

“啊！”

天赐惊醒了。他睁开眼睛，只见明媚的阳光正透过窗户照进来。

原来是一场梦！

天赐翻了个身，仍然躺在床上。难道，昨晚发生的一切：阿爸砍树要砸死他、他被一个侏儒所救、侏儒又用火烧他、他被火烧得说出了平生第一句话……只不过是一场梦而已？

稻草！他的床上铺的是阿妈亲手织的棉布。天赐意识到这并不是自己的家，他躺的也不是自己的床。他扭头看了看，发现小狐狸守在自己身边。

小狐狸见天赐醒了，激动地扑到他身上，欢欣雀跃地舔着他的脸。

天赐将小狐狸从自己身上拎了下来，抱在怀里，然后从床上站起来。他环顾四周，这才发现自己是在一间茅草屋里，但这茅草屋和自己的家一点也不像!

难道昨天发生的不是梦，他在别人的家里?

那这会是谁的家呢？这里是哪里？一切是怎么回事儿?

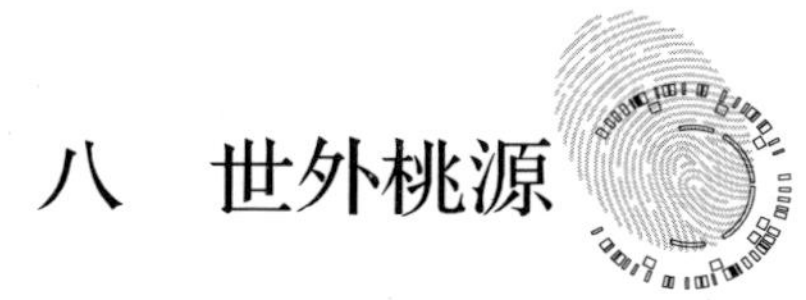

八　世外桃源

天赐满腹狐疑地走到屋外，面前的一切简直让他难以置信。

天赐的眼前是一片广阔的原野，绿草如茵、风光旖旎。秀丽的群山连绵不绝，一片池塘和瀑布倏然映入眼帘。喜人的野花在微风中轻轻地摇曳着，夺目的初阳正在悄然升起。这一切都完美得像一个梦境。这是他从未见过的秘境：一切都那么完美无缺。

这是哪儿?

天赐慢慢地走向田野，深深地吸了一口气，顿时觉得清新飘逸、超然出尘。他摘下一朵美丽的鲜花，凑近鼻子嗅了嗅，味道香甜，沁人心脾。

天赐拿着花朵游荡着，来到了瀑布底下。水在岩石上哗啦哗啦地流着，但那声音却一点都不刺耳。相反，它极为舒缓，就像这里的一切那样抚慰人心。

走了好一会儿，天赐才发现瀑布底下的巨石上站着一个人。

他走近一看才发现，正是昨晚的侏儒。他手持龙杖，闭眼面朝着瀑布，似乎在做冥思。

天赐悄悄地向后退，不想让侏儒发现自己，想到昨晚侏儒用火烧他，他仍然心有余悸。

“你醒了。”侏儒睁开眼睛说道。

天赐一听便立刻停下脚步。那侏儒的洞察力使天赐惊讶不已。莫不是他背后长了眼睛？天赐猜想道。

正当天赐困惑不已的时候，侏儒转过身来面对着他。他睁开眼睛，就地坐下。

“坐到我边上来。”侏儒说着，拍了拍地面。他不怒而威，声音也是不容置喙。

天赐照着指示，坐到了侏儒的身旁。

“你是谁？”天赐鼓足勇气，提出了一个问题。

“总有一天你会知道我是谁。”老侏儒望着瀑布回答说，“至于现在嘛，你就叫我‘师父’吧。”

“这是哪里？”

“我不能告诉你，不过你可以叫它秘境。”

天赐仔细端详老侏儒说话的样子，他发现他说话时嘴角微微上扬，仿佛在笑，但口气却冷淡无常。

“你要学会保护自己。从现在起，你要跟我学习武功！”

“我不想学武功，我要回家！”天赐说着站了起来，开始往回走。

“要是你现在回去，一定会被杀死。你硬要去送死，我不拦着。”

老侏儒说得没错，他现在回去，且不说村民们不会放过他，就连他的阿爸，也不要自己了——阿爸砍树时，是多么的决绝啊！

天赐垂头丧气地转过身来，静静地坐回到了老侏儒身旁。泪水在他的眼眶中打转，随后顺着脸庞落下来，他忍不住开始抽泣。

“没事的，天赐。”小狐狸安慰天赐。

而老侏儒连看都不看天赐一眼，又开口说道：“在这里，你尽管放轻松，张开你的翅膀吧。没有人会看到的。”

“你怎么知道我长了翅膀？”天赐一听睁大双眼，“你究竟是什么人？我现在是在哪里？你为什么救我，又放火烧我？”他连珠炮似的向老侏儒提出好多问题。

老侏儒轻轻拍了一下天赐的脑袋说：“我和你说过了，迟早有一天你会明白的。想要答案，得有耐心。”

天赐用手揉揉头。老侏儒下手还真重，拍得天赐的脑袋有些痛。

“村民们想要除掉你，只因你是个异类。”

“可我从没想过要害他们。”天赐说着又抽泣起来。

“我知道。但是，他们无法理解你。当人类无法理解一件事的时候，他们就会因此而恐惧。一旦陷入恐惧，他们便会毫不犹豫地使用暴力来消除恐惧。他们想要除掉你，是因为你与众不同，更是因为他们自身的恐惧。”

“我阿爸想杀了我，也是因为他怕我。”

“不！并非如此！你阿爸并不是怕你，才想杀你的，天赐。他这么做，是因为他别无选择。”

“我不信！”天赐倔强地反驳道，“他想杀我是因为他怕我。”

老侏儒听罢，冷冷地盯着天赐看了一会儿，最后开口说道：“不久你就会明白的。你现在就待在这里吧。没人会发现你的踪迹，但前提是你得照我说的去做。”

除了待在这里，天赐别无选择。尽管他并不知道，等待他的将是什么。

天赐从此跟随着师父，开始了艰辛的学艺过程。

为了锻炼他的体力，师父总是让他无休止地在森林中长跑，弄得他气喘吁吁，上气不接下气。

师父还叫他头朝下脚朝上倒立起来。他就学着把身子倒立，开始不熟练，身子总是摇摆不定。但是，练习多次以后，他的两手就能把全身支稳了。到后来，他便学会了连续好长时间保持住这个姿势，这比以前的困难少多了。他已能高度集中自己的精神，因而能够保持完全平衡，甚至能让师父站在他的脚掌上。到了后来，他光凭一只手就能支撑住身子，还能腾出一只手来去干别的事，比如逮蝈蝈、采蘑菇。

师父还为他设计了各种各样的体能训练，有举重、跳远，但最艰苦、最需要体力和意志的，恐怕要数长跑了。不管是刮风下雨，还是打雷闪电，他每天都必须绕着偌大的森林跑上十圈。一开始是没有负担地跑，后来，师父又在他的背上加了两只口袋。他背负着口袋飞跑，每天都累得气喘吁吁，腰酸腿疼。

这天早晨，训练之前，师父先让天赐把衣服给脱了，随后，他突然用龙杖朝天赐的胸口猛地一戳。猛然间，龙杖上的青龙复活了，熊熊火蛇向天赐扑去，缠绕舔舐着他的身体。天赐吓得抱头逃跑，但是，火蛇却不放过他，追着他舔他，让他无处逃遁。他痛苦得哇哇大叫，但师父却像个冷血的杀手，一点都没有将龙杖挪开的意思。火蛇像毒针，刺痛天赐赤裸的肌肤，他只能无奈并且无助地任凭火焰焚烧……烈火烧了天赐整整一个小时，虽然他安然无恙，但是，周身却是火烧火燎的痛！之后，师父不给他任何喘息之机，让他继续跑步、倒立，以及诸如此类让他累得生不如死的训练！

从那天起，师父每天都用火烧他。一开始，他一触着那火，便痛苦得东躲西逃。但渐渐地，他变得适应了，火在他身上烧一两分钟都没事，他的周身也不再起泡了。这是一种磨人的训练，天赐常常对这样的训练感到害怕与厌恶，但他却从来没有办法逃脱。他的耐火能力越来越持久。两个月后，他终于能在烈火中坐一个多小时都安然无恙了，师父这才罢手，满意地拍了拍他的肩膀说："这样好了，任何宇宙之火都焚烧不了你了。"

"'宇宙之火'？什么是'宇宙之火'？"天赐不解地问道。

"到时候你就知道了。"师父说道。

像往常一样，师父又用这话搪塞了事，随后便转身回房。

天赐不由得恼怒起来。每次他有疑问，师父总是不肯正面回答。

九　逃离秘境

日子一天一天过去，天赐每一天都来秘境里接受师傅对他的地狱般的训练。他的身体也一天天变高，随着身体的增长，他渴望逃回家中去看看阿妈的愿望就越来越强烈。

一个月夜，天赐躺在床上歇息，尽管身体因为白天的训练累得筋疲力尽，但他却始终无法入睡。失眠之际，他的思绪回到了阿爸、阿妈的那间小屋，那是他长大的地方，是他的家。

要是在家里，他一定不用每天接受那么多艰苦的训练，也不用每天被师父用烈火焚烧，还没有好脸色看。

与师父相比，阿妈的包容、温柔、宠溺，让天赐思念至极。他想回家，想和阿妈在一起。

终于，天赐下定决心，一定要摆脱这种魔鬼训练的日子。

凌晨时分，万籁俱寂。天赐蹑手蹑脚地走出房间，假装上茅房，他一面提防着吵醒师父，一面好奇地打探着师父的踪迹。一直走到院子中间，天赐才发现师父的身影：他双脚倒挂在一棵大树上，正睡得香呢。

天赐心下一阵窃喜，赶紧溜回自己的房间，悄悄推开窗子，轻轻跳出去，竟没发出一丝声响。

小狐狸机灵地跟在天赐身后。

尽管天赐并不知道怎么走出森林，但他心想只要不停地朝一个方向走，就一定能找到出口。

“我们这是要去哪儿呀？”在森林里走了个把时辰后，小狐狸问道。

“回家去！”天赐回答。“家”这个字眼，像一股暖流传遍了他的身心。回家的念头让天赐兴奋不已，他已经等不及要见自己日夜思念的阿妈了。

“回家？”小狐狸停下脚步，“你不能回家，你阿爸要杀你！”

“那只是误会，阿爸怎么舍得杀我呢？”他朝杵在原地的小狐狸打了个“前进”的手势。

小狐狸说：“你这是自欺欺人。要是让师父发现你逃跑了，他会生气的。”

“我就是受不了师父才逃跑的，他让我吃尽苦头。我要回家。”

“可回家太危险了。”小狐狸嘀咕起来。

“我是走定了。要是你想和师父待在一起，那你就留在这里吧。”天赐说着便又迈开了步子。

“等等！等等我！”小狐狸边喊边追了上去。

天赐笑了。他知道小狐狸永远不会抛下他一个人，独自离开的。

天赐一刻不停地赶路，对阿妈的挂念和眷恋让天赐失去了判断力。他满脑子想的都是与阿妈相逢的美好画面。

直到走了两个时辰后，他才突然意识到眼前这片森林变得越来越陌生了。他不记得什么时候见过这些嶙峋怪石，也不记得有一片泥泞不堪的诡异沼泽。

这森林秘境比他想象的要大得多。四周有数不清的田野、空地和瀑布，他和师父在这秘境训练许久，都没见过这么广袤而多样的地域地貌。

越过十几条河流后，天赐渐渐察觉到诡异。

只见每条河的正前方都停着一条船，船上还摆着两只桨。

他照旧坐进小船，奋力划桨。他决心已下，无论如何都要再次见到阿妈。

“我们什么时候才能到家呀？”兜兜转转间又过了三个时辰，小狐狸开口问道。

天赐没有作声，只是站起身，环顾四周。他发现自己真的迷路了，甚至连东南西北都分不清了。

突然间，他灵光一闪，一把抱起小狐狸并扇动自己的翅膀。在跟着师父练功的这段时间，他的翅膀已日渐变得结实而有力。

他挥了挥巨大的翅膀，带着志在必得的信心，从地面一跃而起，向天空飞去。

但就在他飞到空中的那一瞬间，一股强大的力量猛地向他袭来，狠狠地将他压回地面。那股力量极其强劲，不仅使天赐硬生生地跌回地面，还摔了个四仰八叉。

天赐呻吟着站起身来，只觉得脑袋嗡嗡直响，全身疼痛不已。所幸他才飞了两米高，因而没被这次撞击所伤。

“究竟怎么回事？”

天赐琢磨一番，随即又挥动翅膀冲向天空，然而，他又一次被那股力量击落。

这更激起了天赐的斗志，促使他要战胜这股怪力。只见他猛地挥动翅膀，以闪电之势，刺向空中。

当那股怪力再次向他袭来时，其势头有增无减，以排山倒海之势向天赐压去，而天赐也毫不退让，以钻木取火之力奋力抵抗。终于，天赐穿过怪力的阻挡，飞到了更高的空中。

天赐看到了一片分界地带，它横亘在秘境和家之间。

胜利的喜悦并没有冲昏天赐的头脑，反而让他冷静下来。无数个场景在他的脑海里闪现：旱河边的打斗、集市上的围攻、阿爸的决绝、阿妈的痛苦……

当天赐站在边界空地回想往事时，他才真的意识到，自己回不去了。森林附近的那间小屋虽然让他魂牵梦萦，但那不再是他的家。阿爸已经杀过他一次，如果他回去，就是逼阿爸再杀他一次，而这会使阿妈更加痛苦。

天赐是多么怀念他们一家三口的平静生活啊！如果没有森林探险，如果没有集市风波，说不定他们的生活还会一如既往地幸福下去。

站在秘境边缘，是离开还是留下，天赐实在难下决断。

“天赐！”是师父的声音。

天赐回头一看，只见师父也在半空中，正满脸无奈地看着自己。师父的眼中闪动着爱怜、同情和悲戚，这是天赐从不曾发现的。

眼泪汹涌而出，天赐一头扑进师父的怀抱。

“咱们回去吧。”师父轻声说道。

天赐点点头，这一刻，他觉得师父很亲切。

师徒俩回到小屋，天赐盘坐在榻，而师父则为他泡了一杯茶，阿妈以前也给天赐泡过茶。

天赐小心地捧起茶杯，细细呷饮，味道和阿妈从前泡的茶一样甘甜清香。

一滴滚烫的泪珠滴落进温热的茶杯。

师父将手放在天赐的肩膀上，无声地安慰。

自从遇见师父，天赐头一次感受到关切和爱。瞬间，天赐顿然醒悟：或许一直以来师父从不曾忽略他的痛苦。

十　师徒和解

第二天破晓时分，天赐醒了。对他来说，早起练功，给师父做饭已成惯例，更是规矩。

可今天，天赐躺在床上，就闻到一股浓郁的饭菜香。他暗自纳闷：这香味从何而来？

他还在床上躺着，而饭菜的香味却已经飘了进来，这实在让他摸不着头脑。难道是幻觉？扑鼻的浓香不时袭来，叫人垂涎欲滴。天赐闻得十分真切，确信这不是幻觉。

天赐一个鲤鱼打挺，跑到外厅，只见桌上已经摆满了各种珍馐美味，卤鹌鹑蛋和烤鱼看得他直咽口水。

面对这些色香味俱全的佳肴，天赐真想狼吞虎咽地吃起来。突然，一个念头闪过：莫不是师父在考验他？

此时，“嘎吱”一声，房门打开，师父笑意盈盈地走了进来。

“吃吧！这就是给你准备的。”

“您说的是真的吗，师父？”

天赐不敢相信。他从没见过师父做饭，更何况是为他做饭。

师父点点头，递给天赐一双银筷。天赐这才注意到今日的碗盘器具也是他从未见过的。不过他顾不了那么多，狼吞虎咽地吃起来。

师父坐下来，在一旁看着天赐大快朵颐。

“为师或许做错了。”

“什么做错了？”

“在训练你这件事上，为师做错了。”

“我还是不懂您的意思。”

“为师不该对你这么严厉。”师父说道，“总有一天，你会靠自己生存下去。这次你能凭一己之力冲破我的结界，使我大吃一惊。这结界内的秘境是我用法力打造的。它与外界完全隔绝，没有我的默许，任何人都不能进入或离开。但这次你能冲破结界，可见你平日的训练已初见成效。我之前对你严厉，是希望你能变得无坚不摧。”

“真的？”天赐惊喜地问道，“那这么说您不讨厌我，对吗？”

师父摇摇头，说：“当然了。为师怎么会讨厌你呢？”

天赐开心地笑了。自出生以来，师父是第一个真正理解他，并接纳他的人。从前，阿爸、阿妈虽然爱他，可是却不理解他。他们不敢让他见人，对他的翅膀更是讳莫如深。

“师父！我想学习武功，学习更高深的武功。”

师父也开怀地笑了。这是天赐认识师父以来第一次看到他笑。

“先吃饭，吃完我们就去！”

吃罢早餐，师徒俩便向屋外走去。师父走在前面，天赐则兴奋地跟在他身后。

一到屋外，师父就让天赐站到他的对面。师徒俩面对面摆起了对打的架势，这架势天赐还是跟着师父现学现卖的。

“和我来一次对打。”见天赐摆好架势后，师父说道。

对天赐来说，这可是始料未及的。他往后退了两步，害怕地直摇头：“徒儿不敢。”

先不说师父的性格如何怪异，也不管他动作有多迅疾，他总归是一个背上带壳的年迈侏儒，连走路都要依靠拐杖呢。天赐实在害怕会伤到师父。

师父笑了，好像看透了天赐的心思。

“我不会伤你一根毫毛，也不会被你伤一根毫毛。”师父笑着保证。

天赐现在非常信任师父，既然师父这样说，他遵行便是。

天赐慢慢靠近师父，然后使出一记虎啸拳。然而，这招落空了，并没有打到师父。天赐困惑地环顾四周，这才意识到师父早已闪到了自己的左侧。师父疾驰的速度再一次让天赐佩服得五体投地。

“再来一次。”

这下天赐确信就算自己以全力出击，师父也定能全身而退。

于是，天赐对准师父，挥手一记降龙掌。这一拳又落空了。一次又一次的失败激怒了天赐，他径直冲向师父，欲使出近身擒拿术。可是不知怎的，自己却摔倒在地。

“与人对战，无论是进攻、防守，还是攻防兼备，都要有充足的耐心和洞察力。预见对手的招式，找到对手的破绽，才能将其一举击败。再试一次。”

“我懂了！”

天赐重整旗鼓，先是展开了翅膀围着师父打起转，随后飞到空中开始盘旋。而师父则站在原地，抬着头注视着他的一举一动，一如既往地不动声色。天赐认为占据高地可以使自己更好地观察师父，提前预判他的动向。

天赐向前逼近的同时，觉察到师父要攻自己的左路，于是当机立断，一个回旋，闪到师父的右侧。

师父停下来，哈哈大笑：“未卜先知，方能制胜。”

这一天，师父带着天赐到森林的尽头，也就是秘境的边界练武。他们穿过结界，来到当初阿贵打算杀死天赐的地方。

这是天赐的伤心地，他不明白练功为什么非得来这里。

师父果然洞若观火，他拍拍天赐的肩膀，语重心长地说：“天赐，一个真正的强者，首先要学会接纳自己，包括接纳自己过往的一切。”

天赐似懂非懂地点点头。

“来，把这个举起来。”

顺着师父指示的方向，天赐看到了那棵被父亲砍倒的大树。奇怪的是，几个月过去，那棵树的断裂之处，木屑湿润，颜色森白，仿佛刚刚被砍断一般。

听到师父的命令后，小狐狸立马从天赐的肩膀上跳了下来。它退到了一旁的空地上，屏气凝神地注视着天赐和师父。

天赐弯下了腰，打算举起那棵大树。但他竭尽全力也没法儿抬动树干。他反复试了好几次，双手沾满了污迹，累得呼呼喘气，树干却纹丝不动。

“我举不起来，师父。”

师父走近天赐，注视着他，严厉地说：“你做不到，是因为你不相信自己做得到。你必须克服内心的懦弱和恐惧，把所有的意志都集中在这件事上。没有什么比‘一切皆有可能’更重要的了。你必须坚定信念。”

天赐重新又试了一次。这一次，他先闭上眼睛，深深地吸了一口气。呼气的时候，他抛开所有疑虑，坚信自己一定能搬动那棵树。

沉重的树干浮现在他脑海中，而他也回想起了自己和它的那段往事。从某种程度上来说，这棵倒在地上的树改写了他的命运。就在这棵树下，阿爸曾打算杀了他；就在这棵树下，师父的奋力一挡使他捡回一条命；同样还是在这棵树下，师父用青龙烈焰阻挡了他回家的路。

意识到这一点后，天赐感到自己和那树干之间产生了一种亲近感。瞬间，天赐的脑子里有了一种微妙的感觉。那种感觉给了他信心，他确信强烈的意念能帮他抬起树干。

果然，那巨树缓缓离开大地，连泥土和草根都一并被拔出地面。

“你做得很好！”师父为天赐感到骄傲，“我们现在可以回家了。”

十一　轩辕神剑

当他们回到小屋后，师父抬起手在空中一挥，随即一把宝剑便显现了出来。师父拿过剑，将它摆到天赐面前。

天赐满怀敬畏地端详着宝剑。师父小屋里摆满了各种各样的武器，天赐都见怪不怪了，但他还从来没有见过这样的剑哩：这把宝剑的剑柄似乎是用黄金做的，熠熠生辉；剑身可以照出人影，寒气逼人。

天赐本能地感觉到这把宝剑远胜自己曾见过的所有武器。

师父的话也证实了这一点，他说道：

“这把剑叫轩辕剑，传说由轩辕黄帝打造，是一把圣道之剑。它用上古时期昆仑山的流星铁打造而成，剑身一面刻日月星辰，一面刻山川草木；剑柄一面书农耕畜养之术，一面书太极八卦之道，是世上最锋利的宝剑。从现在起，它就是你的了。当你掌握了它的使用要诀后，你就会知道它的厉害。”

师父转过身来，对准一个铁块将宝剑一挥，那铁块瞬间被劈成了两半。

“轩辕剑削铁如泥，无坚不摧。”师傅说道。

天赐兴奋地接过轩辕剑，瞬间，他惊觉这宝剑重似千斤。而师父拿它却不费吹灰之力。

“从今天起，我要教你剑术。”师父说着向天赐伸出了龙杖，以迅雷不及掩耳之势对着天赐挥舞过来。

眨眼间，天赐的剑掉到了地上。这剑实在太沉，天赐拿着都需使出全身气力，更别说用它来对战了。

“把剑捡起来！”

一听师父的呵斥，天赐立即捡起了宝剑。

他再次握紧宝剑。这一次他用了两只手，将剑紧紧地握在手中，想用它来与师父抗衡。

“别光想着用剑进攻，天赐。照我说的去做。先观察我是怎么挥舞龙杖的，然后依我的招式而行。”

“是，师父！”天赐回答道。

天赐观察着师父挥舞龙杖的招式，然后依样画葫芦地挥舞着轩辕剑。随后师徒俩又你来我往，对打一番，直到师父确信天赐已经熟练掌握剑术的诀窍。

“接下来你要学习飞行术。”练习完剑术后，师父对天赐说。

“但我已经会飞了。”

“你的确能飞，但你还没有掌握飞行的要诀。你抬头向上看。”

天赐抬头望向高空。

“你看见了什么？”

“蓝天，还有飞翔的老鹰。”

“很好！”师父点头称是，“现在，你要照着老鹰的样子，在天空飞翔。”

天赐明白了师父的意思，点了点头。

接下来，师父拿起龙杖对着地面一击。那手杖便“嗖”地一下从师父手中飞开，向空中飞升数尺，变成一条巨大无比的青龙。随后，师父轻轻一跃顺势骑在青龙背上。

“展开你的翅膀，飞起来。”师父说完，便驾驭着青龙朝远处飞去。

天赐展开翅膀，急切地拍打着，飞到空中。他贴近那些飞鹰想与它们并肩飞翔，却一直落在后面。

“集中精力，好好扇动你的翅膀！”师父低头朝天赐大声喊道，“记住你是在飞行，要顺风而行！”

天赐照师父说的去做，但依然做不到像老鹰那样疾速。

天赐本以为自己已经掌握了飞行术，现在才发现他不懂的事情还很多。他既没有雄鹰翱翔的速度，也没有候鸟迁徙的毅力。

天赐暗自下定决心：他不仅要掌握这些飞行技能，甚至还要掌握更多别的技能。

“师父，今天我想练一下飞行术。”

“尽管去吧，想做什么就放手去做。”

于是，天赐抱着小狐狸，腾空而起。

“这太不可思议了。”小狐狸喊道。

“你喜欢飞翔吗？”天赐问道。

“当然啦！”小狐狸大声回答道。

一群雄鹰正在天际翱翔，天赐加入了它们的行列。很快，他就超过了那群雄鹰。小狐狸见状一阵欢呼。

天赐心中也暗自兴奋，不自觉地笑出声来。他先是低声嗤嗤地笑，接着是哈哈地开怀大笑。

小狐狸许久不曾见天赐这般开心，竟然忍不住在天赐的肩上蹦跳起

来。结果，“扑通”一声，两个好朋友重重地跌落在草地上，结结实实地摔了一个狗啃草。

转眼间，天赐来到秘境已有十年。在这期间，他经历了千锤百炼，终于练就了一身绝世本领。

现在，天赐不仅是一名技艺高超的剑客和弓箭手，而且拥有精湛的飞行术和强大的意念力。除此之外，他还精通世间的各种武器。他再也不是师父当年从森林里救回的那个胆怯懦弱的小男孩，而是一名武功盖世的翩翩少年。

天赐习惯了与小狐狸、师父一起在秘境森林中生活的日子，也习惯了这里独特的地理环境，神奇的瀑布、连绵的山脉、奇形怪状的巨石、泥泞不堪的沼泽，还有千奇百怪的花草和鸟兽。

眼下，师父年纪大了，无法再陪天赐练功，但当天赐练习时，师父仍在一旁监督，为他指点迷津。这些年来，师父对他的关爱无微不至，天赐早已将师父当作至亲。

“天赐。”前往瀑布的路上，师父突然叫住天赐。

“是，师父。”天赐应到。

“你今天要接受一项不同以往的考验。”师父接着说道，“这将是你最后一次训练。”

“最后一次？”天赐吃惊地问道。

“是的。”

“为什么是最后一次呢？您说的究竟是什么意思？”

天赐小心翼翼地问道。他不明白师父在说什么，也不知道发生了什么事。

“到那儿你就知道了！”

师父又像往常那样答道。然而，这一贯的含糊回答丝毫没有减弱天赐的好奇心。

十二　远古之战

师徒俩一起默默地向瀑布走去。他们在汹涌的水流前停留了一会儿，随后师父领着天赐踏上了水中的一条石阶。他们沿着这条密径前行时，只见巨大的水幕逐渐变成了小水流，随之露出瀑布下方的岩洞。师徒俩沿着石阶来到了岩洞内。

一进洞内，师父便朝一张由整石凿制的华贵大石桌走去。天赐紧紧地跟在师父身后，诧异地环视着洞穴，这是他从未来过的地方。虽然在森林秘境中探险无数，但他从没发现过这个洞穴。很快，他的注意力被岩洞壁上雕刻着的壁画所吸引。他一边走，一边端详着那些壁画，揣测着其中的故事。

天赐和师父来到了华丽的桌子旁，只见桌上放着一只古色古香的大盒子。那盒子已放置多年，表面积满了灰尘。

师父打开盒子，从中拿出了一块光滑的绸缎，缓缓打开，随即，一幅长长的地图展现在他们面前。

“这个，”师父用颤抖的手抚摩着光滑的绸缎，说，“这就是幻唐的

地图。”

天赐凑近一看，地图上有几个地方被特别标注了出来。

“天赐。”师父说，“为师要告诉你一件事。关于我们身处的这片森林秘境，为师没有和你说实话。”

“什么实话，师父？”

“其实为师用来自外星的技术冻结了外面的时间。虽然你在这里生活了很多年，但秘境之外，却丝毫未变。因为外面的时间，像冰冻的河流，静止了。”

“什么？”天赐一听，顿时不知所措。他的脑袋开始飞快地思考起来，推敲着这番话所包含的意思。“也就是说秘境外面的时间仍然是十年前，村民们现在还是想要我死，而我阿爸也可能刚从昏迷中清醒过来。”

“是的！”师父点点头继续说道，“但即使这个世界不完美，它也值得你去拯救。不管它是文明之邦，或是蛮荒之地，你都置身其中。这是你的世界，你必须在其中找到属于自己的位置。”

当天赐还陷在沉思之中时，师父已回过头端详起桌上的那幅地图来了，随后他清了清嗓子说道：

“你现在置身的这个星球，叫幻唐星球。幻唐星球上有很多块大陆和星罗棋布的岛屿，你现在置身的这块陆地，叫幻唐大陆。现在，让我来给你讲一讲幻唐大陆的故事吧。三万年前，有一个来自其他星球的生物，他的星球坐落在离我们十分遥远的另一个星系之中。外星生物很喜欢乘坐着宇宙飞船在星球之间穿梭飞行，当他驾驶着宇宙飞船途径远古时期的幻唐星球时，他的宇宙飞船发生了严重的故障，无法在太空中修复，因此不得不降落在这个星球上。来到这个星球后，他碰上了一群猿猴。他帮助这些猿类进化成人，由此演变出幻唐星球的文明世界。

“但在这漫长的演化过程中，那外星生物却分裂成了三个分身：第一个是身背龟壳的正义之身，就是我；第二个是中庸之身，他看起来与常人无异；第三个是邪恶之身，那便是魔龙。作为邪恶之身的魔龙经常挑战作为正义之身的我。而中庸之身为了避开我和魔龙的纷争，离开了我们。

“那魔龙把老鼠、黄鼠狼、蜘蛛、蝎子、蛇……变成人的样子，并指使它们攻击我。我坚持不懈地与魔龙以及那群乌合之众搏斗，随后将它封印在了一个平行时空。然而，在搏斗中我也身受重伤，于是我在这个星球找了一个藏身之处，从此蛰伏休眠起来。

“一万年后，另一个天外来客，也就是你，来到这个星球，打破了幻唐星球长久以来的能量平衡。你的到来使我苏醒了，我一睁开眼就感觉到了你的存在。我找了你整整四年，却始终没有你的踪迹。然而，我没有放弃，继续搜寻着你的下落。终于在你阿爸要杀你的那晚，我发现了你，并在千钧一发的时刻把你救了出来——就在你面临生命危险的那一刻，你发出了一种能量，正是那种能量把我引到你的身边。”

“什么？”天赐感到难以置信。

“这是千真万确的事。不过，眼下出现了一个难题。”

“是什么难题，师父？”天赐好奇地问道。

“再过不久，那魔龙便会打破平行时空中束缚他的封印，然后继续涂炭生灵。”

天赐觉得师父口中的一切都太过虚幻遥远，仿佛是他小时候听阿爸、阿妈讲的鬼怪传说。但从师父严肃庄重的神情来看，天赐感受到这件事的严重性。虽然师父对魔龙的描述并不多，但天赐知道，一旦魔龙重获自由，那将是一件非常糟糕的事情。

要是它再来追杀师父该怎么办？师父现在年事已高，身体又弱，他还能保护自己吗？天赐不由得担忧起师父的安危来。

“我们要怎么做才能阻止这场浩劫呢？”天赐问道。

“只有一个方法。”师父指着地图说道，“幻唐星球上，藏着许多远古神器，每一件神器上，都蕴含着巨大的能量。只有通过这张可以指示神器隐藏地点的地图，把所有神器都找出来，再将它们合而为一，才能阻止魔龙解除封印，从平行世界中逃出来。”

“这些神器是什么？”天赐问道，“我们又该怎么找到这些神器呢？”

一想到魔龙即将奴役幻唐大地，天赐不禁忧心忡忡。正如师父之前所说的那样，这个世界是值得去拯救的。尽管村民们对他态度恶劣，尽管阿爸曾要杀死他，但阿妈是那样温柔体贴，况且这世界上还有小狐狸、五彩鸟和很多的花草树木。此外，他更担心魔龙会来伤害师父。

师父继续向天赐介绍降服魔龙的神器：

“这些神器有：东皇钟、盘古斧、炼妖壶、昊天塔、伏羲琴、神农鼎、崆峒印、昆仑镜、女娲石……一共108件。这些神器单是一件就已经非常强大，如能将这108件神器合成一体，其能量将变得无比强大，足以扭转乾坤。唯有这战无不胜、攻无不克的能量，才有可能彻底地打败魔龙。这张地图叫神器图，它可以感应神器所在的位置。一旦你离某件神器比较近了，神器图上相应的位置就会发出亮光，引导你到那个地方去寻找神器。”

天赐暗自思忖师父的话。他知道这些信息很重要，所以他必须记住师父说的每一个字。

“此袋叫作乾坤袋。”师父又从箱子里拿出了一个拳头大小的袋子，把它交给了天赐。天赐一脸不解地看着这个小袋子。师父说，“此袋虽小，却能装下整个宇宙。当你找到那108件神器时，这乾坤袋就能派上大用场。它能帮你把神器变小，并将它们收入其中。”

天赐不禁在心中惊叹那小布袋的神奇。

“天赐，为师有件事要请你帮忙。”

“是什么事？师父。”

“离开这里，找到这108件神器，打败魔龙，防止它祸害人间。”

“可是……”

“拯救天下苍生，你责无旁贷。”

天赐猛地摇了摇头。他不愿离开这片秘境，更不愿离开师父。

十三　生离死别

“我不去，师父！”天赐动情地说，“这儿是我唯一的家。只有在这儿，我才不会被人指指点点；只有在这儿，我才能安心做自己。我想永远和师父、小狐狸在一起。”

“天赐。”师父悲伤地摇了摇头，用微弱的声音说道，“为师大限已到。”

“大限已到？”天赐大惑不解。

“天赐，你来这里并非偶然。在这十年里，为师已经将毕生绝学都传授给你了。然而，这些还远远不够。但为师已经没有时间再教你了。我们师徒分离的时间已经到了。”

“不！”天赐猛然摇头，“我们谁也不离开，一直待在这儿，想待多久就待多久。师父，这里有我的一切。”天赐恳求地望着师父，眼中闪着泪光。

师父怜悯地看了一眼天赐，无奈地轻声叹息：“天赐，天下苍生已危在旦夕，而你是唯一能够拯救他们的人。”师父说道，“你可能还没意识到，世人的命运都在你的肩上。”

“我怎么可能拯救天下苍生呢？我根本没有这样的能力。”天赐反问道。

“不，你有。为师训练你多年，就是为了这一刻。是时候把你的平生所学付诸实践了。”

“我做不到，师父。”

“孩子，相信我，你能。”

天赐明白世人皆需拯救，可是谁又来拯救自己呢？当他以双翅示人时，众人照旧会憎恨他、杀他，连阿爸都不例外。

“师父，他们恨我，要我死——”天赐哽咽着说。

“天赐！”师父大喊一声，随即朝瀑布走去，“为师要走了，你也该离开了。”

天赐冲向师父，跪下身来抓住他的袍子，轻声啜泣着：“求求您了，师父，不要走。不要把我一个人留在这个世界。您走了，就再也没有人爱我了，师父。”

师父用力扶起天赐，无限爱怜地说：“孩子，爱无处不在。记得师父的话，你就不会孤单。”

天赐还要再说什么，可师父已经穿过瀑布，须臾之间，消失在水帘之中。

“师父！”天赐撕心裂肺地大叫，“师父！别丢下我一个人！”

天赐趴在冰冷的地上，任眼泪滚滚落下，滴进泥土。

“天赐！”小狐狸轻声安慰说，“你要振作起来，完成师父的嘱托。”

“我不管。”天赐垂头丧气地说，“我就想永远待在这里，等师父回来。”

小狐狸摇了摇头：“师父再也不会回来了，他已经离开了这个世界。师父唯一要求你做的，就是降服魔龙。”

“我不走！你要走自己走，我不想离开这里！”天赐放声大哭起来，并像一摊烂泥似的瘫软在地上。

“天赐，你要记得当初来这儿时对师父许下的诺言。你曾答应过师父无论他要你做什么你都会照做。还记得吗？当村民们把你赶出村子，连你阿爸也要杀你的时候，是师父把你带到了这里；当你差点被大树压死的时候，是师父救了你一命。是他，让你开口说话，给你安身之地。他费尽心力教导你，陪你练功，就是为了让你降服魔龙。当魔龙正在变得日益强大的时候，而你却躲在这里悲悲戚戚。你觉得这样对得起师父吗？”小狐狸的话让浑身无力的天赐抬起了头，陷入了深思。

小狐狸继续说道：“即使你不愿意拯救这个世界，难道你也不愿意报答师父的教导之恩？”

突然间，天赐毅然站起身来。他拿起神器图，毫不犹豫地走出岩洞。小狐狸紧跑上前，去追天赐。天赐沿着瀑布下的小径默默地走到洞外。这次，只有小狐狸陪伴着他，而师父已然不在。

小狐狸一路跟在天赐后面，与他一起来到了师父的小屋。

天赐拿起了师父赠给他的轩辕剑，又拿了一把弓、一桶箭，以及一件用来遮住翅膀的红色斗篷。

当他披上红斗篷时，他想起了几年前在集市上发生的一切，那是他第一次穿斗篷。他想起了阿妈给他穿的那件黑斗篷，以及它碰到翅膀时沉重粗糙的不适感。多年来他时常想起阿妈，猜想阿妈所承受的悲苦与艰辛。

现在，天赐要回去了，要重新走进视他为妖怪的芸芸众生之中。

经过瀑布，天赐停下脚步，深吸一口气，陷入了对师父的沉思中。多年来，师父的严厉、呵斥、鼓励、赞扬统统在脑海中闪现，天赐的心一紧，眼泪又夺眶而出。

在这至关重要的时刻，天赐多么希望师父能在他身边，为他出谋划策、指点迷津。然而，师父不在了，他也即将离开。

这么多年来，天赐一直把这里当成家。望着周围美丽的景色，天赐的心底升起了一股眷恋之情。他不敢相信自己真的要离开这里了：他依然记得被师父带到这里，第一次在茅屋里醒来时的惊愕；记得自己背着两个大大的口袋努力奔跑的狼狈；记得自己受不了师父严苛的训练仓皇而逃的怯懦。

眼泪一滴一滴落了下来，重重地砸在脚下的泥土里。然而，再多的眼泪也换不回师父。天赐迅速地吸吸鼻子，抱起小狐狸，按照师父教他的方式，屏气凝神、专心一意，轻盈一跃，穿入那瀑布之中。

师父曾说，这瀑布是通往外面世界的捷径。可天赐更想知道，通往人心的捷径，是什么?

还没睁眼，天赐就知道自己已经离开了秘境，置身他处。这里的气息、声音都与秘境里的一切有着天壤之别：秘境之中，气流祥和、万物归元，而这里却充斥着一股让人不安的暴戾和诡谲。

天赐慢慢地睁开眼睛，细细打量着四周。很快他意识到自己正处在一片森林之中，他抬起头一看，太阳才刚刚升起。

为了驱赶内心的不安和忐忑，天赐拉起斗篷将自己裹了个严实，然后迈步朝村子走去。

小狐狸从天赐肩上跳了下来，紧跟其后。

不一会儿，天赐突然停下脚步。一个熟悉的场景映入眼帘，这么多年过去了，这里的一切却丝毫未变。阿爸当初砍倒的那棵大树还躺在地上，惨白的断裂处爬满了蚂蚁。天赐走过去，用手摸了摸断裂处的木屑，还是湿润的。

看来，这里的时间确实停滞了。他被师父救下并来到这片森林秘境里已有好些年了；但在这秘境之外，天赐的父亲要杀他也不过是几个小时前才发生的事。

天赐对这片森林凝视了一阵便转身离开，继续踏上旅程。途中，他路过了森林中那条通向茅屋的小径，也远远地望见了那间熟悉而让他心痛的茅屋。尽管天赐对阿妈朝思暮想，但他知道自己不能回家，至少现在不能回。

眼下，他必须先完成师父的嘱托，这才是当务之急。

十四　重返家园

这么多年来，天赐虽然一直挂念着阿妈，却始终不愿回到这里。再说，即使他回到了家中，阿妈也一定不认得他了。

离家越近，天赐那颗思乡的心愈发急切。可是以自己现在的模样，贸然闯进家里，阿爸、阿妈会怎么想？万一有人看到自己的翅膀，又会引起怎样的祸端？天赐心乱如麻，完全沉浸在自己的思绪之中，没有注意小狐狸已经远远地落在身后。若是平常，小狐狸总是贴身跟随，不离半步。

“你怎么了？”天赐觉察出异样，停下脚步，等待小狐狸。

小狐狸飞快地跑上前，天赐这才发现它浑身发抖。

“你害怕吗？”小狐狸胆怯地点点头。

天赐在小狐狸面前蹲下，爱怜地看着它。

“我很害怕，我怕村民们看到我的尾巴就杀死我。”小狐狸悲切地说。

天赐摇摇头说：“如果你把尾巴藏起来，就不会有人攻击你了。你看我就把翅膀藏到了斗篷里，别人就不会注意我了。不过要你把尾巴藏起来，也实在是难为你，毕竟，你又不能像我这样，裹件斗篷防身。”

小狐狸失望地垂下了脑袋。

“咦！有办法了，你可以钻到我的斗篷里来，反正它大得很，藏匿一只狐狸，也看不出什么异样。来吧，灵儿！”

说着，天赐敞开了斗篷。

小狐狸开心极了，它轻轻一跳，钻进了天赐的斗篷，这里既暖和又舒服，是最好的藏身之所。

天赐继续向村子走去，过了一会儿，他来到了村中的集市。虽然天色还早，集市上的行人却稀稀落落，商铺也只开了两三家。天赐环视四周，只见周围的行人都一副愁眉苦脸的样子。

正在这时，附近商铺的架子上突然掉下了一个盘子，丁零咣当的声响，将大家都吓了一大跳。

集市上的每一个人都惶惶不安，到处有人散布关于妖怪的流言。对天赐来说，此情此景，十分熟识。

“……那小妖怪……长翅膀的那个……给村子带来了晦气……”

“……他阿爸已经把他……咔嚓了……这下真死了……”

天赐每到一处，都能听到关于自己的流言。

“……我所有的羊都被那畜生给吃了！”天赐顺着远处妇人的哀号声走过去，只见众多行人正围着那妇人。

那妇人声泪俱下地诉说着自己的遭遇：“今天早上我起来喂羊时，竟看到一羊圈的骨头。那畜生把我的羊全吃了。”

“真有这样的事？”

“所有的羊都被吃了？”

“这妖怪越来越放肆了。”

当众人都哀叹不已时，有个人大声嚷嚷着站出来。

“我们找村长去，现在这局面已经没法收拾了。再掉以轻心的话，我

们迟早全都完蛋。”

“说得对！”

“就是。”

于是号哭的妇人带着一行五十余人出发了。

天赐决定跟着他们去探个究竟。

“乡亲们，欢迎光临寒舍……又发生什么事啦？”村长对着愤怒的人群说道。

“就在昨天晚上，我的羊被妖怪给吃光了！”那一直哭哭啼啼的妇人顾不得擦拭自己的泪痕，径直走到村长面前诉起苦来。

“可……可我们不是明明已经除掉那小妖怪了吗？”村长结结巴巴地说，“这吃家畜的事也该消停了呀。”

但是，他的话音刚落，从远处又来了一群村民，其中一位壮汉一看见村长，就喊了起来：“村长！那妖怪杀了我的牲畜，毁了我的屋子。我的家人都在里面，他们全没了！这都怪你！你还我媳妇，还我的孩子！”

其他人一听这话，吓得都倒抽了一口凉气。

“我们这下全完了！”村民们哀号起来，“那妖怪要把我们赶尽杀绝！”

“各位乡亲不要慌。”村长试着让大家冷静下来，“我一定尽快想办法，解决眼下的问题。”

“你说阿贵用大树把小妖怪砸死了，可他昨天晚上还在到处作乱……你这村长是怎么当的？说话靠不靠谱啊？”一个村民怒吼道。

其他村民也被激怒，情绪激昂，场面一时间有些失控。

“本人向各位立誓。”村长说道，“我已有一计可降服那妖怪。请大家放心，少安毋躁！”

村长好说歹说、再三承诺，终于使村民们暂时打消了疑虑，各自回家去了。

人群渐渐散去，天赐依旧站在那里。很快，村长家门前就剩下了他一个人。村长看见天赐，便随即向他走来。

天赐见状如临大敌，他不清楚村长为什么会来找他，但只要想到正是这个人逼迫阿爸杀死自己，他就不由得怒火中烧。

“年轻人！”村长走近天赐，大声喊道，“我知道你是谁？”

天赐听了这话，心里不由得“咯噔”一下。他用手摸了摸斗篷，斗篷还盖着他的翅膀，另外，他的模样早已不是三四岁的小孩了，村长是怎么认出他来的呢？

“你认识我吗？”天赐故意挑衅地问。

“我知道你不是本地人……”村长小心翼翼地说道，似乎害怕激起天赐的反感。

天赐听后，松了一口气。

村长继续奉承道：“我从未在本地见过像你这样的人。我不知道你姓甚名谁，但你一看就是个勇士。阁下神通广大，定能帮我们除掉妖怪。”

“只可惜你老眼昏花，看走了眼。我根本不是什么勇士。”天赐不留情面地反驳道。

村长听后，憨憨一笑：“我看您这是在自谦。少侠不仅身强力壮，还有勇有谋。你看看，你瞧瞧，弓剑不离身，一看就是个深藏不露的少年郎。少侠不必推让，我们这穷乡僻壤，如何出得您这样的人才。少侠既然路过此地，请一定拔刀相助，为民除害！”

天赐抬起头，直勾勾地看着村长。这个人曾逼迫阿爸杀死自己，害得他们父子相残。他该帮助这个人吗？

还有那些村民，恨不得置他于死地，他还值得为他们卖命吗？

但是，师父一直在教育他要“路见不平，拔刀相助”“拯救天下苍生，责无旁贷”……他如果见死不救，岂不是违背了他对师父许下的誓言？

天赐不禁犹豫起来。

十五　父子重逢

村民们哭诉的惨状再次浮现在天赐眼前，天赐实在不忍心袖手旁观，他决定在出发寻找神器之前，先留下来帮助村民铲除真正的祸害。

他这么做不仅是为了那些无辜的村民，更是为了还自己一个清白。试想，如果不是那妖孽祸害牲畜，村民们也不会对自己群起而攻之，村长更不会逼迫阿爸杀死自己——师父说过，他们想杀自己，是因为他们的恐惧。总而言之，村子里的妖孽，确实应该铲除。

“除掉那妖怪，我能得到什么？”天赐突然故作贪婪，戏谑起村长。

“我们这儿本就是穷乡僻壤，再加上妖怪横行，久旱不雨，牲畜失踪的失踪，庄稼枯萎的枯萎，真的拿不出什么东西。”村长为难地说，看着天赐要走，他又咬了咬牙关，痛下决心说道，“不过，我愿舍己为民，并且我看准了你是个行侠仗义的侠客，因此要是你能为乡亲们除掉妖怪，我愿意付你白银五两，这可是我的全部身家啊。”

“除了钱，你还能给我什么？”天赐哑然失笑。

“除了钱，你要什么我就给你什么。”村长的语气很是恳切。

“你的钱我不要，我要的你给不了。”天赐扔下这句话便转身离去了，留下一脸茫然的村长站在原地。

“少侠！”村长向着离去的天赐喊道。

天赐没有理会村长，只顾自己赶路。当然，他不是在逃避，他已经想好了：不管藏匿在这村里的妖孽是什么，天赐都要把它找出来，并准备好和它大战一场！

不知不觉中，天赐已走到村郊，此处离家已经很近了。天赐觉得自己像是被一根隐形的绳索牵着一样，不由自主地加快了脚步，越走越快，随即一路飞奔，就像回到了小时候。

突然，他看见似曾相识的一幕，便情不自禁地驻足观望：一个农夫牵着一头老黄牛，正从对面向他走来。

天赐站在原地，看着那农夫渐渐走近，样貌越发清晰。没错，来人正是天赐的阿爸——阿贵。但阿贵对天赐视而不见，牵着老黄牛愁闷不堪地走了过去。可刚走出没两步，那头老黄牛突然呆立原地，哀号不止。

天赐走向老黄牛，老黄牛突然安静下来，伸出温润的舌头，轻轻地舔天赐的手臂。

老黄牛认得他！天赐的心头一热，眼眶不觉湿润起来。他伸出手，轻轻地抚摸老黄牛的鼻子，老黄牛也目不转睛地望着天赐，不肯离开。

阿贵走过来，他木然地望了一眼天赐，然后用鞭子戳戳老黄牛的脊背，牵着它往前走。尽管老黄牛对天赐百般依恋，可是没有办法，缰绳牵动，它只得跟着阿贵离开。

望着阿爸和老黄牛离去的身影，天赐的眼泪像断了线的珠子，接连不断地滚落下来。没想到，阿爸经过自己的身边，和自己四目相视，竟毫不相识，形同陌路。

天赐心如刀割。

此时，远处又有一个农夫走过来，他看见了阿贵，指着他破口大骂起来。

阿贵面对来人的责难，只能连声辩解："你冷静一点……这不是我的错……我已经尽力……"

天赐决定过去看看发生了什么事。

"两位大伯，你们都冷静一下，有话好好说！"天赐以劝架人的身份劝阻那个向阿贵发难的农夫。

"我跟他没法好好说！"那农夫怒气冲冲地说道，"你看你眼前的这个人，他真是坏透了。他是天底下最坏最自私的人。"

"你别血口喷人！"

阿贵浑身颤抖地说道。村子里的人对他的一致评价，是说他是个"老实人"，而这个农夫却完全颠覆了这一评价，这让他无法忍受。

"这位大伯到底做了什么坏事？"天赐故作惊讶地问道。

"他把妖魔带进了村子……"

"我没有带什么妖魔进村，我不过是收养了一个小男孩而已。"阿贵反驳道。

天赐心中一痛，暗想：收养？原来阿爸没有把我当成他的亲生儿子，怪不得他忍心对我下手！

"那妖魔就是他儿子，他长了一对蝙蝠翅膀。"农夫大声嚷嚷道，"就因为这妖魔作祟，天上的乌云才一直不散。"

“真有这样的事？”天赐明知故问，装出一副不可置信的样子。

“那还有假！小妖魔就是祸根。一定是上天知晓村子里藏匿了妖魔，所以要发怒降罪，惩罚我们。你瞧瞧这个村子，从前五谷丰收，牛羊成群。现在呢，自从妖魔进村，连年大旱，牲畜不断失踪，找到的只是森森白骨。全村人都让他杀了那小妖魔，他却鬼迷心窍，死活不肯。”

“我是鬼迷心窍，竟杀了我可怜的孩子，可我知道他不是妖魔，他从来没有害过人。”阿贵用颤抖的声音悲怆地说道。

听了阿贵的一番话，天赐的心里冒出一大堆疑问：既然知道我不是妖魔，你为什么还要杀我？难道是为了保全你自己？

“他就是个骗子！”农夫对着天赐，激烈地控诉着阿贵，“要真像他说的那样，眼下雨水早该来了，怪物袭击的事也再不会有了。可是他竟然把妖魔当儿子，偷偷藏匿起来不说，还骗大家说已经杀死了那妖孽。活要见人，死要见尸。我们谁也没见到那妖孽的尸身，怎的凭空说他已经死了？”

“你们逼我杀死了我的孩子，还在这里血口喷人！”阿贵脸色煞白、毫无血色，“你们个个都说他是妖魔，是祸根。跟普通的孩子相比，他不过是长了一双翅膀。可是你们竟然不容他。他那样一个乳臭未干的小孩，正是玩耍的年纪，哪里知道什么是妖魔？我可怜的孩子，生在这人心险恶的世道，小小年纪，便被人栽赃、咒骂、围攻，我、我——我杀了我儿子，我杀了他。”

阿贵内心的痛苦和矛盾，让天赐百感交集、五味杂陈。

“要是你真杀了他，为什么这一晚，村里还会接二连三地发生怪事？

为什么乌云不散、甘霖不降？”

“因为我儿子压根不是什么妖魔，所以就算他死了，乌云还是不散，大雨还是不降。我早说了，天赐只是个天真的小男孩，他爱玩、爱调皮捣蛋，他不会说话，不喜欢穿衣服，他就是个孩子，普通的孩子。我真后悔杀了他，我杀了他，作孽啊，作孽——”阿贵声嘶力竭，泪流满面。

虽然天赐恨阿爸心狠，可是看见阿爸如此懊悔悲恸，也不免动情。他伸出手，轻轻拍拍阿贵颤抖不止的肩膀。

“你这么说不过是在博我们的同情罢了！”农夫反驳说，“你根本没杀那小妖魔，你把他藏起来了！”

“要是你认定我把他藏起来了，那你尽管去搜吧。”阿贵用衣袖抹一把眼泪，坚决地说。

正当他们争论不休时，天上突然响起了一阵巨大的轰鸣声。

天赐抬头观望，发现天空还是像往常一样灰暗，雷声过后却不见闪电。

天赐心中突然升起一种不祥的预感：难道是怪物来了？

十六　怪物现身

对于天空中的异象，农夫和阿贵都并不在意，只顾继续争吵。

“你铁了心要把你家的小妖怪藏起来，那就算我们在你家挖地三尺也找不到他！”

“你胡说……”

震耳欲聋的雷声再次响彻天空，“轰隆隆——”

三人惊得一起抬头，只见须臾间，天黑得出奇，且渐渐向大地压迫而来，仿佛天上有只巨手，正在为大地披裹沉甸甸的黑斗篷。

那团被视为不祥的汹涌的乌云，如一块怪异嶙峋的巨石一般，死气沉沉地飘在半空，让人毛骨悚然。

“这天越来越黑了！”农夫兴奋不已地喊道，“是要下雨了吗？”

正说着，空中又传来了一阵低沉的隆隆声，但那显然不是雷声，而是别的东西。此时的天空变幻异常，连那团乌云也开始轰然作响。

突然间，一只怪物从空中径直冲向了地面，在接近地面的瞬间，它突然张开翅膀，围着三人盘旋飞驰。

“那是什么？”阿贵惊恐地大叫起来。

随即，另一只怪物又从天而降，朝农夫的头顶直冲而来。眼见那怪物的利爪将攫住自己的脑袋，农夫吓得大喊大叫，胡乱挥舞手臂，结果，一拳头不偏不倚，正中怪物唯一的眼睛。于是那怪物在撞向他之前，转身飞走了。

转眼间，越来越多的怪物从乌云中心向地面飞驰而来。这些怪物虽然都有翅膀，却和鸟类长得一点儿都不像。天赐仔细观察，发现它们有的像蝗虫，有的像秃鹫，有的像鬣狗，有的像巨蟒，虽然形态各异，却都长着巨大的獠牙和锋利的爪子。

突然，天赐注意到一只怪物，正向那头老黄牛飞扑过去，狠劲十足地想用利爪挖掉牛的眼珠子。天赐来不及搭弓射箭，随手摘一片枯树叶，对着那怪物的眼睛，狠狠一弹。那怪物一个翻身，爪子只蹭到了牛的皮毛。

农夫和阿贵吓得瑟瑟发抖，眼前发生的这一切让他们不知所措。

“这群怪物是冲我们来的！”阿贵惊恐地说道。

农夫对阿贵怒目而视，叫嚷起来：“这都是你的错！这都是因为你偷偷放走妖魔，才引来更大的祸端！”

“你胡说，我——”

面对农夫的指责，阿贵不由得大声喊道。他和农夫一样怒不可遏。没等阿贵把话说完，另一只怪物就已经俯冲而来，它冲着农夫尖叫嘶吼，其利爪更是近在咫尺。

“救命！”农夫一边胡乱逃窜，一边惊恐地大叫，“救我啊！”

“轰隆隆——轰隆隆——”

伴着一阵阵巨响，更多的怪物从天而降。霎时间，天地间怪物密密麻麻，来势汹汹。

然而，就在农夫和阿贵以为末日来临时，更可怕的事情发生了：乌云倏然散开，从中缓缓伸出一条巨大的舌头，那舌头黑漆漆、黏糊糊，前后长满钢针一样的尖刺，看起来既恶心、又可怖。

阿贵和农夫吓得面如死灰，惊叫连连。

那农夫左突右撞，却发现四周全是龇牙咧嘴、凶恶无比的怪物。其中有只蛇样怪物一把抓伤了农夫的手臂，血从那伤口汩汩流出，染红了地上的泥土。

农夫见自己的手臂鲜血直流，便尖叫着奔向了天赐和阿贵。

“我受伤了！”他胡乱喊道，“我要死了！”

天赐冲上前，匆忙检查了一下他的伤口。

“冷静！”天赐对农夫说，“不过是擦伤，小伤口而已。你不会死的。”

“啊——”

突然，阿贵大叫一声，天赐和农夫不由得抬起头来。

乌云中的巨舌正在向他们逼近。

天赐一把拉过农夫和阿贵，将他们藏到自己身后，他一个人挺身而出面对危险。

那条巨舌似乎意识到天赐并非凡人，突然间停了下来，一动不动地悬在天赐面前。阿贵、农夫、老黄牛和小狐狸都躲在天赐背后不敢动弹。

空中又传来了一声巨响，那巨舌“咻”地缩回了乌云中。

巨舌消失，阿贵和农夫都长吁一口气，从天赐背后走出来。

“快看！”阿贵惊恐地大喊一声。天赐回头一看，只见那带刺的巨舌竟然绕到天赐背后，舌尖微微上卷，如烂泥一般的汁液滴滴答答溅落不停。看来，巨舌想偷袭他们。

谁都没看清楚，一声雷鸣过后，那巨舌已卷起老黄牛，将它拉到了空中。

“不要啊！”阿贵见那牛被巨舌卷走，不禁失声大叫。

说时迟，却是快，天赐拔出宝剑，以迅雷不及掩耳之势砍向巨舌，斩下巨舌一块黑肉。

随即，那条巨舌喷出了一股黏稠的汁液，痛苦地扭动着松开了老黄牛，蜷缩回了乌云里。雷声隆隆作响，天赐分明听到那雷声中夹杂着怪物痛苦的号叫声。农夫和阿贵或许也听到了。

“躲进屋去！”

天赐指着远处的一幢茅草屋对农夫大声喊道。

农夫一脸茫然地蹲在地上发抖。显然，他已被吓得神志不清。天赐知道要是农夫不尽快清醒过来，他一定无法躲开怪物的再次攻击。

“快把牛牵到牛棚里，带上这人，你们一起躲进屋去。”他指着农夫对阿贵说道，“把所有的门窗都关起来，不管发生什么，绝对不要往外看。记住，千万不要往外看！”

此时，阿贵早已吓得魂不附体，但是，他还是强打起精神，带着农夫和老牛按照天赐的吩咐，一路狂奔，躲进了小屋。等他们躲藏稳妥后，天赐准备展开一场大战，尽管以一敌百，尽管全无胜算，然而，为了保护阿爸、老黄牛和那个农夫，天赐绝不会退缩。即使在这样的危急时刻，小狐狸仍然紧紧跟在天赐身边。

望着浑身颤抖的小狐狸，天赐满是爱怜地说：“你也躲起来吧。”

小狐狸倔强地摇了摇头。

“你必须躲起来，这里太危险。照我说的去做，快去！”天赐命令道。

小狐狸依旧坚定地摇摇头。它的忠肝义胆深深触动了天赐。

“听我的劝，算我求你了，趁现在快走，不然就来不及了。”天赐哀求道。

“不！我要陪着你。”

小狐狸坚持留下来，和天赐同生共死。

天赐见小狐狸坚持不走，只得叹了口气，站起身来，环顾四周。那些怪物仍在空中盘旋，而小屋那边则门窗紧锁。一切已安排妥当，天赐解下红斗篷，飞身冲向了天空。那些在空中盘旋着的怪物一见天赐，便像饿狼扑食般争相向他冲去。

十七　以一抵百

数百只怪物朝着天赐一拥而上，它们数量众多，占有极大的优势。毕竟，天赐要以一敌众，未免势单力薄。

不过天赐武艺高超，训练有素，并没有被吓倒。他迅速地张弓搭箭，对准怪物数箭齐发。天赐的箭术早已练得炉火纯青。出神入化，因此百无一失，箭无虚发。转眼间，数十只怪物乒乒乓乓地从半空坠落。见天赐逐渐冲出了围攻，更多的怪物便冲上前去，再次将他困住。它们舞动利爪，发出恐怖的叫声，想要分散他的注意力。然而天赐并未给它们任何可乘之机。他知道，只要自己被任何一只怪物所伤，都将给其他怪物的攻击带来极大的优势，到那时恐怕自己就真的无力回天了。

天赐以最快的速度射出了最多的利箭，幸好他肩上的箭袋里备有足够的箭。但怪物的数量太多，射完一波，又来一波。

当第二波怪物成群结队地涌来时，天赐被围得更紧了。和上个回合一样，当他用利箭把周围的怪物射下后，更多的怪物又冲了上来。正当天赐奋力射箭时，突然听见背后传来一阵刺耳的拍击翅膀的声响。

他转身一看，只见身后又来了一大群怪物。天赐现在腹背受敌，他的箭术再好，这下也没了用武之地。于是，天赐拔出了轩辕剑，对着怪物挥了一通“秋风扫落叶”，被砍中的怪物纷纷坠落，没被砍中的则仓皇逃散。

天赐随即飞向了更高处，以便在战斗中占据有利地势。

那些怪物跟着他冲上高空，再次将他困住。天赐渐渐体力不支，不慎被怪物们抓咬了几下，受了轻伤，若不是他精通飞行术，及时从围困中冲出来，怕早已被撕成了碎片。

飞落地面的天赐，惊讶地发现，先前坠落在地面的怪物竟然复活了。它们扑棱棱荡起一阵尘土，又展翅疾飞，将天赐围住。

天赐好不容易才从怪物的层层围困中杀出一条生路，此刻又入险境。

天赐冷静地打量了一圈，发现右侧的怪物稀疏，于是挥舞宝剑，猛冲过去。有十只怪物被宝剑刺伤，大多怪物吓得仓皇四散，却还有五只怪物紧紧攫住天赐，将爪子刺进他的皮肉，不停地撕扯啄咬。

天赐挣扎着想甩开这些恶毒的怪物却无济于事，它们就像水蛭一样紧叮着不放。天赐想到另一个办法，便疾速冲向高空，随后弓起身子，积蓄力量向地面俯冲而去。怪物们一见天赐从高空冲下，便又密密麻麻聚集过来，试图阻挡，却被天赐极大的冲击力纷纷撞落。

天赐落到地面，便占据一定的优势。他一把甩开黏在自己身上的两只怪物，然后对付另外三只死咬着自己的怪物。

正当天赐忙得不可开交时，他被眼前的一幕吓出一身冷汗：两只落在地面的怪物正围着小狐狸，慢慢逼近，它们狰狞的模样吓得小狐狸连连后退。

天赐心急如焚，却心有余而力不足，他被怪物们纠缠得动弹不得，只能眼睁睁地看着小狐狸被逼进死角：它身后是一棵大树，根本无路可退。

怪物们见小狐狸束手无策，便“吱吱”怪叫，呲着獠牙向它扑去。

天赐见情况不妙，便驮着身上的两只怪物拔腿向小狐狸跑去。然而，就在这紧要关头，小狐狸突然散开三条尾巴，将它们竖立抖动，随即一阵阵鲜红的粉尘便飘散开来。

怪物们一吸那粉尘，瞬间都倒在了地上沉睡起来。

小狐狸安然无恙，天赐舒心一笑。

“小心后面！”小狐狸惊叫道。

天赐回头一看，只见自己头顶上方正盘旋着一个龇牙咧嘴的怪物。他于是拔剑一挥，那怪物便拍打着翅膀飞走了。

“多亏了你。”天赐朝小狐狸笑了笑，然后转身一跃，飞入空中。

怪物们故伎重演，再次将天赐团团围住。天赐已经摸清怪物们的路数，这一次他不能没有章法，乱打乱砍，毕竟怪物数量众多，单拼体力，天赐很快就会败下阵来。

这时，两只怪物飞近天赐左右两侧，意图缠住他的双臂。另一只鹰嘴怪物在正前方渐渐逼近，其他怪物则围成一圈，准备伺机而动。

在这千钧一发之时，天赐想起了师父的教导，要“未卜先知，克敌制胜”。天赐料定鹰嘴怪物想啄瞎他的眼睛。因此，鹰嘴怪物刚伸出尖喙，天赐便以闪电之势，一把抓住了它的嘴巴，把它当木棍抡打四周的怪物。

就在此时，半空响起一声震天的吼叫。那吼声充满了愤怒，仿佛一声炸雷，包含着摧毁一切的力量。

当第二声吼叫响彻云霄时，空中所有的怪物都化成了黑色烟雾，袅袅升起，汇聚到当空那片诡谲的乌云里。

天赐刚想松一口气，只见头顶那片怪异的乌云，正缓缓向村庄飘去。

天赐意识到村子即将面临灭顶之灾，于是冲向小屋，想让农夫和阿爸分头行动，提醒村民做好防范。

“咚咚咚”，天赐用力敲门，可是里面一点儿动静都没有，许久不见人来开门。他意识到屋里的人可能把他当成怪物了，所以不敢应声。

“是我，快开门！”

话音刚落，门就被猛地一下打开。阿贵从屋里跑出来。

“谢谢你，少侠。谢谢你赶走怪物，救了我们的命！”

阿贵喘着粗气，一个劲儿地道谢。

“那位大伯在哪儿？”

“他不肯出来，怕一出门就会被那些怪物缠上。”

“那些怪物已经离开这儿，朝村子去了。”天赐将目前的情形告诉阿贵。

“什么？”阿贵刚放下的心，一下子又提上来。他悲叹道，“我们究竟是造了什么孽，要遭这些罪？”

“因为村子里来了妖魔。”天赐淡然说道。

“妖魔？”阿贵瞪大了眼睛，“不，不，我的儿子不是妖魔！”。

“妖魔，是那团乌云幻化而成，它存心要搅得你们不得安宁。”

“那团云是妖魔？”阿贵问道。

“正是。”天赐点头答道。

“天赐啊！”阿贵突然大叫起来，眼里闪着泪光，“我早就知道你不是妖魔——”

“我——”天赐欲言又止。

“天赐是我的儿子，但我迫不得已杀了他。因为乡亲们认定他就是妖魔，逼着我去杀他。我实在没办法啊。如今我儿子已经死在了我的手上，现在，不管他在极乐世界也好，在阴曹地府也好，我知道他一定都非常恨我这个当阿爸的。天赐，对不起啊，儿子——”

眼泪顺着阿贵饱经艰辛的脸流下来。

十八　捍卫家园

阿贵的号啕大哭刺痛了天赐的心，他竭力忍着不让自己哭出来。他虽然恨阿爸的狠心，可是眼下阿爸的内疚忏悔、自责苦痛，都足以证明阿爸对他的爱。就像那个晚上，在幽暗阴冷的森林里，阿爸轻声对天赐说的那样，“阿爸是爱你的，天赐！”

也许，阿爸当时的决定，真的是迫不得已！再说，如果阿爸不那么做，自己可能会活得更辛苦，时时刻刻被周围的人视为异类妖魔，不断地被误解、被侮辱、被咒骂，那样的日子，会比死更难受。想到这些，天赐的心释然许多。

“要是天赐还活着就好了。我那可怜无辜的娃儿啊！他的冤魂定会记恨我！”阿贵说着双膝跪地，冲着森林方向不停地叩拜，“阿爸知道你恨我，天赐。阿爸知道！阿爸对不住你！对不住你啊，天赐！”

想起自己对儿子所做的一切，阿贵就止不住地悲号。

见父亲背负着如此沉重的罪恶感，天赐终于忍受不住了。他再也克制不住自己激动的情绪，一把将阿贵拉了起来，紧紧抱住他。这让阿贵大吃一惊。

“我不恨你。一点都不恨你。”天赐轻声说道。

“你在说什么？”阿贵满脸困惑。

天赐没有回答。他知道，他最想说的话，已经说出来了。

目前，最急迫的事，是拯救村民。望着半空中渐渐远去的那片诡谲的魔云，天赐顾不得阿爸诧异的目光，他展开双翅，一跃升入半空，向村庄奋力飞去。

天赐飞驰空中，奋力展翅，他知道即使耽误片刻，后果也将不堪设想。

前面的天空黑压压的，一望就知道是魔云作怪。眼看魔云即将抵达村庄，天赐急忙一边用意念拖住魔云，一边御风飞翔。

即使这样，天赐刚一踏上村庄的土地，那些怪物就接踵而至了。

村民们吓得魂飞魄散，惊叫连连：打水的女人丢下水桶，逃回家中；推车的男人扔下粮食，撒腿逃命。

“妖怪进村啦！”

“妖怪来啦！”

怪物所到之处，鸡飞狗跳，哀号连天。街市混乱不堪，人们惊惶逃窜，只顾保命。

混乱之中，一个怪物径直飞向一个小女孩，她和家人被人流冲散了。那小女孩正蹒跚学步，看见怪物，只会哇哇大哭。

天赐见怪物离小女孩越来越近，不由得加快速度。当他飞近小女孩时，正要伸手去抱她，几只怪物突然飞过来，挡在天赐和小女孩之间。

天赐怒气冲冲，拔剑相向。一番厮杀后，这波怪物伤的伤，逃的逃。

天赐无暇理会逃跑的怪物，急忙伸手去拉坐在地上的小女孩。可是，不知从哪儿又冒出一只怪物，它伸出利爪，如老鹰扑食一般，猛地攫住小女孩的身体，飞向高空。

天赐见状，立刻追了过去。谁想又一群怪物将他围得水泄不通，这一次，不仅是前后左右围追堵截，而是排兵布阵一般，形成一个密不透风的球形攻势。

透过仅有的缝隙，天赐眼见那怪物抓着小女孩越飞越远，他只好不顾个人安危，拉弓搭箭，就在利箭射中怪物的瞬间，它呜咽一声，松开爪子，把小女孩抛落。

天赐想飞过去接住小女孩，可是却分身不得。

就在小女孩快要触地的时候，三条毛茸茸的绳子倏忽而至，稳稳地接住了她。不用说，这是小狐狸的功劳，毕竟，这世界上，能有几只狐狸有三条尾巴呢！

“多谢！多谢，狐狸大仙！”

一位妇人随即跑上前来，俯首跪拜在小狐狸面前。

小狐狸呵呵笑了：“原来帮助别人就可以成仙啊！太好了！”

此时，天赐借助御风术突围出来，他见小狐狸一脸欣喜的样子，慌忙提醒：“怪物！”

“什么怪物？你没听到那妇人叫我大仙吗？”小狐狸嘟囔道。

天赐大叫：“你身后有怪物！”

小狐狸急忙抖动尾巴，释放迷雾。只听它身后“扑通”一声，一只熊脸怪物坠落在地。

小狐狸不好意思地吐吐舌头。

天赐无奈地摇摇头，接着又腾空飞起。

“所有人都躲起来！带上你们的孩子躲到地窖里去！”天赐对仍在街上逃窜的人群大声喊道。

一只怪物悄然飞到天赐的身后，天赐望见它的影子，判断出它的方位，迅速挥剑向后一刺，那怪物却化成一团烟雾，逃回乌云中去了。

经过几次交锋，怪物们变得越发狡猾。它们不再正面围困天赐，而是不时地伺机偷袭，或者去攻击村民以分散天赐的注意力。

一旦天赐占有优势，怪物们就幻化成黑烟躲进乌云里。等到天赐忙着疏散村民时，它们又鬼魅一般冒出来偷袭。

“救命！救命啊！”

天赐刚赶跑一波怪物，就听到呼救声。

天赐循声飞去，发现十二只怪物正围着村长呢。

怪物们将村长围了个密不透风，然后慢慢紧逼，而村长虽然手持钉耙，却早吓得魂飞魄散，只知道呼救了。

天赐飞行的时间过长，而且翅膀上已是伤痕累累，只好落在旁边，飞奔过去。

怪物们一见天赐，便扔下村长，气势汹汹地向他逼近，眼看着包围圈越来越小，怪物们你看看我，我看看你，似乎在彼此密谋什么。

天赐密切关注着它们的举动。突然，怪物们不约而同地朝天赐扑去。可是天赐早看出它们的诡计，他一个旋风飞，来到怪物的上方，然后拔剑一挥，砍倒了那帮怪物。

村长那边又来了六只怪物，他吓得丢下钉耙，抱头鼠窜，可是一个趔趄，栽倒在地。怪物们趁机又把他团团围住。

天赐见村长毫无还手之力，六箭齐发，射倒了围困村长的怪物。

附近的怪物见状，全部化成黑烟躲进了乌云里。

“多谢！多谢救命之恩呐！”村长喘着气说道。

天赐知道那些怪物很快就会卷土重来，便示意村长赶紧躲起来。

村长慌慌张张地站起来，一转身，就见数百个巨大的怪物正向自己逼近，他又吓得呼天抢地，哇哇大叫，像个孩子一样躲在天赐背后，不肯离半步。

十九 解开心结

“我挡着它们，你跑进屋子里，躲起来！”天赐一边后退，一边低声命令村长。

谁知村长竟紧抓着天赐的衣袖不放。

怪物已经把天赐和村长围在中央。天赐没有办法，只好一边保护村长，一边砍杀怪物。经过一番厮杀，怪物纷纷倒地，天赐的背上又多了几道伤痕。

“快躲起来！”天赐朝村长喊道。

这时，村长看到天赐背后的翅膀，吓得脸色煞白，一动不动。

天赐见状，便伸手去拉他。

村长用颤抖的手指指天赐的翅膀。

天赐拍拍翅膀，说：“我不会伤害你的，村长。”

村长已经亲眼看见天赐射杀了众多怪物，又见天赐这样谦和礼貌，才放心地点点头，不再神色慌张。

“谢谢你的救命之恩，老朽真是感激不尽呐。”村长对天赐千恩万谢。

“你应该感谢那个长着翅膀的小男孩。”天赐淡淡地说。

村长吃惊地抬起头。“小男孩？长着翅膀？”他结结巴巴地问道。

“对！”天赐点点头，“一个长着翅膀的小男孩……想起来了吗？”

“你……你知道这事？”村长吞吞吐吐地问道。

“我知道。因为我就是那个你逼着我阿爸除掉的小男孩。”

天赐的话吓得村长跌坐在地。

“这不可能。”村长好不容易挤出几个字。

“不用怀疑。”天赐斩钉截铁地说道，“我就是你们口中的那个小妖怪。”

“可是……他……你……他……”村长的舌头像打了结，“他还是个小男孩，而你却是个少年郎！照理你应该不在人世了！怎么还会出现在这里？这怎么可能呢？”

“不，这不仅可能！而且千真万确！”天赐笃定地说道，“照理我是应该死了，因为我阿爸的确试图杀过我。不过有人救了我的命，并把我带到了另一个地方，那里的时间比这里快得多。我在那里已经度过了十年的岁月，但对这里而言，一切却并没有改变。”

听了天赐的解释，村长怔得说不出话来。

天空中又响起了一阵轰鸣声，所有怪物都突然开始向上飞，并化成一股股烟雾。那些烟雾随即凝聚在一起，形成了一股巨大的烟柱。

“看呐！”村长指着烟柱大喊，“那是什么？”

天赐顺着他所指的方向，看见那些烟雾在空中聚成一团，随后又化成了一条雾状的手臂，在村庄的上空神出鬼没。随后，只见三对火红的眼睛穿透乌云，射出光芒。那眼睛中充满了恨意，叫人看了不寒而栗。

“天赐！”有人喊道。

天赐回头一看，见父亲正气喘吁吁地站在几步开外的地方。

“你叫我什么？”天赐故弄玄虚，困惑地问道。

“你就是我的儿子天赐……对不对？”阿贵小心翼翼地问道。那一刻，阿贵的眼中充满了希望。

天赐没有回答，只是注视着阿贵。

阿贵全然不顾周围的险境，朝天赐走来。

“你就是我的天赐，对不对？”阿贵追问道，“你的翅膀……和天赐的翅膀一模一样，只不过大了点。”他边说边局促不安地看着天赐。

天赐点了点头，沉默许久后说道：“不错！我就是天赐。我就是你想杀掉的天赐。”

阿贵听后“扑通”一下跪倒在地上。

“阿爸对不住你呀，天赐。阿爸真的对不住你。阿爸是这个世上最不称职的阿爸啊！”

阿贵泣不成声。

“阿爸真不该做那样的事。阿爸求求你，宽恕阿爸的罪过吧！”他边哭边恳求。

“阿爸！”天赐厉声呵斥道，“在我最需要你保护的时候，为什么偏偏是你，对我痛下杀手呢？为什么？”

天赐的质问让阿贵一时语塞，他无言以对，只是默默流泪。

“要是那天我就这么被你害死了呢？要是没有人来救我呢？”

“阿爸是怕啊！”阿贵终于哭着说出了这么一句话。

“呵！”天赐轻声苦笑道，“你是怕村民会杀了你，会毁了你的房

子，是不是？你有没有想过要是我死在你手里，会是什么样子？你想过你给我带来的痛苦吗？还有阿妈呢？你想过她的感受吗？还是说你满脑子只想着自己的安危？”

“不是的！”阿贵痛苦地摇了摇头，“我怕的是你。我怕我不杀你，你就会因为和别人长得不一样而一直被人憎恨，被人当成怪物。我怕你因此不快乐，我怕你慢慢地憎恨这个世界；我怕你把这种不幸怪到我和你阿妈身上。我知道这些都不是阿爸杀你的理由，阿爸本该保护你的，是阿爸一时糊涂。阿爸求求你，宽恕我的罪过吧。”

“阿爸！”见阿爸跪在地上痛哭不已，天赐心中的恨意顿时一扫而空。

在那一瞬间，天赐突然意识到阿爸是爱他的，况且要不是阿爸的话，他可能永远不会遇到师父，也不会学到这一身本领。

天赐将阿贵慢慢地搀扶起来，然后紧紧抱住了他。

“都过去了，阿爸。”天赐安慰道。接着，他又拍拍阿贵的背，然后以迅雷不及掩耳之势再度冲向了天空。

望着空中的那股杀气腾腾的烟柱，天赐知道，这一次，他将要面对的，是更为强大的对手。

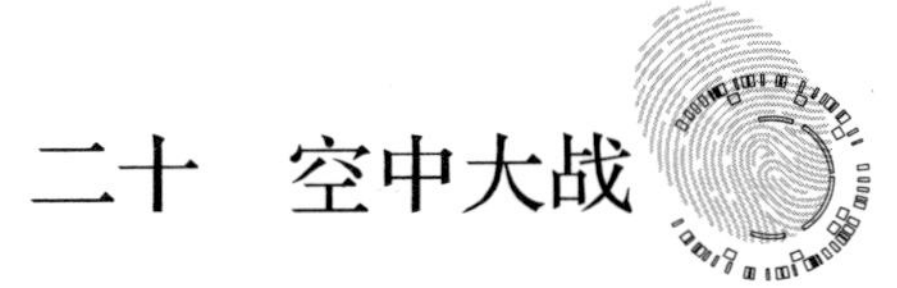

二十　空中大战

乌云遮天蔽日，天赐的眼前一团漆黑。

炸雷巨响，风雨交加，天赐穿梭在黑暗之中。他知道怪物一定会趁机偷袭，因此格外小心，放慢速度，悄无声息地寻找怪物的踪迹。

突然，天赐感觉背后有一股怪异的阴风。他转身一看，只见六只巨爪正缓缓靠近。那巨爪似乎感知到行踪暴露，便以迅雷不及掩耳之势扑向天赐。

天赐瞅准巨爪之间的缝隙，像一支离弦的箭，直冲而上。

巨爪扑了个空。

天赐随即往更高的地方飞去，谁知却一头扎进了黑漆漆的烟雾中。顿时，烟雾冲进他的鼻腔，让他几乎喘不过气来。

天赐气喘吁吁地左突右撞，想逃出烟雾。但随着他越飞越高，周围的烟雾也变得越来越浓！

无处可逃的天赐只有向下俯冲，但他明白那怪物正在下面守株待兔呢。

正当天赐犹豫是否俯冲之时，一只巨爪从他头顶上方悄然探下，缓缓逼近。在这黑雾之中，天赐虽然看不到一点踪迹，但所幸的是他的感官和嗅觉都特别灵敏。

不管是飞翔的怪物、带刺的巨舌，还是空中的巨爪，只要稍有行动，都会搅乱周围的气流，而且，它们的身上都带有浓重的异味。

所以，当巨爪将要抓住天赐的瞬间，他向左边一闪，便轻易躲开了。可是天赐没想到，左边早有埋伏，趁着天赐慌忙躲避之时，左边的巨爪突然向他袭去，这重重一击，疼得天赐眼冒金星，差点昏死过去。

待在黑色的烟雾里，呼吸艰难的天赐嗓子干裂、胸腔生疼，他挥动翅膀飞向低空，打算呼吸一些新鲜空气。与此同时，他也需时刻提防，以免再中陷阱。

随着高度的逐渐降低，天赐感觉自己已经接近烟雾地带的边缘，因为他的呼吸越来越顺畅，嗓子和胸腔的不适感也逐渐减缓。

然而，天赐还来不及享受呼吸顺畅的舒适，便被周围扰动的气流警醒。又一只巨爪直冲天赐的面门而来，幸亏天赐早有戒备，挥剑砍伤了巨爪的一个趾尖。

那爪子悻悻缩回烟雾中。

就在这时，天赐猛然意识到，这样漫无目的地躲避逃窜，根本摆脱不了巨爪的攻击。况且，他飞进烟雾之前，就已经明确目的：找到怪物的头领。

而现在，天赐只能跟几只神出鬼没的爪子捉迷藏。

恰在此时，又有一只爪子出现了。天赐灵光一闪：只要循着爪子的踪迹，就能找到怪物的头领。

于是这次，天赐不仅机敏地躲开巨爪，而且趁它缩回烟雾时，紧跟了上去。

最终，天赐来到风暴中心：一只巨大的怪物端坐在那乌云中央。

天赐从未见过如此庞然大物，它甚至比整个村子还要大。

这怪物由黑烟幻化而成，三个脑袋上有无数只眼睛，都闪烁着恶毒阴森的红光，脸上的鬃毛又黑又长。看到天赐，它的三张大口齐声咆哮，那巨响足以震撼整个幻唐。

这怪物一张嘴，浓黑黏稠的汁液，便顺着尖利的獠牙滴落下来。顿时，令人作呕的臭气弥漫开来，令天赐退避三舍。

“他们自作自受，我要惩罚他们。”三张血盆大口同时开合，竟然发出一个浑厚低沉的声音。

“为什么？”天赐对怪物吼道，“没有人活该受这种折磨，更别说这些村民。”

怪物的三个脑袋同时仰天长啸，只听声声巨响，如山洪暴发，势不可挡："你知道什么！别用那种口气和我说话。一群邪恶卑鄙的人类！他们罪有应得！"

一时间，天赐无力反驳。虽然他不清楚三头怪的过去，但他体会过村民们的残酷和愚妄。他自己不就被这些村民误解、咒骂吗？村长不是逼着阿爸来杀他吗？自己有什么错？不过是长了一双翅膀而已。

回想过去的种种，天赐突然对怪物产生了一种特殊的感情。他不知道这种感情是什么，总之，不是仇恨、不是憎恶，或许是一种同病相怜的酸楚。

尽管心有顾虑，天赐仍决意保护村民，并向三头怪证明它的决定是错误的。

"这些村民或许自私愚妄，但绝说不上是卑鄙邪恶。他们在自己的土地上安身立命，你不该伤害他们！"天赐诚心劝诫道。

"我已经警告过你，别再妨碍我了。他们罪有应得，你若是帮助他们，一样该死！"三头怪一边吼叫，一边冲向天赐。

天赐见状迅速钻回烟雾。他打算利用浓烟藏匿行踪，好让三头怪无迹可寻。

阵阵浓烟袭来，熏得他胸腔灼痛，口舌冒烟，但他别无选择。他必须待在烟雾中，才能躲避三头怪的利爪，为主动进攻做准备。

然而，天赐才刚松了一口气，就突然发现两只利爪左右夹攻，同时袭击，攻势迅猛，势如破竹。

天赐一个俯冲，飞出烟雾，直向低空。此时此刻，他急需呼吸几口新鲜空气，否则，即使不被三头怪撕碎，也会被浓烟呛死。

可是，不过眨眼工夫，三头怪已然发现天赐的行踪，它的六只利爪前后包抄，左右夹击，上下布网，一起向天赐围拢。

如果不是天赐对头顶的那只巨爪动用意念术，让它静止片刻，然后借机闪身而逃，他早就被挤得粉身碎骨了。

“懦夫！出来！”那怪物怒吼道。

天赐知道自己不能与这只庞然大物正面交战，便决定采用迂回战术，先扰得它筋疲力尽或者心烦意乱，再找到它的软肋，将其一举击败。

天赐开始不停地偷袭三头怪，像苍蝇滋扰雄狮那样。很快，三头怪就变得坐立不安，暴怒不已，天赐的战术奏效了。

“就算我出来和你面对面，你又能拿我怎么办，你这怪物？”天赐乐此不疲地挑衅它。

三头怪气呼呼地乱转，完全没了章法。

天赐认为是时候和它正面交战了，便朝三头怪中间的那个脑袋飞去。他早就发现，在密密麻麻的赤色血眼之间，有一只黑色眼睛，闪闪烁烁，亮如晨星。也许那正是三头怪的命门软肋。

就在天赐将要靠近三头怪时，三头怪一个转身，迅疾如风。天赐这才惊觉，这怪物虽有三个脑袋，却都长在一个后脑上，在那坚似钢针、密似丛林的鬃毛之中，竟然还隐藏着一张巨嘴。

只见那巨嘴一张，似断崖裂谷能容江河，似火山喷发堪毁万物。

怪不得天赐听它说话，三张嘴同时张合，声音却只有一个。

此时，天赐惊慌失措，丧失先机，前有巨嘴，后有巨爪，真是左右为难，进退不得。

没等天赐回过神来，巨嘴中就喷出一股强风，直把天赐卷向地面。

仓促间，天赐硬着头皮，奋力挥翅，向上盘旋，但无奈风势迅猛，他根本动弹不得。就在此时，一个黑影鬼魅一般冒出来，缓缓将天赐笼罩其中。

天赐抬起头，循着那黑影望去，却惊得汗毛倒立，浑身发冷。

是三头怪的巨爪！眼看着小山一般、坚硬锐利的巨爪径直压来，天赐只觉得心脏骤停，眼前一黑……

二十一　幻境顿悟

这是什么地方？空气里弥漫着淡淡的茶香，凉风送来一阵阵别致的花香；鸟儿啾啾鸣叫，悦耳动听；河水淙淙流动，欢快轻灵。

此情此景，似曾相识。身处其中，天赐感到心旷神怡，宁静祥和。

天赐睁开双眼，坐起来，四下环顾：眼前是一片碧绿的原野，纤细盈盈的野草随风轻拂；浅粉淡紫的小花星星点点，随风摇曳；身后辽阔茂盛的森林，在阳光的照射下，闪耀着斑斑点点的绿光；五彩斑斓的小鸟欢快地在花叶和果香之间穿梭。

突然，“哗哗”的瀑布声传来。天赐循声望去，只见左边有条瀑布飞流直下，水花四溅，荷叶婆娑。瀑布下有一块巨石，那上面隐隐约约有个人影。

天赐幡然醒悟，这是森林秘境，是自己拜师学艺的地方，也是自己引以为家的地方。

既然这里是秘境，那巨石上的身影又是谁呢？莫非，师父回来了？

这个想法让天赐激动不已，他一跃而起，向瀑布飞奔而去。

当接近巨石时，天赐的双腿开始发软：那端坐着的身影，不是别人，正是师父。

“师父？”天赐“扑通”一声跪倒在地，“您回来了，您终于回来了！”

师父颔首而笑：“天赐，你又为何在这里呢？”

“我？我不知道！原本我正在与成百上千的怪物厮杀，怎么会突然回到这秘境中来？”天赐很是疑惑。

“我来，是因为你让我来。你来，是因为你需要回来。”师父望着天赐的眼睛，“你只需知道自己为什么回来就好。”

“我自己也不知道是怎么回到秘境中来的。”天赐一脸茫然。

师父摇了摇头，说道：“你其实并不在这儿。”

“您说什么？”天赐不解地问，“您说我不在这儿？”

“你的身体并不在这儿。”

“我的身体怎么会不在这儿呢？我不就在您的身边吗？”

“听我说，天赐。为师不在这儿，你也不在这儿。这一切都只发生在你的意识之中。”

“不可能，您就在我面前，真真切切。”天赐感到难以置信。为了验证自己的话，他伸出手想要触摸师父。然而，他的手却直接穿透了师父的身体。

“现在你自己也看到了，天赐。”师父会心一笑，进一步解释道，“你是无法触碰到我的，因为我并不是真的在这儿，你也不在这儿。这一切都只是你脑中的幻象而已。是你潜意识中的自我把你带到了这里，因为这儿曾经是你心灵的归宿。”

“如果您说的是真的，那您怎么也会在这儿？”

“为师会出现是因为此刻你需要我。你需要我，我就在这里了。”

“我明白了，这一切都是幻象，是我在昏迷中，不自觉地用意念力制造的幻境。而真实的我，此刻性命攸关，因为成百上千的怪物正试图将我撕成碎片。”

“是的，天赐。你来这里，是因为你需要师父帮助。”

“的确如此。”天赐点点头说道，“不过这不是幻境吗？既然是幻境，这里发生的一切又怎么能影响外面的世界呢？”

“我自然是不能，不过你能。”

“我能？难道在幻境中，师父也能传我武功绝学？”

“哈哈——”师父仰天大笑，“傻小子，幻境就是幻境，幻境里的一切，皆在你的掌控之中。你是这幻境的主人，所以这里所有的一切都是你意识的分身。花是你，草是你，树是你，鸟亦是你；瀑布是你，巨石是你，你是你，连我，也是你。”

师父的话像绕口令，让天赐头昏脑涨，不明所以。

“天赐，你想一想，既然一切都是你，你又能教自己什么盖世绝学呢？”

天赐点点头，开始明白师父的话：“既然这样，我该怎么办呢？如果现在我葬身怪物口腹之中，怎么对得起师父的嘱托？以我的武功修为，连一个小小的村庄都保护不了，还枉谈什么拯救天下苍生？”

师父摆摆手，望向远方：“天赐，你有没有问过自己，你为何要铲除那怪物？”

“我之所以与那怪物厮杀，是因为它残害村民。”

“那你可曾想过那怪物为何要残害村民？”

天赐怔怔出神，他想起了那怪物曾对他说的那些话。

“我没有想过。”天赐缓缓地摇了摇头。

那怪物曾告诉过他，因为村民们罪大恶极，所以他们死有余辜。

“那你想没想过，或许那怪物也有苦衷，或许它也别无选择？”师父一本正经地说道。

“我不明白您的话。”天赐直截了当地说道。

师父的话非但没让他茅塞顿开，反而使他越来越摸不着头脑。

“你阿爸也曾要杀你，难道那就证明他残酷无情、穷凶极恶？”

自从天赐看到阿爸因内疚而自责痛苦的模样，他就彻底地原谅了阿爸。

“以前一想起阿爸要杀我，我便觉得他丧心病狂，对他恨之入骨，这种想法使我痛苦不堪。然而，随着时间的推移，我意识到这并不完全是他的错。我阿爸之所以那样做是因为他别无选择。要是不杀我，我们都会被驱逐。而我不管走到哪里，都会被视为异类，会活得生不如死。”

“说得很好。”师父不无感触地说道，“很多事，没有绝对的对和错。只有真正了解，才能断言评判。所谓的知己知彼，并不是教你百战不殆，而是让你不战而胜。这个‘胜’，不是赢，而是和。”

师父的这番话，醍醐灌顶，让天赐恍然大悟：“谢谢师父提醒，我知道该怎么做了。”

师父笑笑，向水边走去。他摘下一朵含苞待放的莲花，放在天赐手掌中。

“天赐，这十年来，为师日日教你武功。这个武，你已经精通，可是关于功，你还没完全悟透。”

“功？”

“武，是以打斗；功，是以战斗。我们活着，可以不必打斗，但一定要战斗：同你的惰性战斗，同你的贪念战斗，同你的自满战斗，同你的胆怯战斗。很多时候，把打斗变成战斗，你心里的怨恨才会幻化成莲，你才能发现生活的美好。”师父说道，“你明白吗，天赐？”

天赐若有所思地点了点头。他凝视掌心的花苞，只见粉嫩的花瓣逐层绽放，一阵清雅别致的幽香直入心肺。

师父的身影渐渐变得柔和而透明，而他的声音仍然响彻耳边：“天赐，记住，战，是为了不战。唯有慈悲才能照亮万物心中最黑暗的角落。”

二十二　云中男孩

天赐突然睁开眼睛，发现自己正在疾速下坠。在下坠的过程中，天赐的耳边不断回响师父的叮嘱——“战，是为了不战”。

“战，是为了不战！战，是为了不战！”天赐喃喃自语，反复念叨。

就在天赐接近地面的瞬间，他猛然扇动翅膀，一个回旋，直冲云霄。他知道该如何应对面前这个庞然大物了。

那怪物看见天赐，愤怒嘶吼。然而天赐不慌不忙，望着那怪物的双眼，似乎要洞察它内心最深处的隐秘。

见天赐毫不畏惧，那怪物的吼声更是震耳欲聋。但是不管怪物看起来多凶猛可怕，天赐仍旧不断靠近，甚至径直站到怪物的三个脑袋前。

此时，天赐和怪物离得如此之近，他甚至可以闻到怪物身上令人作呕的发霉味。

那怪物见他送上门来，伸出三个脑袋，一番撕咬。谁想天赐陡然一转，左冲右闪，便躲开了它的血盆大口。

天赐又一次全身而退，三头怪暴怒不已，只见三个脑袋齐齐伸出，直冲九天，一声长啸。

天赐依旧淡然浅笑。他站在远处，向怪物伸出了手。

“我知道你很痛苦。相信我，我了解你的感受。”天赐说着又向那怪物靠近一些。

“你对我一无所知。”那怪物勃然大怒，“愚妄自私的人类。”

“放轻松，别害怕。”天赐心平气和、毫不气馁地说道，“放轻松。”

“住嘴！”那怪物慢慢地往后缩去，“别用那样的口气跟我说话！”

面对怪物的大吼大叫，天赐毫不退却，他反而飞得离怪物更近了。这一次，怪物只是低低咆哮一声，却不再后退。

现在天赐和怪物之间相距不过咫尺，天赐将自己的手放在了怪物的身上。他一边慢慢地抚摸怪物，一边轻声安慰。

当天赐的手触到他冰冷黏湿的身体时，瞬间，那怪物像石化一般，静止不动，任其摆布。突然，它又一声哀号，响彻云霄。

随后，令人惊奇的一幕发生了：怪物的身体开始慢慢变小，就像一块正在阳光下融化的坚冰。

“别怕。”天赐低声说，“你现在很安全，放轻松，放轻松。”

渐渐地，怪物的红眼睛开始变色，片刻间竟变成明亮的蓝色。随后它眼中的蓝光越来越亮，最终，一下穿透四周的黑暗，散发出璀璨光芒。

这光芒如此炽盛，天赐不禁闭上双眼。

“咔吧、咔吧——”

漆黑的云团，竟然像蛋壳一样，裂成片片深灰的散云。随着散云一片片剥离，深灰色渐渐变成浅灰，浅灰又变浅白，最后，竟然变得像初雪一样洁白无瑕。

黑暗的硝烟已经消逝，祥和的蓝色晕染着天空。

天赐四下寻找三头怪，却不见它的踪影。就在那时，天赐突然发现云朵变得异常坚硬，他轻轻踩在云朵上，那片云竟然像石阶一般稳固结实！

于是，天赐踏着云朵在附近寻找，他相信三头怪还有另一副面孔，他一定要找到他，因为他们同病相怜。

不知道走了多久，多远，天赐看见一个六七岁的小男孩，蜷缩在一朵软绵绵的白云之中。那孩子失魂落魄、愁眉不展的样子，让天赐想起小时候被众人误解的自己。

“嗨！”天赐和他打招呼，笑容满面地走过去。

小男孩看见天赐，不停地往后躲闪。他那慌张的神情，让天赐不忍靠近。

天赐很想知道这孩子是谁，躲在云里干什么，以及他是从哪里来的。但他最想知道的是那个三头怪究竟躲哪儿去了。

或许，他能从小男孩身上打探些消息。

天赐微笑着注视着小男孩。

“你是谁？”天赐亲切地问道。

小男孩惊恐地望着他，摇摇头。

“我的名字叫作天赐。你呢？你叫什么名字？”天赐笑容可掬地问道。

天赐友好可亲的态度，让小男孩逐渐放松了戒备。

“你为什么要关心我？”小男孩胆怯地问道。

天赐心中惊讶，不禁眉头紧皱：“你为什么会这样问？”

“你不但没有欺负我，还笑着跟我说话。这是为什么？”

“我不懂你的意思。”天赐困惑地说，“你还是个孩子，谁会忍心欺负你呢？孩子都应该被疼爱，被关心。”

“那为什么别人都欺负我呢？一直以来我都与人为善，但所有人都再三欺负我。你是唯一的例外。”

听了这小男孩的话，天赐想起了曾经的自己，心底不由得冒起了怒火。他替这孩子感到不公，决心帮他脱离困境，或者起码要保护他免受更多伤害。

“谁？”天赐问道，“谁欺负你？我帮你训斥他们！”

“所有的人。我一心一意施云布雨，使万物茁壮成长，江河奔流不止。可是他们都讨厌我，欺负我。”

“他们怎么欺负你了？”

“我每天小心翼翼地收集水滴，好及时降雨。可是，太阳炙烤我，厌恶我阻挡了他的光芒；月亮冷淡我，嫌弃我遮盖了她的光辉；风撕扯我、驱赶我，鸟兽躲避我，村民们埋怨我、咒骂我。”

“对于这些，我深有体会。我知道那滋味苦涩，不好受。”

“不，你不懂。”小孩摇摇头说，“你不知道一直被孤立、被伤害是什么感觉。你没经历过，怎么会懂？”

“相信我。我真的理解你的心情。”天赐向他保证道，“我给你讲一个被咒骂为妖魔的小男孩的故事吧。你想听吗？”

“想。”

“从前，有一个小男孩，他长着一对翅膀。尽管他长得怪异，和其他孩子不同，但还是有一对善良的夫妇抚养他、爱护他，待他像亲生的孩子一样。尽管这个小男孩一点都不乖，经常光着屁股到处跑，还爬上高高的屋顶吓唬阿妈。他从不和阿爸、阿妈说话，也不学习读书识字。他开心的时候，就把老黄牛举得高高的；生气的时候，眼睛里发射的蓝光能把人弹到树枝上。在他五岁之前，一直过着快乐幸福的日子。”

“那真好玩。”

“但就算这对夫妇再爱护这个男孩，他们也无法为他抵挡世上的各种伤害。为了避免他被伤害，他的阿爸、阿妈从不让他见人，也不让他跟别的小朋友玩耍。即便是这样，人们还是发现了小男孩的秘密，他长着一双令世人厌恶的蝙蝠翅膀。在恐惧的驱使下，人们诅咒、谩骂、攻击小男孩。”

“但那小男孩并没有做什么坏事，不是吗？为什么大家会怕他呢？”

“有位智者曾经告诉我，人们常常会对自己无法理解的东西感到恐惧。渐渐地，这种恐惧就会变成仇恨。在这个小男孩身上就发生了这样的事情。村子里的牛羊失踪，他们认定是小男孩干的；庄稼久旱不雨，他们认为是小男孩害的。他们全都想要杀死小男孩，可是他们谁都不敢下手，因为害怕小男孩身上奇异的力量。最后他们竟然逼迫小男孩的阿爸亲手杀死他。”

“那他的阿爸是怎么做的？”

“他的阿爸真的决定杀死小男孩，不过，在杀死小男孩前，他的阿爸告诉小男孩，他很爱他。”

“后来呢？小男孩死了吗？”

“没有。他的师父救了他。不过从那之后，小男孩活得很痛苦，因为他恨阿爸，恨那些村民。不过等他长大之后，他再见到阿爸，他才知道，阿爸比他更痛苦。小男孩选择忘记仇恨，原谅阿爸。因为师父告诉过他，慈悲和关爱是这世界上唯一能照亮黑暗内心的法宝。”

“那个小男孩就是你，对不对？”

天赐点点头，泪光闪烁：“是的！那个小男孩就是我。就算全世界的人都恨我，我依然拥有爱我的阿爸、阿妈、师父、小狐狸、老黄牛，我还有很多树做朋友。就算没有一个人爱我，我也会爱自己。尽管我的翅膀惹来很多麻烦，可是它们却让我学会飞翔。”

听完天赐的故事，那小男孩抽噎起来。

“这世上最幸福的事是爱，最痛苦的事是恨。只要这世上还有人爱着你，那你就是个幸运的人。就算这世界上所有人都不爱你，那也不重要。重要的是你会爱，爱别人，爱自己。”

小男孩终于忍不住“哇”的一声号啕大哭。

二十三　冰释前嫌

天赐看着小男孩哭泣的样子，很想给他一个拥抱，好好安慰他一下，可是他又犹豫这样做是否太过唐突。

那小男孩却突然转身，扑进天赐怀里，紧紧抱住天赐。

天赐笑了，缓缓拍着小男孩的背，轻声安抚。

小男孩抱着天赐哭了一会儿，抽噎着说：“对不起，对不起，是我抓走了村子里的牲畜，是我施法阻止乌云降雨。我就是云魔，就是你要找的三头怪。”

天赐帮小男孩擦干眼泪，毫不在意地说：“没关系啊！就算你是云魔又怎么样？是三头怪又怎么样？我只知道，现在，你是一个善良童稚的小男孩。过去的，就让它过去，最重要的是以后。”

天赐的话，深深触动了小男孩，他被天赐的善良宽容所打动，又为自己的任性妄为所懊悔。想到自己曾经所做的一切，伤害了那么多人，小男

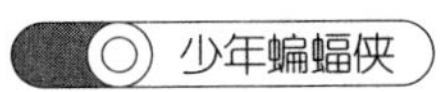

孩内疚得失声痛哭，他的眼泪就像断了线的珠子，噼里啪啦落了下来。

与此同时，天空也淅淅沥沥地下起雨来。随着小男孩的哭泣，雨越下越大。在大雨的冲刷下，整个村子、稻田、森林都展现出全新的生机和活力。

对所有人来说，笼罩心头的乌云终于消散，一切又将重新开始。

天赐置身云下，任由细雨浸润。许久以来，天赐多经磨难，专心习武，早已忘记小时候在雨中玩耍的欢欣快乐。他缓缓展开双翅，沉醉般欣赏滴落其上的晶莹剔透的雨珠。

突然，一声巨响，自下方传来。

天赐俯首眺望，只见村民们正张灯结彩、擂动铜鼓，欢呼雀跃地迎接他的归来！

天赐飞至低空，望着他们，每一张仰着的笑脸，都充满了感激之情。

“看！他来了！”

一个小男孩兴奋地又蹦又跳。

顿时，人群欢呼起来，在村长的带领下，欢呼声一波高过一波。

“英雄——英雄——”

天赐稳稳地降落地面，羞赧地微笑着回应村民的欢呼。

“他是英雄，是我们的大恩人！”人群中有人喊。

“对！”另一个妇人附和道，随即也为天赐欢呼起来，“要不是他，我们定会被那怪物害死！”

那妇人说着从人群中挤出来，弯腰屈身，向天赐鞠了一躬。村民们见状，都纷纷鞠躬表达谢意。

“千万别——”

天赐想要阻拦，奈何大家情真意切，执意如此。

一个小女孩走近天赐，盯着他的翅膀看个不停。

“你喜欢我的翅膀吗？”

小女孩害羞地点头。

“你想摸一下它们吗？”

小女孩喜出望外，连连点头，怯怯地问道：“我真的可以摸吗？”

“当然。”

小女孩伸出手，小心翼翼地摸了一下天赐的翅膀，满是羡慕地说：“我也想有这样的翅膀！”

“我也想！”“我也想！”……孩子们争先恐后地嚷道。

村长满脸堆笑地站出来，附和道：“别说你们这些小孩了，连我都想有这样一双翅膀呢！下次妖怪再来，我就飞起来，用翅膀狠狠扇它们的屁股。”

这一幕真是令天赐难以置信，人们不仅接纳了他的翅膀，而且还喜欢上了它们。想到这里天赐不禁哑然失笑。

时隔多年，再回到这里，天赐终于如释重负，他终于不必再担心被别人误解，终于不用再遮遮掩掩地过日子，终于不用再想方设法躲避村民的咒骂围攻。从现在起，他可以正大光明地生活在这里，和普通人一般无二。

“你的翅膀能变成雨伞吗？它们摸起来光滑得像丝绸。”小女孩突发奇想地问。

天赐左右扭头，看看自己的翅膀，足够宽大有力，而且密不透风。

“来吧，变成大伞！”

天赐开心地张开翅膀。

一大群孩子涌上来，纷纷钻进天赐的翅膀下避雨，尽管他们的衣衫早就被雨水淋透了。

“真好玩儿！真好玩儿！”孩子们兴奋得尖叫起来。他们一会儿跑进雨中，一会儿躲到天赐身边，往返无数，乐此不疲。

“你是那个长翅膀的小男孩儿？你怎么会突然——”一个虎背熊腰的彪形大汉，满脸惶惑地对天赐说。

“你是？”天赐只觉得来人似曾相识。

“你不记得我了？”那人结结巴巴地说，“我是……我……我就是那个猎……猎人……当日我在森林中射杀了一只鸟，而你却治好了它……那时你还只是个——”猎人吞吞吐吐，如鲠在喉。

“那时我还是个小男孩。”天赐回答道。他明白自己一夜之间从孩子变成少年，让很多人都大吃一惊，话说回来，他自己也说不清冰冻时间是怎么回事。他明明已经在秘境中习武十年，但村子里的人却依旧和他离开时一模一样。

师父能创造出平行时空，可见他法力高深。然而，即使高深莫测如师父，也有时间大限……想起师父，天赐不禁悲从中来。

猎人见天赐面色悲怆，以为他想起往事，仍记恨自己。“扑通”一声跪倒在地：“恩人，少侠，对不起，是我曲解事实，胡言乱语，害你蒙受冤枉，被众人驱赶，被你阿爸——”

想起自己犯下的滔天过错，猎人内疚不已。

“我以为你就是妖——”猎人诚惶诚恐地解释，“我没想到另有妖魔啊！对不起，我错怪你了！对不起！”

天赐心中早已释怀。妖魔也好，鬼怪也罢，与人别无二致，只要抛除怨念，与人为善，就会被认可、被接纳。

“过去的就让它过去吧！你也是误会，并非存心陷害。”天赐收起翅膀，拍拍猎人的肩膀，释然地说。

“这么说，你原谅我了？”猎人喜不自胜。

天赐望着猎人的双眼，郑重地点点头。

“谢谢，谢谢——”

猎人忙不迭地边鞠躬，边挥手退去。

天赐环顾四周，他想看看阿爸、阿妈在不在人群中。他迫不及待地想与他们重逢！

二十四　家人团聚

阿贵从人群里挤出，走至天赐近旁，两人眼含热泪，紧紧相拥。

小狐狸自天赐肩头轻轻一跃，跳下地来。它看天赐父子团聚，也兴高采烈地在旁边蹦跳不止。

对天赐来说，父子亲情，天伦之乐，重于一切。天赐快乐极了，然而，这快乐之中又夹杂着一丝不安和担忧。此刻，他急切地想回到小茅屋，因为自他从秘境归来，他几乎已经见过村里所有的人，但唯独没见到他最挂念的阿妈。

“阿爸，阿妈在哪里？她为什么没有来？阿妈还好吧？”天赐面带隐忧。

“怪物突袭，你阿妈一直藏在地窖里。你的事情我还没来得及告诉她，不过这样更好，你可以亲自去和你阿妈说。省得阿爸笨嘴笨舌的，解释不清。”阿贵憨憨笑道。

“我这样突然出现在阿妈的面前，不会吓到她吧？毕竟，一夜之间，我已经长成少年。”

要见阿妈了，天赐既急迫，又担忧。万一阿妈认不出自己，该怎么办？

别看阿贵粗笨，其实也有细腻玲珑的一面。他猜透天赐所想，拍拍天赐的肩膀，内疚不已地说道：“不管你变成什么模样，你阿妈都会一眼认出你的。放心吧！倒是阿爸，自从——后来我整日恍惚，不然阿爸早就认出你了。天赐，你要原谅阿爸啊！”

天赐已经完全释然，他像个男子汉一样，拍拍阿爸的肩膀，笑着说：“阿爸，别老旧事重提了，现在咱们赶紧回家吧，给阿妈一个惊喜。”

说着，天赐就拉着阿爸的手，悄悄地往外走。为了尽早见到阿妈，天赐在这里一刻也待不下去了。而小狐狸，也乖巧地追上去，跳到了天赐的背上，和他一起离开了人群。

许是母子连心，当天赐他们跑近茅草屋时，金娘正驻足小屋跟前，向这边张望。看到有人朝她走来，金娘不免细细打量。随即，她脸上露出惊喜的神采，并开始朝他们飞奔跑来。

金娘在离父子俩几步开外的地方停了下来，睁大了眼睛盯着天赐。

“是天赐吗？”她脱口问道。

天赐高兴地笑了起来。

“没错，他就是天赐。”阿贵高兴地说道，“他就是我们的儿子……我们的小天赐现在已经长大了，金娘。”

“天赐！”看到昨天的小天赐一夜之间长成大人，金娘百感交集、无限感慨，“天赐，我苦命的孩子，是阿妈对不起你，没有好好保护你！”

“阿妈，您何苦给我道歉。”天赐回答说，“能回到家，我就已经很开心了。”

“啊！天赐！”金娘说着冲向天赐，紧紧地抱住他，“阿妈好想你。”

“我也好想你，阿妈。我每天都在想你。”天赐拥抱着金娘说道。

对天赐来说，十年已经过去了。可金娘身上的气味，还是令他怀念。和师父住在森林秘境里时，每每闻到树木花草的气味，他便会幻想自己回到了阿爸、阿妈的小屋，依偎在阿妈的怀抱。如今，他已真真切切地拥着阿妈，感受着母爱的温柔关爱。

“你怎么一下子长大了？”金娘说着松开天赐，疑惑地问道。

“阿妈！说来话长。”天赐不想让阿妈再度担心，于是话锋一转，“但这是好事儿，不然谁来赶走妖怪呢？”

金娘宠溺地盯着天赐英俊的脸，笑着摇头：“好吧，你不想说，阿妈也就不问了。”

“对了，天赐，你小时候根本不会说话，现在怎么说得这般利索？”

阿贵陡然发现天赐的变化。

“阿妈，这……咱们进屋里说好吗？”

“当然……孩子，快进屋吧！”

金娘也笑了，拉着天赐的手走进屋内。

三人围着木桌坐定，天赐便如此这般地，向金娘和阿贵细细解释：如何遇到师父，如何进出秘境，师父如何教他武功……

听完天赐的遭遇，金娘和阿贵沉默良久。从天赐的言语之间，他们夫妇俩已经察觉，天赐对师父的深厚情感，以及对秘境的无限留恋。

“讲你的故事，怎么丝毫不提我呢？”小狐狸不满意地嘟囔。天赐刚才的话，它听得分毫不差。

天赐急忙道歉说：“提，当然提，你是我见过的最聪明的小狐狸。”

“方才你说你师父身上带着一个壳？”金娘突然问道。

“是的，阿妈。”天赐回答说，“师父的背上有个奇怪的龟壳。”

金娘一听突然走向房间的角落，随后从包裹中拿出一样东西，放在了天赐面前。

天赐一脸困惑地端详起这个奇怪的物体。这是一块金属片，上面刻着离奇古怪的图案。

“它看上去和师父背上的壳很像。”天赐肯定地说。

“我们第一次见到你的时候，在池塘里发现了这个。”金娘解释道。

金属片、外星球、魔龙……天赐想起师父最后的嘱托，恍然大悟：“原来我和师父来自同一星球，怪不得师父那么了解我。”

“既然师父教了你绝世武艺，接下来你打算做什么呢？”阿贵问道。

“师父离开前，嘱托我找到108件神器，然后合而为一，消除魔龙的威胁。”天赐说着从包里拿出师父交给他的那张地图。

“幻唐大地上藏着108件上古神器，这张地图上就标着这些神器的位置。要是我能得到这些神器，我就能把它们的力量合而为一，只有这样，我才能战胜魔龙，保护苍生。这也是师父嘱托我必须完成的任务。”

“你何时出发，何时归来？”金娘一脸忧虑地问道。

“时间紧迫，我打算明天出发。放心吧，阿妈。我希望我能尽快地回来。”天赐宽慰着阿妈。

“既然是师父的嘱托，你就好生去做吧。天赐，只是，你要永远记得，这里有你的家……还有你的阿爸、阿妈。”

母子刚刚相聚，天赐竟然又要离开，想到这里，金娘鼻子陡然一酸，顿时，泪涔涔而心戚戚。

天赐和阿爸、阿妈、小狐狸一起度过了一个美好宁静的下午。晚上金娘为天赐做了一桌他最爱吃的饭菜。对天赐来说，这一天，真是幸福得无以复加。天赐多么希望，就这样永远守在阿爸、阿妈身边，过着简单快乐的生活。

然而，使命在召唤，为拯救苍生，他不得不前往！

尾声

太阳已经升起，长满竹子的大山和一望无际的原野都被朝霞染红了。

阿贵和金娘把天赐送出小屋。金娘不停地替天赐整平衣襟，“儿行千里母担忧”啊！

天赐心中有些感动，他对依依不舍的阿爸、阿妈说道：“阿爸、阿妈，回去吧，我会经常想你们的。”

金娘点点头，噙着泪说道：“一路保重。”

“哞——”一声悠长的声音从牛棚里传出，天赐回过头，看见牛棚里的老黄牛，也在召唤着他。连老黄牛也通人性呢！

天赐大步走过去，老黄牛眼中满含着泪水，它用牛头轻轻地蹭着天赐的手。天赐把嘴凑近它的耳边，对它说：“老朋友，你要活到100岁，等我回来看你。”

说完之后，天赐就把小狐狸放在自己的肩上，迎着朝阳，“呼啦”一声展开双翅，向朝霞满天的天空飞去。

金娘和阿贵听见天空中回荡着一个声音：“再见，阿爸、阿妈，等我完成了使命，我就回来和你们团聚！”

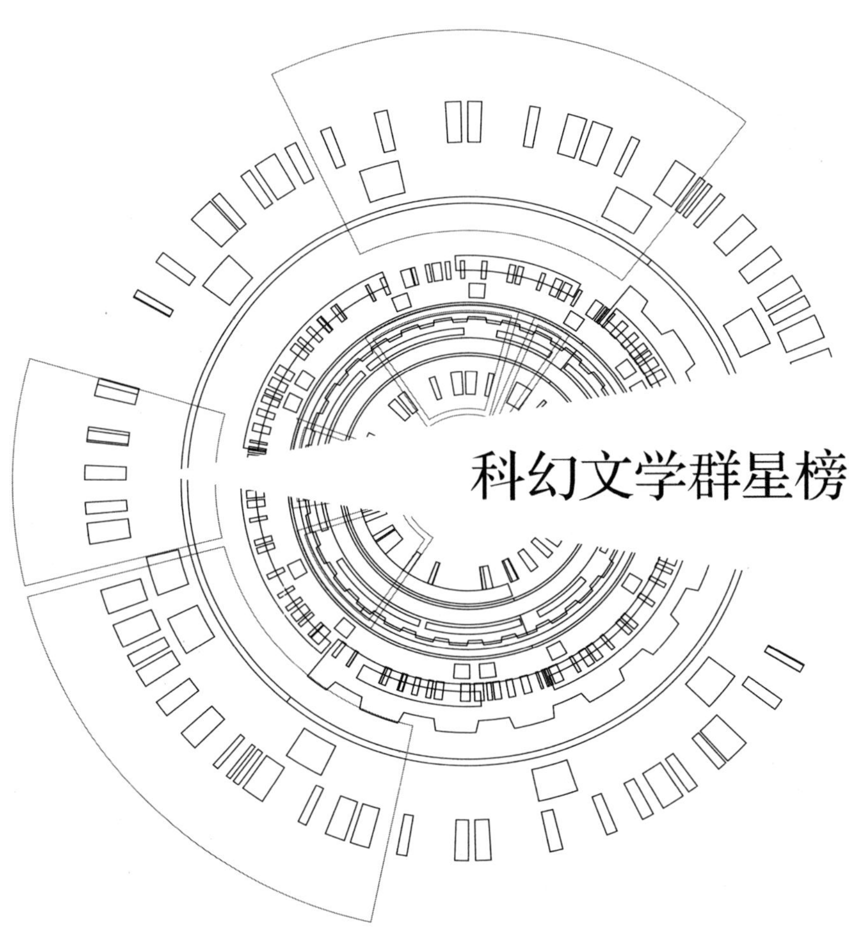

科幻文学群星榜

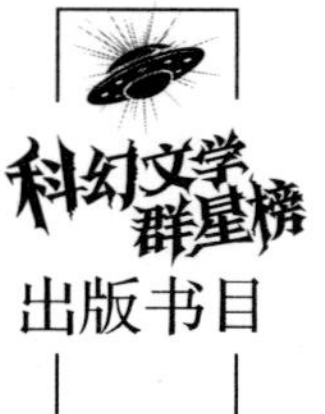

序号	作者	书名
1	郑文光	侏罗纪
2	萧建亨	梦
3	刘兴诗	美洲来的哥伦布
4	童恩正	在时间的铅幕后面
5	张静	K 星寻父探险记
6	程嘉梓	古星图之谜
7	金涛	月光岛
8	王晋康	生死平衡
9	刘慈欣	纤维
10	潘家铮	子虚峡大坝兴亡记
11	韩松	青春的跌宕
12	星河	白令桥横
13	凌晨	猫
14	何夕	异域
15	杨鹏	校园三剑客
16	杨平	神经冒险
17	刘维佳	使命：拯救人类
18	潘海天	饿塔
19	拉拉	永不消逝的电波
20	赵海虹	月涌大江流
21	江波	自由战士
22	宝树	人人都爱查尔斯
23	罗隆翔	朕是猫
24	陈楸帆	动物观察者
25	张冉	灰城
26	梁清散	欢迎光临烤肉星
27	七月	撬动世界的人于此长眠
28	杨晚晴	天上的风
29	飞氘	讲故事的机器人
30	程婧波	第七种可能
31	万象峰年	点亮时间的人
32	长铗	674 号公路
33	迟卉	蛹唱
34	顾适	为了生命的诗与远方
35	陈茜	量产超人
36	刘洋	单孔衍射
37	双翅目	智能的面具
38	石黑曜	仿生屋
39	阿缺	收割童年
40	王诺诺	故乡明
41	孙望路	重燃
42	滕野	回归原点